静山社ペガサス文庫

JN210150

ハリー・ポッターと秘《ひ》密《みつ》の部《へ》屋《や》〈2-2〉

J.K.ローリング 作　松岡佑子 訳

ハリー・ポッターと秘密《ひみつ》の部屋《へや》2-2 もくじ

‖ハリー・ポッターと秘密《ひみつ》の部屋《へや》2-2―人物紹介《じんぶつしょうかい》‖

ハリー・ポッター
主人公《しゅじんこう》。ホグワーツ魔法魔術学校《まほうまじゅつがっこう》の二年生《ねんせい》。緑《みどり》の目《め》に黒《くろ》い髪《かみ》、額《ひたい》には稲妻形《いなずまがた》の傷《きず》がある。幼《おさな》いころに両親《りょうしん》を亡《な》くし、人間《にんげん》(マグル)界《かい》で育《そだ》ったので、自分《じぶん》が魔法使《まほうつか》いであることを知《し》らなかった

ジニー・ウィーズリー
ハリーの親友《しんゆう》、ロンの妹《いもうと》。ホグワーツの一年生《ねんせい》

ドラコ・マルフォイ
スリザリン寮《りょう》の生徒《せいと》。マグル(人間《にんげん》)出身《しゅっしん》の魔法使《まほうつか》いを「穢《けが》れた血《ち》」と呼《よ》び敵視《てきし》する

ルシウス・マルフォイ
ハリーの宿敵《しゅくてき》、ドラコの父親《ちちおや》。ドラコと同《おな》じく、マグルびいきの魔法使《まほうつか》いを見下《みくだ》している

クラッブとゴイル
いつもドラコと行動《こうどう》をともにしている、ドラコの腰巾着《こしぎんちゃく》

ギルデロイ・ロックハート
「闇《やみ》の魔術《まじゅつ》に対《たい》する防衛術《ぼうえいじゅつ》」の新《あたら》しい先生《せんせい》。魅力的《みりょくてき》なスマイルで魔女《まじょ》たちの憧《あこが》れの的《まと》

ミセス・ノリス
ホグワーツの管理人《かんりにん》、アーガス・フィルチの飼《か》い猫《ねこ》。何者《なにもの》かの呪《のろ》いによって、石《いし》にされている

嘆《なげ》きのマートル
ホグワーツの女子《じょし》トイレに取《と》り憑《つ》いているゴースト

コリン・クリービー
ハリーに憧《あこが》れている、ホグワーツの一年生《ねんせい》

セブルス・スネイプ
魔法薬学《まほうやくがく》の先生《せんせい》。なぜかハリーを憎《にく》んでいる

ドビー
謎《なぞ》の屋敷《やしき》しもべ妖精《ようせい》。ハリーを尊敬《そんけい》し、しもべの掟《おきて》を破《やぶ》って危険《きけん》を知《し》らせてくれるが……

ヴォルデモート（例《れい》のあの人《ひと》）
最強《さいきょう》の闇《やみ》の魔法使《まほうつか》い。多《おお》くの魔法使《まほうつか》いや魔女《まじょ》を殺《ころ》したが、なぜかハリーには呪《のろ》いが効《き》かなかった

for Séan P.F. Harris,
getaway driver and foulweather friend

車で私を脱出させてくれた、
気が滅入ったときの友だち、
ショーン.P.F. ハリスに

Original Title: HARRY POTTER AND THE CHAMBER OF SECRETS

First published in Great Britain in 1998
by Bloomsbury Publishing Plc, 50 Bedford Square, London WC1B 3DP

Japanese edition first published in 2000

This book is published in Japan by arrangement with
the author through The Blair Partnership

第《だい》11章《しょう》　決闘《けっとう》クラブ

日曜《にちよう》の朝《あさ》、ハリーが目《め》を覚《さ》ますと、医務室《いむしつ》の中《なか》は冬《ふゆ》の陽射《ひざ》しで輝《かがや》いていた。腕《うで》の骨《ほね》は再生《さいせい》していたが、まだこわばったままだった。ハリーは急《いそ》いで起《お》き上《あ》がり、コリンのベッドのほうを見《み》た。きのうハリーが着替《きが》えをしたときと同《おな》じように、コリンのベッドも周《まわ》りを丈長《たけなが》のカーテンで囲《かこ》ってあり、外《そと》からは見《み》えないようになっていた。ハリーが起《お》きだしたのに気《き》づいたマダム・ポンフリーが、朝食《ちょうしょく》をお盆《ぼん》にのせてあわただしくやってきて、ハリーの右腕《みぎうで》や指《ゆび》の曲《ま》げ伸《の》ばしを始《はじ》めた。

「すべて順調《じゅんちょう》」

オートミールを左手《ひだりて》でぎこちなく口《くち》に運《はこ》んでいるハリーに向《む》かって、マダム・ポンフリーが言《い》った。

「食《た》べ終《お》わったら帰《かえ》ってよろしい」

ハリーは、ぎこちない腕《うで》でできるかぎり速《はや》く着替《きが》えをすませ、グリフィンドール塔《とう》へと急《いそ》いだ。ロンとハーマイオニーに、コリンやドビーのことを話《はな》したくてうずうずしていた。しかし、二人《ふたり》はいなかった。いったいどこに行《い》ったのだろうと考《かんが》えながら、ハリーはまた外《そと》に出《で》たが、骨《ほね》が生《は》えたかどうかを二人《ふたり》は気《き》にもしなかったのだろうか、と少《すこ》し傷《きず》ついていた。

図書館《としょかん》の前《まえ》を通《とお》り過《す》ぎようとしたとき、パーシー・ウィーズリーが中《なか》からふらりと現《あらわ》れた。この前出会《まえであ》ったときよりずっと機嫌《きげん》がよさそうだった。

「あぁ、おはよう、ハリー。きのうはすばらしい飛《と》びっぷりだったね。ほんとにすばらしかった。グリフィンドールが寮杯獲得《りょうはいかくとく》のトップに躍《おど》り出《で》たよ――君《きみ》のおかげで五十点《てん》も獲得《かくとく》した！」

「ロンとハーマイオニーを見《み》かけなかった？」とハリーが聞《き》いた。

「いいや、見《み》てない」

パーシーの笑顔《えがお》が曇《くも》った。

「ロンはまさかまた女子用《じょしよう》トイレなんかにいやしないだろうね……」

ハリーは無理《むり》に笑《わら》い声《ごえ》を上《あ》げて見《み》せた。そして、パーシーの姿《すがた》が見《み》えなくなるとすぐ「嘆《なげ》きのマートル」のトイレに直行《ちょっこう》した。なぜロンとハーマイオニーがまたあそこへ行《い》くのか、わけがわからなかったが、とにかく、フィルチも監督生《かんとくせい》も誰《だれ》も周《まわ》りにいないことをたしかめてから、トイレのドアを開《あ》けると、二人《ふたり》の声《こえ》が、内鍵《うちかぎ》をかけた小部屋《こべや》の一つから聞《き》こえてきた。

「僕《ぼく》だよ」

ドアを後《うし》ろ手《で》に閉《し》めながらハリーが声《こえ》をかけた。小部屋《こべや》の中《なか》からゴツン、パシャ、ハッと息《いき》をのむ声《こえ》がしたかと思《おも》うと、ハーマイオニーの片目《かため》が鍵穴《かぎあな》からこっちをのぞいた。

「ハリー！　ああ、驚《おどろ》かさないでよ。入《はい》って――腕《うで》はどう？」

「大丈夫《だいじょうぶ》」

ハリーは狭《せま》い小部屋《こべや》にぎゅうぎゅう入《はい》り込《こ》みながら答《こた》えた。古《ふる》い大鍋《おおなべ》が便座《べんざ》の上《うえ》にちょこんと置《お》かれ、パチパチ音《おと》がするので、鍋《なべ》の下《した》で火《ひ》をたいていることがわかった。防水性《ぼうすいせい》の持《も》ち運《はこ》びできる火《ひ》をたく呪文《じゅもん》は、ハーマイオニーの十八番《おはこ》だった。

「君《きみ》に面会《めんかい》に行《い》くべきだったんだけど、先《さき》にポリジュース薬《やく》に取《と》りかかろうって決《き》めたんだ」

ハリーがぎゅう詰《づ》めの小部屋《こべや》の内鍵《うちかぎ》をなんとかかけなおしたとき、ロンが説明《せつめい》した。

「ここが薬《くすり》を隠《かく》すのに一番安全《いちばんあんぜん》な場所《ばしょ》だと思《おも》って」

ハリーはコリンのことを二人《ふたり》に話《はな》しはじめたが、ハーマイオニーがそれをさえぎった。

「もう知《し》ってるわ。マクゴナガル先生《せんせい》が今朝《けさ》、フリットウィック先生《せんせい》に話《はな》してるのを聞《き》いちゃったの。だから私《わたし》たち、すぐに始《はじ》めなきゃって思《おも》ったのよ――」

「マルフォイに吐《は》かせるのは、早《はや》ければ早《はや》いほどいい」

ロンがうなるように言《い》った。

「僕《ぼく》が何《なに》を考《かんが》えてるか言《い》おうか？　マルフォイのやつ、クィディッチの試合《しあい》のあと、気分最低《きぶんさいてい》で、腹《はら》いせにコリンをやったんだと思《おも》うな」

「もう一つ話《はなし》があるんだ」

ハーマイオニーがニワヤナギの束《たば》をちぎっては、煎《せん》じ薬《ぐすり》の中《なか》に投《な》げ入《い》れているのを眺《なが》めながら、ハリーが言《い》った。

「夜中《よなか》にドビーが僕《ぼく》のところに来《き》たんだ」

ロンとハーマイオニーが驚《おどろ》いたように顔《かお》を上《あ》げた。ハリーはドビーの話《はな》したこと――というより話《はな》してくれなかったこと――を全部二人《ぜんぶふたり》に話《はな》して聞《き》かせた。ロンもハーマイオニーも口《くち》をポカンと開《あ》けたまま聞《き》いていた。

「『秘密《ひみつ》の部屋《へや》』は以前《いぜん》にも開《あ》けられたことがあるの？」ハーマイオニーが聞《き》いた。

「これで決《き》まったな」ロンが意気揚々《いきようよう》と言《い》った。

「ルシウス・マルフォイが学生《がくせい》だったときに『部屋《へや》』を開《あ》けたにちがいない。今度《こんど》は我《われ》らが親愛《しんあい》なるドラコに開《あ》け方《かた》を教《おし》えたんだ。まちがいない。それにしても、ドビーがそこにどんな怪物《かいぶつ》がいるか、教《おし》えてくれてたらよかったのに。そんな怪物《かいぶつ》が学校《がっこう》の周《まわ》りをうろうろしてるのに、どうして今《いま》まで誰《だれ》も気《き》づかなかったのか、それが知《し》りたいよ」

「それ、きっと透明《とうめい》になれるのよ」

ヒルをつついて大鍋《おおなべ》の底《そこ》のほうに沈《しず》めながらハーマイオニーが言《い》った。

「でなきゃ、何《なに》かに変装《へんそう》してるわね——鎧《よろい》とか何《なに》かに。『カメレオンお化《ば》け』の話《はなし》、読《よ》んだことあるわ……」

「ハーマイオニー、君《きみ》、本《ほん》の読《よ》み過《す》ぎだよ」

ロンがヒルの上《うえ》から死《し》んだクサカゲロウを、袋《ふくろ》ごと鍋《なべ》にあけながら言《い》った。空《から》になった袋《ふくろ》をくしゃくしゃに丸《まる》めながら、ロンはハリーのほうを振《ふ》り返《かえ》った。

「それじゃ、ドビーが僕《ぼく》たちのじゃまをして汽車《きしゃ》に乗《の》れなくしたり、君《きみ》の腕《うで》をへし折《お》ったりしたのか……」

ロンは困《こま》ったもんだ、というふうに首《くび》を振《ふ》りながら言《い》った。

「ねえ、ハリー、わかるかい？　ドビーが君《きみ》の命《いのち》を救《すく》おうとするのをやめないと、結局《けっきょく》、君《きみ》を死《し》なせてしまうよ」


コリン・クリービーが襲《おそ》われ、今《いま》は医務室《いむしつ》に死《し》んだように横《よこ》たわっているというニュースは、月曜《げつよう》の朝《あさ》には学校中《がっこうじゅう》に広《ひろ》まっていた。疑心暗鬼《ぎしんあんき》が黒雲《くろくも》のように広《ひろ》がった。一年生《ねんせい》はしっかり固《かた》まってグループで城《しろ》の中《なか》を移動《いどう》するようになり、一人《ひとり》で勝手《かって》に動《うご》くと襲《おそ》われると怖《こわ》がっているようだった。

ジニー・ウィーズリーは「妖精《ようせい》の呪文《じゅもん》」のクラスでコリンと隣《とな》り合《あ》わせの席《せき》だったので、すっかり落《お》ち込《こ》んでいた。フレッドとジョージが励《はげ》まそうとしたが、ハリーは、二人《ふたり》のやり方《かた》では逆《ぎゃく》効果《こうか》だと思《おも》った。双子《ふたご》は毛《け》を生《は》やしたり、おできだらけになったりして、銅像《どうぞう》の陰《かげ》からかわりばんこにジニーの前《まえ》に飛《と》び出《だ》したのだ。パーシーがカンカンに怒《おこ》って、ジニーが悪夢《あくむ》にうなされているとママに手紙《てがみ》を書《か》くぞと脅《おど》して、やっと二人《ふたり》をやめさせた。

やがて、先生《せんせい》に隠《かく》れて、魔《ま》よけ、お守《まも》りなどの護身用《ごしんよう》グッズの取引《とりひき》が、校内《こうない》で爆発的《ばくはつてき》にはやりだした。ネビル・ロングボトムは悪臭《あくしゅう》のする大《おお》きな青《あお》タマネギ、とがった紫《むらさき》の水晶《すいしょう》、くさったイモリのしっぽを買《か》い込《こ》んだ。買《か》ってしまったあとで、ほかのグリフィンドール生《せい》が――君《きみ》は純血《じゅんけつ》なのだから襲《おそ》われるはずはない――と指摘《してき》した。

「最初《さいしょ》にフィルチがねらわれたもの」丸顔《まるがお》に恐怖《きょうふ》を浮《う》かべてネビルが言《い》った。「それに、僕《ぼく》がスクイブだってこと、みんな知《し》ってるんだもの」

十二月《がつ》の二週目《しゅうめ》に例年《れいねん》のとおり、マクゴナガル先生《せんせい》が、クリスマス休暇中《きゅうかちゅう》、学校《がっこう》に残《のこ》る生徒《せいと》の名前《なまえ》を調《しら》べにきた。ハリー、ロン、ハーマイオニーの三人《にん》は名前《なまえ》を書《か》いた。マルフォイも残《のこ》ると聞《き》いて、三人《にん》はますますあやしいとにらんだ。休暇《きゅうか》中《ちゅう》なら、ポリジュース薬《やく》を使《つか》って、マルフォイをうまく白状《はくじょう》させるのに絶好《ぜっこう》のチャンスだ。

残念《ざんねん》ながら、煎《せん》じ薬《ぐすり》はまだ半分《はんぶん》しかでき上《あ》がっていない。あと必要《ひつよう》なのは、二角獣《バイコーン》の角《つの》と毒《どく》ツルヘビの皮《かわ》だった。それを手《て》に入《い》れることができるのは、ただ一か所《しょ》、スネイプ個人《こじん》の薬棚《くすりだな》しかない。ハリー自身《じしん》は、スネイプの研究室《けんきゅうしつ》に盗《ぬす》みに入《はい》って捕《つか》まるより、スリザリンの伝説《でんせつ》の怪物《かいぶつ》と対決《たいけつ》するほうがまだましだと思《おも》えた。

「必要《ひつよう》なのは――」

木曜日《もくようび》の午後《ごご》の、スリザリンと合同《ごうどう》の魔法薬《まほうやく》の授業《じゅぎょう》がだんだん近《ちか》づいてきたとき、ハーマイオニーがきびきびと言《い》った。

「気《き》をそらすことよ。そして私《わたし》たちのうち誰《だれ》か一人《ひとり》がスネイプの研究室《けんきゅうしつ》に忍《しの》び込《こ》み、必要《ひつよう》な物《もの》をいただくの」

ハリーとロンは不安《ふあん》げにハーマイオニーを見《み》た。

「私《わたし》が実行犯《じっこうはん》になるのがいいと思《おも》うの」

ハーマイオニーは、平然《へいぜん》と続《つづ》けた。

「あなたたち二人《ふたり》は今度事《こんどこと》を起《お》こしたら退校処分《たいこうしょぶん》でしょ。私《わたし》なら前科《ぜんか》がないし。だから、あなたたちはひと騒《さわ》ぎ起《お》こして、ほんの五分《ふん》ぐらいスネイプを足止《あしど》めしておいてくれればそれでいいの」

ハリーは力《ちから》なくほほえんだ。スネイプの魔法薬《まほうやく》のクラスで騒《さわ》ぎを起《お》こすなんて、それで無事《ぶじ》と言《い》えるなら、眠《ねむ》れるドラゴンの目《め》をつっついても無事《ぶじ》だ、と言《い》うようなものだ。

魔法薬《まほうやく》のクラスは大地下牢《だいちかろう》の一つで行《おこな》われた。木曜の午後《ごご》の授業《じゅぎょう》は、いつもと変《か》わらず進行《しんこう》した。大鍋《おおなべ》が二十個《こ》、机《つくえ》と机《つくえ》の間《あいだ》で湯気《ゆげ》を立《た》て、机《つくえ》の上《うえ》には真鍮《しんちゅう》のはかりと、材料《ざいりょう》の入《はい》った広口瓶《ひろくちびん》が置《お》いてある。スネイプは煙《けむり》の中《なか》を歩《ある》き回《まわ》り、グリフィンドール生《せい》の作業《さぎょう》に意地《いじ》の悪《わる》い批評《ひひょう》をし、スリザリン生《せい》はそれを聞《き》いてザマミロと嘲笑《あざわら》った。スネイプのお気《き》に入《い》りのドラコ・マルフォイは、ロンとハリーにフグの目玉《めだま》を投《な》げつけていた。それに仕返《しかえ》しをしようものなら、「不公平《ふこうへい》です」と抗議《こうぎ》するすきも与《あた》えず、二人《ふたり》とも処罰《しょばつ》を受《う》けることを、ドラコは知《し》っているのだ。

ハリーの「膨《ふく》れ薬《ぐすり》」は水《みず》っぽ過《す》ぎたが、頭《あたま》はもっと重要《じゅうよう》なことでいっぱいだった。ハーマイオニーの合図《あいず》を待《ま》っていたのだ。スネイプが立《た》ち止《ど》まって薬《くすり》が薄《うす》過ぎると嘲《あざけ》ったのもほとんど耳《みみ》に入《はい》らなかった。スネイプがハリーに背《せ》を向《む》けてそこを立《た》ち去《さ》り、ネビルをいびりに行《い》ったとき、ハーマイオニーがハリーの視線《しせん》をとらえて、こっくりと合図《あいず》した。

ハリーはすばやく大鍋《おおなべ》の陰《かげ》に身《み》を隠《かく》し、ポケットからフレッドの「フィリバスターの長々花《ながながはな》火《び》」を取《と》り出《だ》し、杖《つえ》でちょいとつついた。花火《はなび》はシュウシュウ、パチパチと音《おと》を立《た》てはじめた。あと数秒《すうびょう》しかない。ハリーはすっと立《た》ち上《あ》がり、狙《ねら》い定《さだ》めて花火《はなび》をポーンと高《たか》く放《ほう》り投《な》げた。まさに命中《めいちゅう》。花火《はなび》はゴイルの大鍋《おおなべ》にポトリと落《お》ちた。

ゴイルの薬《くすり》が爆発《ばくはつ》し、クラス中《じゅう》に雨《あめ》のように降《ふ》り注《そそ》いだ。「膨《ふく》れ薬《ぐすり》」のしぶきがかかった生徒《せいと》は、悲鳴《ひめい》を上《あ》げた。マルフォイは、顔《かお》いっぱいに薬《くすり》を浴《あ》びて、鼻《はな》が風船《ふうせん》のようにふくれはじめた。ゴイルは、大皿《おおざら》のように大《おお》きくなった目《め》を、両手《りょうて》で覆《おお》いながら右往左往《うおうさおう》していた。スネイプは騒《さわ》ぎをしずめ、原因《げんいん》を突《つ》き止《と》めようとしていた。どさくさ紛《まぎ》れにハーマイオニーがこっそり教室《きょうしつ》を抜《ぬ》け出《だ》すのを、ハリーは見届《みとど》けた。

「静《しず》まれ！　**静《しず》まらんか！**」

スネイプがどなった。

「薬《くすり》を浴《あ》びた者《もの》は『ペシャンコ薬《ぐすり》』をやるからここへ来《こ》い。誰《だれ》の仕業《しわざ》か判明《はんめい》したあかつきには……」

マルフォイが急《いそ》いで進《すす》み出《で》た。鼻《はな》が小《ちい》さいメロンほどにふくれ、その重《おも》みで頭《あたま》を垂《た》れているのを見《み》て、ハリーは必死《ひっし》で笑《わら》いをこらえた。クラスの半分《はんぶん》は、ドシンドシンとスネイプの机《つくえ》の前《まえ》に重《おも》い体《からだ》を運《はこ》んだ。棍棒《こんぼう》のようになった腕《うで》を、だらりとぶら下《さ》げている者《もの》、唇《くちびる》が巨大《きょだい》にふくれ上《あ》がって、口《くち》をきくこともできない者《もの》。そんな中《なか》で、ハリーは、ハーマイオニーがするりと地下牢《ちかろう》教室《きょうしつ》に戻《もど》ってきたのを見《み》た。ローブの前《まえ》のほうが盛《も》り上《あ》がっている。

みんなが解毒剤《げどくざい》を飲《の》み、いろいろな「膨《ふく》れ」が収《おさ》まったとき、スネイプはゴイルの大鍋《おおなべ》の底《そこ》をさらい、黒《くろ》こげの縮《ちぢ》れた花火《はなび》の燃《も》えかすをすくい上《あ》げた。急《きゅう》にみんなシーンとなった。

「これを投《な》げ入《い》れた者《もの》が誰《だれ》かわかったあかつきには」スネイプが低《ひく》い声《こえ》で言《い》った。「我輩《わがはい》が、まちがいなくそやつを退学《たいがく》にさせてやる」

ハリーは、いったい誰《だれ》なんだろうという表情《ひょうじょう》――どうぞそう見《み》えますように――を取《と》りつくろった。スネイプがハリーの顔《かお》をまっすぐに見《み》すえていた。それから十分後《ぷんご》に鳴《な》った終業《しゅうぎょう》ベルが、どんなにありがたかったかしれない。

三人《にん》が急《いそ》いで嘆《なげ》きのマートルのトイレに戻《もど》る途中《とちゅう》、ハリーは、二人《ふたり》に話《はな》しかけた。

「スネイプは僕《ぼく》がやったってわかってるよ。ばれてるよ」

ハーマイオニーは、大鍋《おおなべ》に新《あたら》しい材料《ざいりょう》を放《ほう》り込《こ》み、夢中《むちゅう》でかき混《ま》ぜはじめた。

「あと二週間《しゅうかん》でできあがるわよ」とうれしそうに言《い》った。

「スネイプは君《きみ》がやったって証明《しょうめい》できやしない。あいつにいったい何《なに》ができる?」

ロンがハリーを安心《あんしん》させるように言《い》った。

「相手《あいて》はスネイプだもの。何《なに》か臭《にお》うよ」

ハリーがそう言《い》ったとき、煎《せん》じ薬《ぐすり》がブクブクと泡立《あわだ》った。


それから一週間後《しゅうかんご》、ハリー、ロン、ハーマイオニーが玄関《げんかん》ホールを歩《ある》いていると、掲示板《けいじばん》の前《まえ》にちょっとした人《ひと》だかりができていて、貼《は》り出《だ》されたばかりの羊皮紙《ようひし》を読《よ》んでいた。シェーマス・フィネガンとディーン・トーマスが、興奮《こうふん》した顔《かお》で三人《にん》を手招《てまね》きした。

『決闘《けっとう》クラブ』を始《はじ》めるんだって！」

シェーマスが言《い》った。

「今夜《こんや》が一回目《かいめ》だ。決闘《けっとう》の練習《れんしゅう》なら悪《わる》くないな。近々役《ちかぢかやく》に立《た》つかも……」

「え？　君《きみ》、スリザリンの怪物《かいぶつ》が、決闘《けっとう》なんかできると思《おも》ってるの？」

そう言《い》いながらも、ロンも興味津々《きょうみしんしん》で掲示《けいじ》を読《よ》んだ。

「役《やく》に立《た》つかもね」三人《にん》で夕食《ゆうしょく》に向《む》かう途中《とちゅう》、ロンがハリーとハーマイオニーに言《い》った。

「僕《ぼく》たちも行《い》こうか？」

ハリーもハーマイオニーも大乗《おおの》り気《き》で、その晩《ばん》八時《じ》に三人《にん》は、再《ふたた》び大広間《おおひろま》へと急《いそ》いだ。食事用《しょくじよう》の長《なが》いテーブルは取《と》り払《はら》われ、一方《いっぽう》の壁《かべ》に沿《そ》って、金色《きんいろ》の舞台《ぶたい》が出現《しゅつげん》していた。何千本《なんぜんぼん》ものろうそくが上《うえ》を漂《ただよ》い、舞台《ぶたい》を照《て》らしている。天井《てんじょう》は何度《なんど》も見慣《みな》れたビロードのような黒《くろ》で、その下《した》には、おのおの杖《つえ》を持《も》ち、興奮《こうふん》した面持《おもも》ちで、ほとんど学校中《がっこうじゅう》の生徒《せいと》が集《あつ》まっているようだった。

「いったい誰《だれ》が教《おし》えるのかしら？」

ペチャクチャとおしゃべりな生徒《せいと》たちの群《む》れの中《なか》に割《わ》り込《こ》みながら、ハーマイオニーが言《い》った。

「誰《だれ》かが言《い》ってたけど、フリットウィック先生《せんせい》って、若《わか》いとき、決闘《けっとう》チャンピオンだったんですって。たぶん彼《かれ》だわ」

「誰《だれ》だっていいよ。あいつでなければ……」

とハリーが言《い》いかけたが、そのあとはうめき声《こえ》だった。ギルデロイ・ロックハートが舞台《ぶたい》に登場《とうじょう》したのだ。きらびやかに深紫《ふかむらさき》のローブをまとい、後《うし》ろに、誰《だれ》あろう、いつもの黒装束《くろしょうぞく》のスネイプを従《したが》えている。

ロックハートは観衆《かんしゅう》に手《て》を振《ふ》り、「静粛《せいしゅく》に」と呼《よ》びかけた。

「みなさん、集《あつ》まって。さあ、集《あつ》まって。みなさん、私《わたくし》がよく見《み》えますか？　私《わたくし》の声《こえ》が聞《き》こえますか？　結構《けっこう》、結構《けっこう》！」

「ダンブルドア校長先生《こうちょうせんせい》から、私《わたくし》がこの小《ち》さな決闘《けっとう》クラブを始《はじ》めるお許《ゆる》しをいただきました。私自身《わたくしじしん》が、数《かぞ》えきれないほど経験《けいけん》してきたように、自《みずか》らを護《まも》る必要《ひつよう》が生《しょう》じた万一《まんいち》の場合《ばあい》に備《そな》えて、みなさんをしっかり鍛《きた》え上《あ》げるためにです――詳《くわ》しくは、私《わたくし》の著書《ちょしょ》を読《よ》んでください」

「では、助手《じょしゅ》のスネイプ先生《せんせい》をご紹介《しょうかい》しましょう」

ロックハートは満面《まんめん》の笑《え》みを振《ふ》りまいた。

「スネイプ先生《せんせい》がおっしゃるには、決闘《けっとう》についてごくわずかご存《ぞん》じらしい。訓練《くんれん》を始《はじ》めるにあたり、短《みじか》い模範演技《もはんえんぎ》をするのに、勇敢《ゆうかん》にも、手伝《てつだ》ってくださるというご了承《りょうしょう》をいただきました。さてさて、お若《わか》いみなさんにご心配《しんぱい》をおかけしたくはありません――私《わたくし》が彼《かれ》と手合《てあ》わせしたあとでも、みなさんの魔法薬《まほうやく》の先生《せんせい》は、ちゃんと存在《そんざい》します。ご心配《しんぱい》めさるな！」

「相討《あいう》ちで、両方《りょうほう》やられっちまえばいいと思《おも》わないか？」ロンがハリーの耳《みみ》にささやいた。

スネイプの上唇《うわくちびる》がめくれ上《あ》がっていた。ロックハートはよく笑《わら》っていられるな、とハリーは思《おも》った――スネイプがあんな表情《ひょうじょう》で僕《ぼく》を見《み》たら、僕《ぼく》なら回《まわ》れ右《みぎ》して、全速力《ぜんそくりょく》でスネイプから逃《に》げるけど――。

ロックハートとスネイプは向《む》き合《あ》って互《たが》いに一礼《いちれい》した。少《すく》なくともロックハートは、腕《うで》を振《ふ》り上《あ》げ、くねくね回《まわ》しながら体《からだ》の前《まえ》に持《も》ってきて、大《おお》げさに礼《れい》をした。スネイプは不機嫌《ふきげん》にぐいと頭《あたま》を下《さ》げただけだった。それから二人《ふたり》とも杖《つえ》を剣《けん》のように前《まえ》に突《つ》き出《だ》して構《かま》えた。

「ご覧《らん》のように、私《わたくし》たちは作法《さほう》に従《したが》って杖《つえ》を構《かま》えています」

ロックハートはシーンとした観衆《かんしゅう》に向《む》かって説明《せつめい》した。

「三つ数《かぞ》えて、最初《さいしょ》の術《じゅつ》をかけます。もちろん、どちらも相手《あいて》を殺《ころ》すつもりはありません」

「僕《ぼく》にはそうは思《おも》えないけど」スネイプが歯《は》をむき出《だ》しているのを見《み》て、ハリーがつぶやいた。

「一──二──三──」

二人《ふたり》とも杖《つえ》を肩《かた》より高《たか》く振《ふ》り上《あ》げた。スネイプが叫《さけ》んだ。

「エクスペリアームス！　武器《ぶき》よ去《さ》れ」

目《め》もくらむような紅《くれない》の閃光《せんこう》が走《はし》ったかと思《おも》うと、ロックハートは舞台《ぶたい》から吹《ふ》き飛《と》んで、後《うし》ろ向《む》きに宙《ちゅう》を飛《と》び、壁《かべ》に激突《げきとつ》し、壁伝《かべづた》いにずるずるとすべり落《お》ちて、床《ゆか》にぶざまに大《だい》の字《じ》になった。

マルフォイや数人《すうにん》のスリザリン生《せい》が歓声《かんせい》を上《あ》げた。ハーマイオニーはつま先立《さきだ》ちでピョンピョン跳《は》ねながら、顔《かお》を手《て》で覆《おお》い、指《ゆび》の間《あいだ》から「先生《せんせい》、大丈夫《だいじょうぶ》かしら？」と悲痛《ひつう》な声《こえ》を上《あ》げた。

「知《し》るもんか！」ハリーとロンが声《こえ》をそろえて答《こた》えた。

ロックハートはふらふら立《た》ち上《あ》がった。帽子《ぼうし》は吹《ふ》っ飛《と》び、カールした髪《かみ》が逆立《さかだ》っていた。

「さあ、みんなわかったでしょうね！」

よろめきながら壇上《だんじょう》に戻《もど》ったロックハートが言《い》った。

「あれが、『武装解除《ぶそうかいじょ》の術《じゅつ》』です──ご覧《らん》のとおり、私《わたくし》は杖《つえ》を失《うしな》ったわけです──あぁ、ミス・

ブラウン、ありがとう。スネイプ先生《せんせい》、たしかに、生徒《せいと》にあの術《じゅつ》を見《み》せようとしたのは、すばらしいお考《かんが》えです。しかし、遠慮《えんりょ》なく一言申《ひとこともう》し上《あ》げれば、先生《せんせい》が何《なに》をなさろうとしたかが、あまりにも見《み》え透《す》いていましたね。それを止《と》めようと思《おも》えば、いとも簡単《かんたん》だったでしょう。しかし、生《せい》徒《と》に見《み》せたほうが、教育的《きょういくてき》によいと思《おも》いましてね……」

スネイプは殺気立《さっきだ》っていた。ロックハートもそれに気《き》づいたらしく、こう言《い》った。

「模範演技《もはんえんぎ》はこれで充分《じゅうぶん》！　これからみなさんのところへ下《お》りていって、二人《ふたり》ずつ組《くみ》にします。スネイプ先生《せんせい》、お手伝《てつだ》い願《ねが》えますか……」

二人《ふたり》は生徒《せいと》の群《む》れに入《はい》り、二人《ふたり》ずつ組《く》ませた。ロックハートは、ネビルとジャスティン・フィンチ－フレッチリーとを組《く》ませた。スネイプは、最初《さいしょ》にハリーとロンのところにやってきた。

「どうやら、名《めい》コンビもお別《わか》れのときが来《き》たようだな」

スネイプが薄笑《うすわら》いを浮《う》かべた。

「ウィーズリー、君《きみ》はフィネガンと組《く》みたまえ。ポッターは——」

ハリーは思《おも》わずハーマイオニーのほうに寄《よ》っていった。

「そうはいかん」スネイプは冷笑《れいしょう》した。

「マルフォイ君《くん》、来《き》たまえ。かの有名《ゆうめい》なポッターを、君《きみ》がどうさばくのか拝見《はいけん》しよう。それに、君《きみ》、ミス・グレンジャー——君《きみ》はミス・ブルストロードと組《く》みたまえ」

マルフォイはニヤニヤしながら気取《きど》ってやってきた。その後《うし》ろを歩《ある》いてきた女子《じょし》スリザリン生《せい》を見て《み》、ハリーは『鬼婆《おにばば》とのオツな休暇《きゅうか》』にあった挿絵《さしえ》を思《おも》い出《だ》した。大柄《おおがら》で四角張《しかくば》っていて、がっちりしたあごが戦闘的《せんとうてき》に突《つ》き出《だ》している。ハーマイオニーはかすかに会釈《えしゃく》したが、むこうは会釈《えしゃく》を返《かえ》さなかった。

「相手《あいて》と向《む》き合《あ》って！　そして礼《れい》！」壇上《だんじょう》に戻《もど》ったロックハートが号令《ごうれい》をかけた。

ハリーとマルフォイは、互《たが》いに目《め》をそらさず、わずかに頭《あたま》を傾《かし》げただけだった。

「杖《つえ》を構《かま》えて！」ロックハートが声《こえ》を張《は》り上《あ》げた。

「私《わたくし》が三つ数《かぞ》えたら、相手《あいて》の武器《ぶき》を取《と》り上《あ》げる術《じゅつ》をかけなさい——武器《ぶき》を取《と》り上《あ》げるだけですよ——みなさんが事故《じこ》を起《お》こすのはいやですからね。一——二——三——」

ハリーは杖《つえ》を肩《かた》の上《うえ》に振《ふ》り上《あ》げた。が、マルフォイは「二」ですでに術《じゅつ》を始《はじ》めていた。呪文《じゅもん》は強烈《きょうれつ》に効《き》いて、ハリーは、まるで頭《あたま》をフライパンでなぐられたような気《き》がした。ハリーはよろけたが、ほかはどこもやられていない。間髪《かんはつ》をいれず、ハリーは杖《つえ》をまっすぐにマルフォイに向《む》け、「リクタスセンプラ！　笑《わら》い続《つづ》けよ！」と叫《さけ》んだ。

銀色《ぎんいろ》の閃光《せんこう》がマルフォイの腹《はら》に命中《めいちゅう》し、マルフォイは体《からだ》をくの字《じ》に曲《ま》げて、ゼイゼイ言《い》った。

「武器《ぶき》を取《と》り上《あ》げるだけだと言《い》ったのに！」

ロックハートがあわてて、戦闘《せんとう》まっただ中《なか》の生徒《せいと》の頭越《あたまご》しに叫《さけ》んだ。マルフォイがひざをついて座《すわ》り込《こ》んだ。ハリーがかけたのは「くすぐりの術《じゅつ》」で、マルフォイは笑《わら》い転《ころ》げて動《うご》くことさえできない。相手《あいて》が座《すわ》り込《こ》んでいる間《あいだ》に術《じゅつ》をかけるのはスポーツマン精神《せいしん》に反《はん》する——そんな気《き》がして、ハリーは一瞬《いっしゅん》ためらった。これがまちがいだった。息《いき》も継《つ》げないまま、マルフォイは杖《つえ》をハリーのひざに向《む》け、声《こえ》を詰《つ》まらせて「タラントアレグラ！　踊《おど》れ！」と唱《とな》えた。次《つぎ》の瞬間《しゅんかん》、ハリーの両足《りょうあし》がピクピク動《うご》き、勝手《かって》にクイック・ステップを踏《ふ》みだした。

「やめなさい！　ストップ！」ロックハートは叫《さけ》び、スネイプがずいと乗《の》り出《だ》した。

「フィニート　インカンターテム！　呪文《じゅもん》よ終《お》われ！」とスネイプが叫《さけ》ぶと、ハリーの足《あし》は踊《おど》るのをやめ、マルフォイは笑《わら》うのをやめた。そして二人《ふたり》とも、やっと周囲《しゅうい》を見《み》ることができた。

緑《みどり》がかった煙《けむり》が、あたりに霧《きり》のように漂《ただよ》っていた。ネビルもジャスティンも、ハアハア言《い》いながら床《ゆか》に横《よこ》たわり、ロンは蒼白《そうはく》な顔《かお》をしたシェーマスを抱《だ》きかかえて、折《お》れた杖《つえ》がしでかした何《なに》かを謝《あやま》っていた。ハーマイオニーとミリセント・ブルストロードはまだ動《うご》いていた。ミリセントがハーマイオニーにヘッドロックをかけ、ハーマイオニーは痛《いた》みでヒイヒイわめいていた。二人《ふたり》の杖《つえ》は床《ゆか》に打《う》ち捨《す》てられたままだった。ハリーは飛《と》び込《こ》んでミリセントを引《ひ》き離《はな》した。彼女《かのじょ》のほうがハリーよりずっと図体《ずうたい》が大《おお》きかったので、一筋縄《ひとすじなわ》ではいかなかった。

「なんと、なんと」ロックハートは生徒《せいと》の群《む》れの中《なか》をすばやく動《うご》きながら、決闘《けっとう》の結末《けつまつ》を見《み》て回《まわ》った。

「マクミラン、立《た》ち上《あ》がって……。ミス・フォーセット、気《き》をつけてゆっくり……。ブート……しっかり押《お》さえていなさい。鼻血《はなぢ》はすぐ止《と》まるから」

「むしろ、非友好的《ひゆうこうてき》な術《じゅつ》の防《ふせ》ぎ方《かた》をお教《おし》えするほうがいいようですね」大広間《おおひろま》の真《ま》ん中《なか》に面《めん》くらって突《つ》っ立《た》ったまま、ロックハートが言《い》った。ロックハートはスネイプをちらりと見《み》たが、暗《くら》い目《め》がギラッと光《ひか》ったと思《おも》うと、スネイプはプイと顔《かお》をそむけた。

「さて、誰《だれ》か進《すす》んでモデルになってくれる組《くみ》はありますか？　――ロングボトムとフィンチ－フレッチリー、どうですか？」

「ロックハート先生《せんせい》、それはまずい」

性悪《しょうわる》な大《おお》コウモリを思《おも》わせるスネイプが、さっと進《すす》み出《で》た。

「ロングボトムは、簡単極《かんたんきわ》まりない呪文《じゅもん》でさえ惨事《さんじ》を引《ひ》き起《お》こす。フィンチ－フレッチリーの残《ざん》がいを、マッチ箱《ばこ》に入《い》れて医務室《いむしつ》に運《はこ》び込《こ》むのが落《お》ちでしょうな」

ネビルのピンク色《いろ》の丸顔《まるがお》がますますピンクになった。

「マルフォイとポッターはどうかね？」スネイプは口元《くちもと》をゆがめて笑《わら》った。

「それは名案《めいあん》！」

ロックハートは、ハリーとマルフォイに大広間《おおひろま》の真《ま》ん中《なか》に来《く》るよう手招《てまね》きした。ほかの生徒《せいと》たちは下《さ》がって二人《ふたり》のために空間《くうかん》をあけた。

「さあ、ハリー。ドラコが君《きみ》に杖《つえ》を向《む》けたら、こういうふうにしなさい」

ロックハートは自分《じぶん》の杖《つえ》を振《ふ》り上《あ》げ、何《なに》やら複雑《ふくざつ》にくねくねさせたあげく、杖《つえ》を取《と》り落《お》とした。

「オットットー——私《わたくし》の杖《つえ》はちょっと張《は》り切《き》り過《す》ぎたようですね」

と言《い》いながら、ロックハートが急《いそ》いで杖《つえ》を拾《ひろ》い上《あ》げるのを、スネイプは、嘲《あざけ》るような笑《わら》いを浮《う》かべて見《み》ていた。

スネイプはマルフォイのほうに近《ちか》づいて、かがみ込《こ》み、マルフォイの耳《みみ》に何事《なにごと》かをささやいた。マルフォイも嘲《あざけ》るようにニヤリとした。ハリーは不安《ふあん》げにロックハートを見上《みあ》げた。

「先生《せんせい》、その防衛技《ぼうえいわざ》とかを、もう一度《いちど》見《み》せてくださいませんか？」

「怖《こわ》くなったのか？」マルフォイは、ロックハートに聞《き》こえないように低《ひく》い声《こえ》で言《い》った。

「そっちのことだろう」ハリーも唇《くちびる》を動《うご》かさずに言《い》った。

ロックハートは、陽気《ようき》にハリーの肩《かた》をポンとたたき、「ハリー、私《わたくし》がやったようにやるんだよ！」と言《い》った。

「え？　杖《つえ》を落《お》とすんですか？」

ロックハートは聞《き》いてもいなかった。

「一――二――三――それ！」と号令《ごうれい》がかかった。

マルフォイはすばやく杖《つえ》を振《ふ》り上《あ》げ、「サーペンソーティア！　蛇出《へびいで》よ！」と大声《おおごえ》でどなった。

マルフォイの杖《つえ》の先《さき》が炸裂《さくれつ》した。その先《さき》から、長《なが》い黒蛇《くろへび》がにょろにょろと出《で》てきたのを見《み》て、ハリーはぎょっとした。蛇《へび》は二人《ふたり》の間《あいだ》の床《ゆか》にドスンと落《お》ち、鎌首《かまくび》をもたげて攻撃《こうげき》の体勢《たいせい》を取《と》った。周《まわ》りの生徒《せいと》は悲鳴《ひめい》を上《あ》げ、サーッとあとずさりして、そこだけが広《ひろ》くあいた。

「動《うご》くな、ポッター」

スネイプが悠々《ゆうゆう》と言《い》った。ハリーが身動《みうご》きもできず、怒《おこ》った蛇《へび》と、目《め》を見合《みあ》わせて立《た》ちすくんでいる光景《こうけい》を、スネイプが楽《たの》しんでいるのがはっきりわかる。

「我輩《わがはい》が追《お》い払《はら》ってやろう……」

「私《わたくし》にお任《まか》せあれ！」ロックハートが叫《さけ》んだ。蛇《へび》に向《む》かって杖《つえ》を振《ふ》り回《まわ》すと、バーンと大《おお》きな音《おと》がして、蛇《へび》は消《き》え去《さ》るどころか二、三メートル宙《ちゅう》を飛《と》び、ビシャッと大《おお》きな音《おと》を立《た》ててまた床《ゆか》に落《お》ちてきた。挑発《ちょうはつ》され、怒《いか》り狂《くる》ってシューシューと、蛇《へび》はジャスティン・フィンチ－フレッチリーめがけてすべり寄《よ》り、再《ふたた》び鎌首《かまくび》をもたげ、牙《きば》をむき出《だ》して攻撃《こうげき》の構《かま》えを取《と》った。

ハリーは、何《なに》が自分《じぶん》をかり立《た》てたのかわからなかったし、何《なに》かを決心《けっしん》したのかどうかさえ意識《いしき》になかった。ただ、まるで自分《じぶん》の足《あし》にキャスターがついたかのように、体《からだ》が前《まえ》に進《すす》んでいったこと、そして、蛇《へび》に向《む》かって考《かんが》えもせずに叫《さけ》んだことだけはわかっていた。

「手《て》を出《だ》すな。去《さ》れ！」

すると、不思議《ふしぎ》なことに――説明《せつめい》のしようがないのだが――蛇《へび》は、まるで庭《にわ》の水《みず》まき用《よう》の太《ふと》いホースのようにおとなしくなり、床《ゆか》に平《ひら》たく丸《まる》まり、従順《じゅうじゅん》にハリーを見上《みあ》げた。ハリーは、恐怖《きょうふ》がすうっと体《からだ》から抜《ぬ》け落《お》ちていくのを感《かん》じた。もう蛇《へび》は誰《だれ》も襲《おそ》わないとわかっていた。だが、なぜそれがわかったのか、ハリーには説明《せつめい》できなかった。

ハリーはジャスティンを見《み》てニッコリした。ジャスティンは、きっとホッとした顔《かお》をしているか、不思議《ふしぎ》そうな顔《かお》か、あるいは、感謝《かんしゃ》の表情《ひょうじょう》を見《み》せるだろうと思《おも》っていた――まさか、怒《おこ》った顔《かお》、恐怖《きょうふ》の表情《ひょうじょう》をしているとは、思《おも》いもよらなかった。

「いったい、何《なに》を悪《わる》ふざけしてるんだ？」ジャスティンが叫《さけ》んだ。

ハリーが何《なに》か言《い》う前《まえ》に、ジャスティンはくるりと背《せ》を向《む》け、怒《おこ》って大広間《おおひろま》から出《で》ていってしまった。

スネイプが進《すす》み出《で》て杖《つえ》を振《ふ》り、蛇《へび》は、ポッと黒《くろ》い煙《けむり》を上《あ》げて消《き》え去《さ》った。スネイプも、ハリーが思《おも》ってもみなかったような、鋭《するど》く探《さぐ》るような目《め》つきでこちらを見《み》ている。ハリーはその目《め》つきがいやだった。その上《うえ》、周《まわ》り中《じゅう》がヒソヒソと、なにやら不吉《ふきつ》な話《はなし》をしているのにハリーはぼんやり気《き》づいていた。そのとき、誰《だれ》かが後《うし》ろからハリーのそでを引《ひ》いた。

「来《こ》いよ」ロンの声《こえ》だ。「行《い》こう――さあ、来《き》て……」ハリーの耳《みみ》にささやいた。

ロンがハリーをホールの外《そと》へと連《つ》れ出《だ》した。ハーマイオニーも急《いそ》いでついてきた。三人《さんにん》がドアを通《とお》り抜《ぬ》けるとき、人垣《ひとがき》が割《わ》れ、両側《りょうがわ》にサッと引《ひ》いた。まるで病気《びょうき》でも移《うつ》されるのが怖《こわ》いとでも言《い》うかのようだった。ハリーには何《なに》がなんだかさっぱりわからない。ロンもハーマイオニーも何《なに》も説明《せつめい》してはくれなかった。人気《ひとけ》のないグリフィンドールの談話室《だんわしつ》までハリーをえんえん引《ひ》っ張《ば》ってきて、ロンはハリーをひじかけ椅子《いす》に座《すわ》らせてから、初《はじ》めて口《くち》をきいた。

「君《きみ》はパーセルマウスなんだ。どうして僕《ぼく》たちに話《はな》してくれなかったの？」

「僕《ぼく》がなんだって？」

「**パーセルマウスだよ！**」ロンがくり返《かえ》した。「君《きみ》は蛇《へび》と話《はなし》ができるんだ！」

「そうだよ」ハリーが答《こた》えた。

「でも、今度《こんど》で二度目《どめ》だよ。一度《いちど》、動物園《どうぶつえん》で偶然《ぐうぜん》、ボア・コンストリクターをいとこのダドリーにけしかけた――話《はな》せば長《なが》いけど――その蛇《へび》が、ブラジルなんか一度《いちど》も見《み》たことがないって僕《ぼく》に話《はな》しかけて、僕《ぼく》が、そんなつもりはなかったのに、その蛇《へび》を逃《に》がしてやったような結果《けっか》になったんだ。自分《じぶん》が魔法使《まほうつか》いだってわかる前《まえ》だったけど……」

「蛇《へび》が、君《きみ》に一度《いちど》もブラジルに行《い》ったことがないって話《はな》したの？」

ロンが力《ちから》なくくり返《かえ》した。

「それがどうかしたの？　ここにはそんなことできる人《ひと》、はいて捨《す》てるほどいるだろうに」

「それが、いないんだ」ロンが言《い》った。

「そんな能力《のうりょく》はざらには持《も》っていない。ハリー、まずいよ」

「何《なに》がまずいんだい？」

ハリーはかなり腹《はら》が立《た》ってきた。

「みんな、どうかしたんじゃないか？　考《かんが》えてもみてよ。もし僕《ぼく》が、ジャスティンを襲《おそ》うなって蛇《へび》に言《い》わなけりゃ――」

「へえ、君《きみ》はそう言《い》ったのかい？」

「どういう意味《いみ》？　君《きみ》たちあの場《ば》にいたし……僕《ぼく》の言《い》うことを聞《き》いたじゃないか」

「僕《ぼく》、君《きみ》がパーセルタングを話《はな》すのは聞《き》いた。つまり蛇語《へびご》だ」

ロンが言《い》った。

「君《きみ》が何《なに》を話《はな》したか、ほかの人《ひと》にはわかりゃしないんだよ。ジャスティンがパニックになったのもわかるな。君《きみ》ったら、まるで蛇《へび》をそそのかしてるような感《かん》じだった。あれにはぞっとしたよ」

ハリーはまじまじとロンを見《み》た。

「僕《ぼく》がちがう言葉《ことば》をしゃべったって？　だけど——僕《ぼく》、気《き》がつかなかった——自分《じぶん》が話《はな》せるってことさえ知《し》らないのに、どうしてそんな言葉《ことば》が話《はな》せるんだい？」

ロンは首《くび》を振《ふ》った。ロンもハーマイオニーも通夜《つや》の客《きゃく》のような顔《かお》をしていた。ハリーは、いったい何《なに》がそんなに悪《わる》いことなのか理解《りかい》できなかった。

「あの蛇《へび》が、ジャスティンの首《くび》を食《く》いちぎるのを止《と》めたのに、いったい何《なに》が悪《わる》いのか教《おし》えてくれないか？　ジャスティンが、『首無《くびな》し狩《がり》』に参加《さんか》するはめにならずにすんだんだよ。どういうやり方《かた》で止《と》めたかなんて、問題《もんだい》になるの？」

「問題《もんだい》になるのよ」

ハーマイオニーがやっとヒソヒソ声《ごえ》で話《はな》しだした。

「どうしてかというと、サラザール・スリザリンは、蛇《へび》と話《はなし》ができることで有名《ゆうめい》だったからなの。だからスリザリン寮《りょう》のシンボルが蛇《へび》でしょう」

ハリーはポカンと口《くち》を開《あ》けた。

「そうなんだ。今度《こんど》は学校中《がっこうじゅう》が君《きみ》のことを、スリザリンの曾々々々孫《ひひひひまご》だとか何《なん》とか言《い》いだすだろうな……」ロンが言《い》った。

「だけど、僕《ぼく》はちがう」ハリーは、言《い》いようのない恐怖《きょうふ》にかられた。

「それは証明《しょうめい》しにくいことね」ハーマイオニーが言《い》った。

「スリザリンは千年《せんねん》ほど前《まえ》に生《い》きていたんだから、あなただという可能性《かのうせい》もありうるのよ」


ハリーはその夜《よ》、何時間《なんじかん》も寝《ね》つけなかった。四本柱《よんほんばしら》のベッドのカーテンのすきまから、寮塔《りょうとう》の窓《まど》の外《そと》に雪《ゆき》がちらつきはじめたのを眺《なが》めながら、思《おも》いにふけった。

——僕《ぼく》はサラザール・スリザリンの子孫《しそん》なのだろうか？——ハリーは結局《けっきょく》父親《ちちおや》の家族《かぞく》のことは何《なに》も知《し》らなかった。ダーズリー一家《いっか》は、ハリーが親《しん》せきの魔法使《まほうつか》いのことを質問《しつもん》するのを、いっさい禁止《きんし》した。

ハリーはこっそり蛇語《へびご》を話《はな》そうとした。が、言葉《ことば》が出《で》てこなかった。蛇《へび》と顔《かお》を見合《みあ》わせないと話《はな》せないらしい。

——でも、僕《ぼく》は**グリフィンドール**生《せい》だ。僕《ぼく》にスリザリンの血《ち》が流《なが》れていたら、「組分《くみわ》け帽子《ぼうし》」

が僕《ぼく》をここに入《い》れなかったはずだ……。

「フン」頭《あたま》の中《なか》で小《ちい》さい意地悪《いじわる》な声《こえ》がした。「しかし、『組分《くみわ》け帽子《ぼうし》』は君《きみ》をスリザリンに入《い》れたいと思《おも》った。忘《わす》れたのかい？」

ハリーは寝返《ねがえ》りを打《う》った——明日《あす》、薬草学《やくそうがく》でジャスティンに会《あ》う。その時《とき》に説明《せつめい》するんだ。僕《ぼく》は蛇《へび》をけしかけてたのじゃなく、攻撃《こうげき》をやめさせてたんだって。どんなバカだって、そのぐらいわかるはずじゃないか——腹《はら》が立《た》って、ハリーは枕《まくら》を拳《こぶし》でたたいた。

しかし、翌朝《よくあさ》、前夜《ぜんや》に降《ふ》りだした雪《ゆき》が大吹雪《おおふぶき》になり、学期最後《がっきさいご》の薬草学《やくそうがく》の授業《じゅぎょう》は休講《きゅうこう》になった。スプラウト先生《せんせい》がマンドレイクに靴下《くつした》をはかせ、マフラーを巻《ま》く作業《さぎょう》をしなければならないからだ。やっかいな作業《さぎょう》なので、ほかの誰《だれ》にも任《まか》せられないらしい。特《とく》に今《いま》は、ミセス・ノリスやコリン・クリービーを蘇生《そせい》させるため、マンドレイクが一刻《いっこく》も早《はや》く育《そだ》ってくれることが重要《じゅうよう》だった。

グリフィンドールの談話室《だんわしつ》の暖炉《だんろ》のそばで、ハリーは休講《きゅうこう》になったことにいらだちをつのらせていた。ロンとハーマイオニーは、空《あ》いた時間《じかん》を、魔法《まほう》チェスをして過《す》ごしていた。

「ハリー、いいかげんにしてよ」

ロンのビショップが、ハーマイオニーのナイトを馬《うま》から引《ひ》きずり降《お》ろして、チェス盤《ばん》の外《そと》までずるずる引《ひ》っ張《ぱ》っていったとき、ハリーの様子《ようす》を見《み》かねたハーマイオニーが言《い》った。

「そんなに気《き》になるんだったら、こっちからジャスティンを探《さが》しに行《い》けばいいじゃない」

ハリーは立《た》ち上《あ》がり、ジャスティンはどこにいるかなと考《かんが》えながら、肖像画《しょうぞうが》の穴《あな》から外《そと》に出《で》た。窓《まど》という窓《まど》の外《そと》を、灰色《はいいろ》の雪《ゆき》が渦巻《うずま》くように降《ふ》っていたので、昼《ひる》だというのに城《しろ》の中《なか》はいつもより暗《くら》かった。寒《さむ》さに震《ふる》え、ハリーは授業中《じゅぎょうちゅう》の教室《きょうしつ》の物音《ものおと》を聞《き》きながら歩《ある》いた。マクゴナガル先生《せんせい》は誰《だれ》かを叱《しか》りつけていた。どうやら誰《だれ》かがクラスメートをアナグマに変《か》えてしまったらしい。ハリーはのぞいてみたい気持《きも》ちをおさえて、そばを通《とお》り過《す》ぎた。ジャスティンは空《あ》いた時間《じかん》に授業《じゅぎょう》の遅《おく》れを取《と》り戻《もど》そうとしているかもしれないと思《おも》いつき、ハリーは図書館《としょかん》をチェックしてみることにした。

薬草学《やくそうがく》で一緒《いっしょ》になるはずだったハッフルパフ生《せい》たちが、思《おも》ったとおり図書館《としょかん》の奥《おく》のほうで固《かた》まっていた。しかし、勉強《べんきょう》している様子《ようす》ではない。背《せ》の高《たか》い本棚《ほんだな》がずらりと立《た》ち並《なら》ぶ間《あいだ》で、みんな額《ひたい》を寄《よ》せ合《あ》って、夢中《むちゅう》で何《なに》かを話《はな》しているようだった。ジャスティンがその中《なか》にいるかどうか、ハリーには見《み》えなかった。みんなのほうに歩《ある》いて行《い》く途中《とちゅう》で、話《はなし》が耳《みみ》に入《はい》った。ハリーは立《た》ち止《ど》まり、ちょうど「隠《かく》れ術《じゅつ》」の本《ほん》が並《なら》ぶ本棚《ほんだな》のところに隠《かく》れて耳《みみ》を澄《す》ませた。

「だからさ」太《ふと》った男《おとこ》の子《こ》が話《はな》している。「僕《ぼく》、ジャスティンに言《い》ったんだ。自分《じぶん》の部屋《へや》に隠《かく》れてろって。つまりさ、もしポッターが、あいつを次の餌食《つぎのえじき》にねらってるんだったら、しばらくは目立《めだ》たないようにしてるのが一番《いちばん》いいんだよ。もちろん、あいつ、うっかり自分《じぶん》がマグル出身《しゅっしん》だなんてポッターにもらしちゃったから、いつかはこうなるんじゃないかって思《おも》ってたさ。ジャスティンのやつ、イートン校《こう》に入《はい》る予定《よてい》だったなんて、ポッターにしゃべっちまったんだ。そんなこと、スリザリンの継承者《けいしょうしゃ》がうろついてるときに、言《い》いふらすべきことじゃないよな？」

「じゃ、アーニー、あなた、絶対《ぜったい》にポッターだって思《おも》ってるの？」

金髪《きんぱつ》を三《み》つ編《あ》みにした女《おんな》の子《こ》はもどかしげに聞《き》いた。

「ハンナ」太《ふと》った子《こ》が重々《おもおも》しく言《い》った。「彼《かれ》はパーセルマウスだぜ。それは闇《やみ》の魔法使《まほうつか》いの印《しるし》だって、みんなが知《し》ってる。蛇《へび》と話《はなし》ができるまともな魔法使《まほうつか》いなんて、聞《き》いたことがあるかい？スリザリンその人《ひと》のことを、みんなが『蛇舌《へびじた》』って呼《よ》んでたぐらいなんだ」

ザワザワと重苦《おもくる》しいささやきが起《お》こり、アーニーは話《はな》し続《つづ》けた。

「壁《かべ》に書《か》かれた言葉《ことば》を覚《おぼ》えてるか？『継承者《けいしょうしゃ》の敵《てき》よ、気《き》をつけよ』。ポッターはフィルチと何《なん》かごたごたがあったんだ。そして気《き》がつくと、フィルチの猫《ねこ》が襲《おそ》われていた。あの一年坊主《いちねんぼうず》のクリービーは、クィディッチの試合《しあい》でポッターが泥《どろ》の中《なか》に倒《たお》れてるとき、写真《しゃしん》を撮《と》りまくってポッターにいやがられた。そして気《き》がつくと、クリービーがやられていた」

「でも、ポッターって、いい人《ひと》に見《み》えるけど」

ハンナは納得《なっとく》できない様子《ようす》だ。

「それに、ほら、彼《かれ》が『例《れい》のあの人《ひと》』を消《け》したのよ。そんなに悪人《あくにん》であるはずがないわ。どう？」

アーニーはわけありげに声《こえ》を落《お》とし、ハッフルパフ生《せい》はより間近《まぢか》に額《ひたい》を寄《よ》せ合《あ》った。ハリーはアーニーの言葉《ことば》が聞《き》き取《と》れるように近《ちか》くまでにじり寄《よ》った。

「ポッターが『例《れい》のあの人《ひと》』に襲《おそ》われてもどうやって生《い》き残《のこ》ったのか、誰《だれ》も知《し》らないんだ。つまり、事《こと》が起《お》こったとき、ポッターはほんの赤《あか》ん坊《ぼう》だった。こっぱみじんに吹《ふ》き飛《と》ばされて当然《とうぜん》さ。それほどの呪《のろ》いを受《う》けても生《い》き残《のこ》ることができるのは、ほんとうに強力《きょうりょく》な『闇《やみ》の魔法使《まほうつか》い』だけだよ」

アーニーの声《こえ》がさらに低《ひく》くなり、ほとんど耳打《みみう》ちしているようだ。

「だからこそ、『例《れい》のあの人《ひと》』が初《はじ》めっから彼《かれ》を殺《ころ》したかったんだ。闇《やみ》の帝王《ていおう》がもう一人《ひとり》いて、競争《きょうそう》になるのがいやだったんだ。ポッターのやつ、いったいほかにどんな力《ちから》を隠《かく》してるんだろう？」

ハリーはもうこれ以上《いじょう》がまんできなかった。大《おお》きく咳払《せきばら》いして、本棚《ほんだな》の陰《かげ》から姿《すがた》を現《あらわ》した。

カンカンに腹《はら》を立《た》てていなかったら、ふいをつかれたみんなの様子《ようす》を見《み》て、ハリーはきっと滑《こっ》稽《けい》だと思《おも》っただろう。ハリーの姿《すがた》を見《み》たとたん、ハッフルパフ生《せい》はいっせいに石《いし》になったように見《み》えた。アーニーの顔《かお》からサッと血《ち》の気《け》が引《ひ》いた。

「やあ」ハリーが声《こえ》をかけた。

「僕《ぼく》、ジャスティン・フィンチ－フレッチリーを探《さが》してるんだけど……」

ハッフルパフ生《せい》の恐《おそ》れていた最悪《さいあく》の事態《じたい》が現実《げんじつ》のものになった。みんな、こわごわ、アーニーのほうを見《み》た。

「あいつに何《なん》の用《よう》なんだ？」アーニーが震《ふる》え声《ごえ》で聞《き》いた。

「決闘《けっとう》クラブでの蛇《へび》のことだけど、ほんとは何《なに》が起《お》こったのか、彼《かれ》に話《はな》したいんだよ」

アーニーは蒼白《そうはく》になった唇《くちびる》をかみ、深呼吸《しんこきゅう》した。

「僕《ぼく》たちみんなあの場《ば》にいたんだ。みんな、何《なに》が起《お》こったのか見《み》てた」

「それじゃ、僕《ぼく》が話《はな》しかけたあとで、蛇《へび》が退《しりぞ》いたのに気《き》がついただろう？」

「僕《ぼく》が見《み》たのは」アーニーが、震《ふる》えているくせに頑固《がんこ》に言《い》い張《は》った。「君《きみ》が蛇語《へびご》を話《はな》したこと、そして蛇《へび》をジャスティンのほうに追《お》い立《た》てたことだ」

「追《お》い立《た》てたりなんかしてない！」ハリーの声《こえ》は怒《いか》りで震《ふる》えていた。「蛇《へび》はジャスティンをかすりもしなかった！」

「もう少《すこ》しってとこだった」アーニーが言《い》った。

「それから、君《きみ》が何《なに》かかんぐってるんだったら」とあわててつけ加《くわ》えた。「言《い》っとくけど、僕《ぼく》の家系《かけい》は九代前《だいまえ》までさかのぼれる魔女《まじょ》と魔法使《まほうつか》いの家系《かけい》で、僕《ぼく》の血《ち》は誰《だれ》にも負《ま》けないぐらい純血《じゅんけつ》で、だから——」

「君《きみ》がどんな血《ち》だろうとかまうもんか！」ハリーは激《はげ》しい口調《くちょう》で言《い》った。「なんで僕《ぼく》がマグル生《う》まれの者《もの》を襲《おそ》う必要《ひつよう》がある？」

「君《きみ》が一緒《いっしょ》に暮《く》らしているマグルを憎《にく》んでるって聞《き》いたよ」アーニーが即座《そくざ》に答《こた》えた。

「ダーズリーたちと一緒《いっしょ》に暮《く》らしていたら、憎《にく》まないでいられるもんか。できるものなら、君《きみ》がやってみればいいんだ」ハリーが言《い》った。

ハリーはきびすを返《かえ》し、怒《いか》り狂《くる》って図書館《としょかん》を出《で》ていった。大《おお》きな呪文《じゅもん》の本《ほん》の箔押《はくお》しの表紙《ひょうし》を磨《みが》いていたマダム・ピンスが、じろりととがめるような目《め》でハリーを見《み》た。

ハリーは、むちゃくちゃに腹《はら》が立《た》って、自分《じぶん》がどこに行《い》こうとしているのかさえほとんど意識《いしき》せず、つまずきながら廊下《ろうか》を歩《ある》いた。そのあげく、何《なに》か大《おお》きくて硬《かた》い物《もの》にぶつかって、ハリーは仰向《あおむ》けに床《ゆか》に転《ころ》がってしまった。

「あ、やあ、ハグリッド」ハリーは見上《みあ》げながら挨拶《あいさつ》した。

雪《ゆき》にまみれたウールのバラクラバ頭巾《ずきん》で頭《あたま》から肩《かた》まですっぽり覆《おお》われてはいたが、モールスキンのオーバーを着《き》て、廊下《ろうか》をほとんど全部《ぜんぶ》ふさいでいるのは、紛《まぎ》れもなくハグリッドだ。手袋《てぶくろ》をした巨大《きょだい》な手《て》の一方《いっぽう》に鶏《にわとり》の死《し》がいをぶら下《さ》げている。

「ハリー、大丈夫《だいじょうぶ》か？」ハグリッドはバラクラバを引《ひ》き下《さ》げて話《はな》しかけた。

「おまえさん、なんで授業《じゅぎょう》に行《い》かんのかい？」

「休講《きゅうこう》になったんだ」ハリーは床《ゆか》から起《お》き上《あ》がりながら答《こた》えた。

「ハグリッドこそ何《なに》してるの？」

ハグリッドはだらんとした鶏《にわとり》を持《も》ち上《あ》げて見《み》せた。

「殺《や》られたのは今学期《こんがっき》になって二羽目《わめ》だ。狐《きつね》のしわざか、『吸血《きゅうけつ》お化《ば》け』か。そんで、校長先生《こうちょうせんせい》から鶏小屋《とりごや》の周《まわ》りに魔法《まほう》をかけるお許《ゆる》しをもらわにゃ」

ハグリッドは雪《ゆき》がまだらについたぼさぼさ眉毛《まゆげ》の下《した》から、じっとハリーをのぞき込《こ》んだ。

「おまえさん、ほんとに大丈夫《だいじょうぶ》か？　かっかして、なんかあったみたいな顔《かお》しとるが」

ハリーはアーニーやハッフルパフ生《せい》が、今《いま》しがた自分《じぶん》のことを何《なん》と言《い》っていたか、口《くち》にすることさえ耐《た》えられなかった。

「なんでもないよ」ハリーはそう答《こた》えた。

「ハグリッド、僕《ぼく》、もう行《い》かなくちゃ。次《つぎ》は変身術《へんしんじゅつ》だし、教科書《きょうかしょ》取《と》りに帰《かえ》らなきゃ」

その場《ば》を離《はな》れたものの、ハリーはまだアーニーの言《い》ったことで頭《あたま》がいっぱいだった。

「ジャスティンのやつ、うっかり自分《じぶん》がマグル出身《しゅっしん》だなんてポッターにもらしちゃったから、いつかはこうなるんじゃないかって思《おも》ってたさ……」

ハリーは階段《かいだん》を踏《ふ》み鳴《な》らして上《のぼ》り、次《つぎ》の廊下《ろうか》の角《かど》を曲《ま》がった。そこは一段《いちだん》と暗《くら》かった。はめ込《こ》みの甘《あま》い窓《まど》ガラスの間《あいだ》から、激《はげ》しく吹《ふ》き込《こ》む氷《こおり》のようなすきま風《かぜ》が、松明《たいまつ》の灯《あか》りを消《け》してしまっていた。廊下《ろうか》の真《ま》ん中《なか》あたりまで来《き》たとき、床《ゆか》に転《ころ》がっている何《なに》かにもろに足《あし》を取《と》られ、ハリーは頭《あたま》から先《さき》につんのめった。

振《ふ》り返《かえ》っていったい何《なに》につまずいたのか、目《め》を細《ほそ》めて見《み》たハリーは、とたんに胃袋《いぶくろ》が溶《と》けてしまったような気《き》がした。

ジャスティン・フィンチ－フレッチリーが転《ころ》がっていた。冷《つめ》たく、ガチガチに硬直《こうちょく》し、恐怖《きょうふ》の跡《あと》が顔《かお》に凍《こお》りつき、うつろな目《め》は天井《てんじょう》を凝視《ぎょうし》している。その隣《となり》にもう一つ、ハリーが今《いま》まで見《み》たこともない不可思議《ふかしぎ》なものがあった。

「ほとんど首無《くびな》しニック」だった。もはや透明《とうめい》な真珠色《しんじゅしょく》ではなく、黒《くろ》くすすけて、床《ゆか》から十五センチほど上《うえ》に、真横《まよこ》にじっと動《うご》かずに浮《う》いていた。首《くび》は半分《はんぶん》落《お》ち、顔《かお》にはジャスティンと同《おな》じ恐《きょう》怖《ふ》がはりついていた。

ハリーは立《た》ち上《あ》がったが、息《いき》はたえだえ、心臓《しんぞう》は早打《はやう》ち太鼓《だいこ》のようにろっ骨《こつ》を打《う》った。人影《ひとかげ》のない廊下《ろうか》のあちらこちらを、ハリーは狂《くる》ったように見回《みまわ》した。すると、二つの物体《ぶったい》から逃《に》げるように、クモが一列《れつ》になって、全速力《ぜんそくりょく》でガサゴソ移動《いどう》しているのが目《め》に入《はい》った。物音《ものおと》といえば、両《りょう》側《がわ》の教室《きょうしつ》からぼんやりと聞《き》こえる、先生方《せんせいがた》の声《こえ》だけだった。

逃《に》げようと思《おも》えば逃《に》げられる。ここにハリーがいたことなど、誰《だれ》にもわかりはしない。なのに、ハリーは二人《ふたり》を放《ほう》っておくことができなかった――助《たす》けを呼《よ》ばなければ……。でも、僕《ぼく》がまったく関係《かんけい》ないってこと、信《しん》じてくれる人《ひと》がいるだろうか――？

パニック状態《じょうたい》で突《つ》っ立《た》っていると、すぐそばの戸《と》がバーンと開《ひら》き、ポルターガイストのピーブズがシューッと飛《と》び出《だ》してきた。

「おやまあ、ポッツリ、ポッツン、チビのポッター！」

ヒョコヒョコ上下《じょうげ》に揺《ゆ》れながら、ハリーの脇《わき》を通《とお》り過《す》ぎるとき、めがねをたたいてずっこけさせながら、ピーブズがかん高《だか》い声《こえ》ではやし立《た》てた。

「ポッター、ここで何《なに》してる？　ポッター、どうしてここにいる――」

ピーブズは空中《くうちゅう》宙返《ちゅうがえ》りの途中《とちゅう》ではたと止《と》まった。逆《さか》さまで、ジャスティンとほとんど首《くび》無《な》しニックを見《み》つけた。ピーブズはもう半回転《はんかいてん》して元《もと》に戻《もど》り、肺《はい》いっぱいに息《いき》を吸《す》いこむと、ハリーが止《と》める間《ま》もなく、大声《おおごえ》で叫《さけ》んだ。

「襲《おそ》われた！　襲《おそ》われた！　またまた襲《おそ》われた！　生《い》きてても死《し》んでても、みんな危《あぶ》ないぞ！　命《いのち》からがら逃《に》げろ！　おーそーわーれーたー！」

バタン——バタン——バタン。次々《つぎつぎ》と廊下《ろうか》の両側《りょうがわ》のドアが勢《いきお》いよく開《ひら》き、中《なか》からドッと人《ひと》が出《で》てきた。それからの数分間《すうふんかん》は長《なが》かった。大混乱《だいこんらん》のドタバタで、ジャスティンは踏《ふ》みつぶされそうになったし、ほとんど首無《くびな》しニックの体《からだ》の中《なか》で立《た》ちすくむ生徒《せいと》たちが何人《なんにん》もいた。先生《せんせい》たちが大《おお》声《ごえ》で「静《しず》かに」とどなっている中《なか》で、ハリーは壁《かべ》にぴったり磔《はりつけ》になったような格好《かっこう》だった。

マクゴナガル先生《せんせい》が走《はし》ってきた。あとに続《つづ》いたクラスの生徒《せいと》の中《なか》に、白《しろ》と黒《くろ》のしま模様《もよう》の髪《かみ》のままの子《こ》が一人《ひとり》いる。マクゴナガル先生《せんせい》は杖《つえ》を使《つか》ってバーンと大《おお》きな音《おと》を出《だ》し、静《しず》かになったところで、みんな自分《じぶん》の教室《きょうしつ》に戻《もど》るように命令《めいれい》した。なんとか騒《さわ》ぎが収《おさ》まりかけたちょうどその時《とき》、ハッフルパフのアーニーが息《いき》せき切《き》ってその場《ば》に現《あらわ》れた。

「**現行犯《げんこうはん》だ！**」顔面蒼白《がんめんそうはく》のアーニーが芝居《しばい》のしぐさのようにハリーを指差《ゆびさ》した。

「おやめなさい、マクミラン！」マクゴナガル先生《せんせい》が厳《きび》しくたしなめた。

ピーブズは上《うえ》のほうでニヤニヤ意地《いじ》の悪《わる》い笑《わら》いを浮《う》かべ、成《な》り行《ゆ》きを見《み》ながらふわふわしている。ピーブズは大混乱《だいこんらん》が好《す》きなのだ。先生《せんせい》たちがかがみ込《こ》んで、ジャスティンとほとんど首無《くびな》しニックを調《しら》べているときに、ピーブズは突然歌《とつぜんうた》いだした。

♪オー、ポッター、いやなやつだー　いったいおまえは何《なに》をしたー
おまえは生徒《せいと》をみな殺《ごろ》し　おまえはそれが大《おお》ゆかい

「おだまりなさい、ピーブズ」

マクゴナガル先生《せんせい》が一喝《いっかつ》した。ピーブズはハリーに向《む》かってベーッと舌《した》を出《だ》し、すうっと後《うし》ろに引《ひ》くように、ズームアウトして消《き》えてしまった。

ジャスティンは、フリットウィック先生《せんせい》と天文学《てんもんがく》のシニストラ先生《せんせい》が医務室《いむしつ》に運《はこ》んだ。しかし、ほとんど首無《くびな》しニックをどうしたものか、誰《だれ》も思《おも》いつかない。結局《けっきょく》マクゴナガル先生《せんせい》がどこからともなく大《おお》きなうちわを取《と》り出《だ》して、それをアーニーに持《も》たせ、ほとんど首無《くびな》しニックを階段《かいだん》の一番上《いちばんうえ》まであおり上《あ》げるよう言《い》いつけた。アーニーは言《い》いつけどおり、物言《ものい》わぬ黒《くろ》いホバークラフトのようなニックをあおいだ。あとに残《のこ》されたのはマクゴナガル先生《せんせい》とハリーだけだった。

「おいでなさい、ポッター」

「先生《せんせい》、誓《ちか》って言《い》います。僕《ぼく》、やってません――」ハリーは即座《そくざ》に言《い》った。

「ポッター、私《わたくし》の手《て》に負《お》えないことです」マクゴナガル先生《せんせい》はそっけない。

二人《ふたり》は押《お》しだまって歩《ある》いた。角《かど》を曲《ま》がると、先生《せんせい》はとほうもなく醜《みにく》い大《おお》きな石《いし》の怪獣《ガーゴイル》の前《まえ》で立《た》ち止《ど》まった。

「レモン・キャンディ！」

先生《せんせい》が言《い》った。これが合言葉《あいことば》だったにちがいない。怪獣《ガーゴイル》の石像《せきぞう》が突然《とつぜん》生《い》きた本物《ほんもの》になり、ピョンと跳《と》んで脇《わき》に寄《よ》り、その背後《はいご》にあった壁《かべ》が左右《さゆう》に割《わ》れた。いったいどうなることかと、恐《おそ》れで頭《あたま》がいっぱいだったハリーも、怖《こわ》さを忘《わす》れてびっくりした。壁《かべ》の裏《うら》にはらせん階段《かいだん》があり、エスカレーターのようになめらかに上《うえ》のほうへと動《うご》いている。ハリーが先生《せんせい》と一緒《いっしょ》に階段《かいだん》に乗《の》ると、二人《ふたり》の背後《はいご》で壁《かべ》はドシンと閉《と》じた。二人《ふたり》はくるくるとらせん状《じょう》に上《うえ》へ上《うえ》へと運《はこ》ばれていった。そしてついに、少《すこ》しめまいを感《かん》じながら、ハリーは前方《ぜんぽう》に輝《かがや》くような樫《かし》の扉《とびら》を見《み》た。扉《とびら》にグリフィンをかたどったノック用《よう》の金具《かなぐ》がついている。

ハリーはどこに連《つ》れていかれるのかに気《き》がついた。ここはダンブルドアの住居《すまい》にちがいない。

第《だい》12章《しょう》 ポリジュース薬《やく》

二人《ふたり》は石《いし》のらせん階段《かいだん》の一番上《いちばんうえ》で降《お》り、マクゴナガル先生《せんせい》が扉《とびら》をたたいた。音《おと》もなく扉《とびら》が開《ひら》き、二人《ふたり》は中《なか》に入《はい》った。マクゴナガル先生《せんせい》は、待《ま》っていなさいとハリーをそこに一人残《ひとりのこ》し、どこかに行《い》った。

ハリーはあたりを見回《みまわ》した。今学期《こんがっき》になってハリーはいろいろな先生《せんせい》の部屋《へや》に入《はい》ったが、ダンブルドアの校長室《こうちょうしつ》が、断《だん》トツにおもしろい。学校《がっこう》からまもなく放《ほう》り出《だ》されるのではないかと、恐怖《きょうふ》で縮《ち》み上《あ》がっていなかったら、きっとハリーは、こんなふうにじっくりと部屋《へや》を眺《なが》めるチャンスができて、とてもうれしかったことだろう。

そこは広《ひろ》くて美《うつく》しい円形《えんけい》の部屋《へや》で、おかしな小《ちい》さな物音《ものおと》で満《み》ちあふれていた。紡錘形《ぼうすいけい》のきゃしゃな脚《あし》がついたテーブルの上《うえ》には、奇妙《きみょう》な銀《ぎん》の道具《どうぐ》が立《た》ち並《なら》び、くるくる回《まわ》りながらポッポッと小《ちい》さな煙《けむり》を吐《は》いている。壁《かべ》には歴代《れきだい》の校長先生《こうちょうせんせい》の写真《しゃしん》がかかっていたが、額縁《がくぶち》の中《なか》でみんなすやすや眠《ねむ》っていた。大《おお》きな鉤爪脚《かぎづめあし》の机《つくえ》もあり、その後《うし》ろの棚《たな》には、みすぼらしいボロボロの三《さん》角帽子《かくぼうし》がのっている――組分《くみわ》け帽子《ぼうし》だ。

ハリーは眠《ねむ》っている壁《かべ》の校長先生《こうちょうせんせい》たちをそうっと見渡《みわた》した。「帽子《ぼうし》」を取《と》って、もう一度《いちど》かぶってみてもかまわないだろうか？　ハリーはためらった。かまわないだろう。ちょっとだけ……確認《かくにん》するだけなんだ。僕《ぼく》の組分《くみわ》けは正《ただ》しかったのかどうかって――。

ハリーはそっと机《つくえ》の後《うし》ろに回《まわ》り込《こ》み、棚《たな》から帽子《ぼうし》を取《と》り上《あ》げ、そろそろとかぶった。帽子《ぼうし》が大《おお》き過《す》ぎて、前《まえ》のときもそうだったが、今度《こんど》も目《め》の上《うえ》まですべり落《お》ちてきた。ハリーは帽子《ぼうし》の内側《うちがわ》の闇《やみ》を見《み》つめて待《ま》った。すると、かすかな声《こえ》がハリーの耳《みみ》にささやいた。

「何《なに》か、思《おも》いつめているね？　ハリー・ポッター」

「ええ、そうです」

ハリーは口《くち》ごもった。

「あの――おじゃましてごめんなさい――お聞《き》きしたいことがあって――」

「私《わたし》が君《きみ》を組分《くみわ》けした寮《りょう》が、まちがいではないかと気《き》にしてるね」帽子《ぼうし》はさらりと言《い》った。

「さよう……君《きみ》の組分《くみわ》けは特《とく》に難《むずか》しかった。しかし、私《わたし》が前《まえ》に言《い》った言葉《ことば》は今《いま》も変《か》わらない――」

ハリーは心《こころ》が躍《おど》った。

「――君《きみ》はスリザリンでうまくやれる**可能性**《かのうせい》**がある**」

ハリーの胃袋《いぶくろ》がズシンと落《お》ち込《こ》んだ。帽子《ぼうし》のてっぺんをつかんでぐいっと脱《ぬ》ぐと、薄汚《うすよご》れてくたびれた帽子《ぼうし》が、だらりとハリーの手《て》からぶら下《さ》がっていた。気分《きぶん》が悪《わる》くなり、ハリーは帽子《ぼうし》を棚《たな》に押《お》し戻《もど》した。

「あなたはまちがっている」

動《うご》かず物言《ものい》わぬ帽子《ぼうし》に向《む》かって、ハリーは声《こえ》を出《だ》して話《はな》しかけた。帽子《ぼうし》はじっとしている。ハリーは帽子《ぼうし》を見《み》つめながらあとずさりした。ふと、奇妙《きみょう》なゲッゲッという音《おと》が聞《き》こえて、ハリーはくるりと振《ふ》り返《かえ》った。

ハリーは、ひとりきりではなかった。扉《とびら》の裏側《うらがわ》に金色《きんいろ》の止《と》まり木《ぎ》があり、羽根《はね》を半分《はんぶん》むしられた七面鳥《しちめんちょう》のようなよぼよぼの鳥《とり》が止《と》まっていた。ハリーがじっと見《み》つめると、鳥《とり》はまたゲッゲッと声《こえ》を上《あ》げながら哀《あわ》れっぽい目《め》で見返《みかえ》した。ハリーは、鳥《とり》が重《おも》い病気《びょうき》ではないかと思《おも》った。目《め》はどんよりとし、ハリーが見《み》ている間《あいだ》にもまた尾羽根《おばね》が二、三枚《まい》抜《ぬ》け落《お》ちた。

――ダンブルドアのペットの鳥《とり》が、僕《ぼく》のほかには誰《だれ》もいないこの部屋《へや》で死《し》んでしまったら、万事休《ばんじきゅう》すだ、僕《ぼく》はもうダメだ――そう思《おも》ったとたん、鳥《とり》が炎《ほのお》に包《つつ》まれた。

ハリーは驚《おどろ》いて叫《さけ》び声《ごえ》を上《あ》げ、あとずさりして机《つくえ》にぶつかった。どこかにコップ一杯《いっぱい》の水《みず》でもないかと、ハリーは夢中《むちゅう》で周《まわ》りを見回《みまわ》した。が、どこにも見当《みあ》たらない。その間《あいだ》に鳥《とり》は火《ひ》の玉《たま》となり、一声鋭《ひとこえするど》く鳴《な》いたかと思《おも》うと、次《つぎ》の瞬間《しゅんかん》、跡形《あとかた》もなくなってしまった。一握《ひとにぎ》りの灰《はい》が床《ゆか》の上《うえ》でブスブスと煙《けむり》を上《あ》げているだけだった。

校長室《こうちょうしつ》のドアが開《ひら》いた。ダンブルドアが陰《いん》うつな顔《かお》をして現《あらわ》れた。

「先生《せんせい》」ハリーはあえぎながら言《い》った。

「先生《せんせい》の鳥《とり》が――僕《ぼく》、何《なに》もできなくて――急《きゅう》に火《ひ》がついたんです――」

驚《おどろ》いたことに、ダンブルドアはほほえんだ。

「そろそろだったのじゃ。あれはこのごろみじめな様子《ようす》だったのでな、早《はや》くすませてしまうようにと、何度《なんど》も言《い》い聞《き》かせておったんじゃ」

ハリーがポカンとしているので、ダンブルドアがクスクス笑《わら》った。

「ハリー、フォークスは不死鳥《ふしちょう》じゃよ。死《し》ぬ時《とき》が来《く》ると炎《ほのお》となって燃《も》え上《あ》がる。そして灰《はい》の中《なか》からよみがえるのじゃ。見《み》ててごらん……」

ハリーが見下《みお》ろすと、ちょうど小《ちい》さなくしゃくしゃの雛《ひな》が灰《はい》の中《なか》から頭《あたま》を突《つ》き出《だ》しているところだった。雛《ひな》も老鳥《ろうちょう》のときと同《おな》じくらい醜《みにく》かった。

「ちょうど『燃焼日《ねんしょうび》』にあれの姿《すがた》を見《み》ることになって、残念《ざんねん》じゃったの」

ダンブルドアは事務机《じむづくえ》に座《すわ》りながら言《い》った。

「あれはいつもは実《じつ》に美《うつく》しい鳥《とり》なんじゃ。羽《はね》は見事《みごと》な赤《あか》と金色《きんいろ》でな。うっとりするような生《い》き物《もの》じゃよ、不死鳥《ふしちょう》というのは。驚《おどろ》くほどの重《おも》い荷《に》を運《はこ》び、涙《なみだ》にはいやしの力《ちから》があり、ペットとしては忠実《ちゅうじつ》なことこの上《うえ》ない」

フォークスの火事騒《かじさわ》ぎのショックで、ハリーは自分《じぶん》がなぜここにいるのかを忘《わす》れていた。一挙《いっきょ》に思《おも》い出《だ》したのは、ダンブルドアが机《つくえ》に座《すわ》り、背《せ》もたれの高《たか》い椅子《いす》に腰《こし》かけ、明《あか》るいブルーの瞳《ひとみ》で、すべてを見透《みとお》すようなまなざしをハリーに向《む》けたときだ。

ダンブルドアが何《なに》も言《い》いださないうちに、バーンとどえらい音《おと》を立《た》てて扉《とびら》が勢《いきお》いよく開《ひら》き、ハグリッドが飛《と》び込《こ》んできた。目《め》を血走《ちばし》らせ、真《ま》っ黒《くろ》なもじゃもじゃ頭《あたま》の上《うえ》にバラクラバ頭巾《ずきん》をちょこんとのせて、手《て》には鶏《にわとり》の死《し》がいをまだぶらぶらさせている。

「ハリーじゃねえです。ダンブルドア先生《せんせい》」ハグリッドが急《せ》き込《こ》んで言《い》った。

「俺《おれ》はハリーと話《はな》してたです。あの子《こ》が発見《はっけん》されるほんの数秒前《すうびょうまえ》のこってす。先生《せんせい》さま、ハリーにはそんな時間《じかん》はねえです……」

ダンブルドアは何《なに》か言《い》おうとしたが、ハグリッドがわめき続《つづ》けていた。興奮《こうふん》して鶏《にわとり》を振《ふ》り回《まわ》すので、そこら中《じゅう》に羽根《はね》が飛《と》び散《ち》った。

「……ハリーのはずがねえです。俺《おれ》は魔法省《まほうしょう》の前《まえ》で証言《しょうげん》したってようがす……」

「ハグリッド、わしは——」

「……先生《せんせい》さま、まちがってなさる。俺《おれ》は知《し》っとるです。ハリーは絶対《ぜったい》そんな——」

「ハグリッド！」ダンブルドアは大《おお》きな声《こえ》で言《い》った。「わしはハリーがみんなを襲《おそ》ったとは考《かんが》えておらんよ」

「ヘッ」手《て》に持《も》った鶏《にわとり》がグニャリと垂《た》れ下《さ》がった。

「へい。そんじゃ俺《おれ》は外《そと》で待《ま》ってますだ。校長先生《こうちょうせんせい》」

そして、ハグリッドはきまり悪《わる》そうにドシンドシンと出《で》ていった。

「先生《せんせい》、僕《ぼく》じゃないとお考《かんが》えなのですか？」

ハリーは祈《いの》るようにくり返《かえ》した。ダンブルドアは机《つくえ》の上《うえ》に散《ち》らばった、鶏《にわとり》の羽根《はね》を払《はら》いのけていた。

「そうじゃよ、ハリー」ダンブルドアはそう言《い》いながらも、また陰《いん》うつな顔《かお》をした。

「しかし、君《きみ》には話《はな》したいことがあるのじゃ」

ダンブルドアは長《なが》い指《ゆび》の先《さき》を合《あ》わせ、何事《なにごと》か考《かんが》えながらハリーをじっと見《み》ていた。ハリーは落《お》ち着《つ》かない気持《きも》ちでじっと待《ま》った。

「ハリー、まず、君《きみ》に聞《き》いておかねばならん。わしに何《なに》か言《い》いたいことはないかの？」

やわらかな口調《くちょう》だった。

「どんなことでもよい」

ハリーは何《なに》を言《い》ってよいかわからなかった。マルフォイの叫《さけ》びを思《おも》い出《だ》した。「次《つぎ》はおまえたちの番《ばん》だぞ、『穢《けが》れた血《ち》』め！」それから、嘆《なげ》きのマートルのトイレでふつふつ煮《に》えているポリジュース薬《やく》。さらに、ハリーが二回《かい》も聞《き》いた正体《しょうたい》の見《み》えない声《こえ》。ロンが言《い》ったことを思《おも》い出《だ》した。**「誰《だれ》にも聞《き》こえない声《こえ》が聞《き》こえるのは、魔法界《まほうかい》でも狂気《きょうき》の始《はじ》まりだって思《おも》われてる」**。そして、みんなが自分《じぶん》のことを何《なん》と言《い》っていたかを思《おも》い浮《う》かべた。自分《じぶん》はサラザール・スリザリンと何《なん》らかの関《かか》わりがあるのではないかという恐《おそ》れがつのっていること……。

「いいえ。先生《せんせい》、何《なに》もありません」ハリーは答《こた》えた。

ジャスティンとほとんど首無《くびな》しニックの二人《ふたり》が一度《いちど》に襲《おそ》われた事件《じけん》で、これまでのように単《たん》なる不安感《ふあんかん》ではすまなくなり、パニック状態《じょうたい》になった。奇妙《きみょう》なことに、一番不安《いちばんふあん》をあおったのはニックの運命《うんめい》だった。ゴーストにあんなことをするなんて、いったい何者《なにもの》なのかと、寄《よ》ると触《さわ》るとその話《はなし》だった。もう死《し》んでいる者《もの》に危害《きがい》を加《くわ》えるなんて、どんな恐《おそ》ろしい力《ちから》を持《も》っているんだろう？　クリスマスに帰宅《きたく》しようと、生徒《せいと》たちがなだれを打《う》ってホグワーツ特急《とっきゅう》の予約《よやく》を入《い》れた。

「この調子《ちょうし》じゃ、居残《いのこ》るのは僕《ぼく》たちだけになりそうだ」ロンがハリーとハーマイオニーに言《い》った。

「僕《ぼく》たちと、マルフォイ、クラッブ、ゴイルだ。こりゃ楽《たの》しい休暇《きゅうか》になるぞ」

クラッブとゴイルは、常《つね》にマルフォイのやるとおりに行動《こうどう》したので、居残《いのこ》り組《ぐみ》に名前《なまえ》を書《か》いた。

ほとんどみんないなくなることが、ハリーにはむしろうれしかった。廊下《ろうか》で誰《だれ》かに出会《であ》うと、まるでハリーが牙《きば》を生《は》やしたり毒《どく》を吐《は》き出《だ》したりするとでも思《おも》っているのか、みんなハリーをさけて通《とお》った。逆《ぎゃく》にハリーがそばを通《とお》ると、指差《ゆびさ》しては「シーッ」と言《い》ったり、ヒソヒソ声《ごえ》になったり、ハリーはもううんざりだった。

フレッドとジョージにしてみれば、こんなおもしろいことはないらしい。二人《ふたり》でわざわざハリーの前《まえ》に立《た》って廊下《ろうか》を行進《こうしん》し、「したーに、下《した》に、まっこと邪悪《じゃあく》な魔法使《まほうつか》い、スリザリンの継承者様《けいしょうしゃさま》のお通《とお》りだ……」と先触《さきぶ》れした。

パーシーはこのふざけをまったく認《みと》めなかった。

「笑《わら》いごとじゃないぞ」パーシーは冷《つめ》たく言《い》った。

「おい、パーシー、どけよ。ハリー様《さま》は、はやく行《い》かねばならぬ」とフレッド。

「そうだとも。牙《きば》をむき出《だ》した召使《めしつか》いとお茶《ちゃ》をお飲《の》みになるので、『秘密《ひみつ》の部屋《へや》』にお急《いそ》ぎなのだ」ジョージがうれしそうにクックッと笑《わら》った。

ジニーも冗談《じょうだん》だとは思《おも》っていなかった。

フレッドがハリーに「次《つぎ》は誰《だれ》を襲《おそ》うつもりか」と大声《おおごえ》で尋《たず》ねたり、ジョージがハリーと出会《であ》ったとき、大《おお》きなニンニクの束《たば》で追《お》い払《はら》うふりをしたりすると、そのたびに、ジニーは「お願《ねが》い、やめて」と涙声《なみだごえ》になった。

ハリーは気《き》にしていなかった。少《すく》なくともフレッドとジョージは、ハリーがスリザリンの継《けい》承《しょうしゃ》者だなんて、まったくバカげた考《かんが》えだと思《おも》っている。そう思《おも》うと気《き》が楽《らく》になった。しかし、二人《ふたり》の道化《どうけ》ぶりを見《み》るたび、ドラコ・マルフォイはいらいらし、ますます不機嫌《ふきげん》になっていくようだった。

「そりゃ、ほんとうは自分《じぶん》なのだって、言《い》いたくてしょうがないからさ」

ロンがわけ知《し》り顔《がお》で言《い》った。

「あいつ、ほら、どんなことだって、自分《じぶん》を負《ま》かすやつは憎《にく》いんだ。なにしろ君《きみ》は、やつの悪《あく》行《ぎょう》の功績《こうせき》を全部《ぜんぶ》自分《じぶん》のものにしてるわけだろ」

「長《なが》くはお待《ま》たせしないわ」ハーマイオニーが満足《まんぞく》げに言《い》った。

「ポリジュース薬《やく》がまもなく完成《かんせい》よ。彼《かれ》の口《くち》から真実《しんじつ》を聞《き》く日《ひ》も近《ちか》いわ」

とうとう学期《がっき》が終《お》わり、降《ふ》り積《つ》もった雪《ゆき》と同《おな》じくらい深《ふか》い静寂《せいじゃく》が城《しろ》を包《つつ》んだ。ハリーにとっては、憂《ゆう》うつどころか安《やす》らかな日々《ひび》だった。ハーマイオニーやウィーズリー兄弟《きょうだい》たちと一緒《いっしょ》に、グリフィンドール塔《とう》を思《おも》いどおりにできるのは楽《たの》しかった。誰《だれ》にも迷惑《めいわく》をかけずに大《おお》きな音《おと》を出《だ》してトランプの「爆発《ばくはつ》スナップ」をしたり、秘《ひそ》かに決闘《けっとう》の練習《れんしゅう》をした。フレッド、ジョージ、ジニーも、両親《りょうしん》と一緒《いっしょ》にエジプトにいる兄《あに》のビルを訪《たず》ねるより、学校《がっこう》に残《のこ》るほうを選《えら》んだ。パーシーは「おまえたちの子供《こども》っぽい行動《こうどう》はけしからん」と、グリフィンドールの談話室《だんわしつ》にはあまり顔《かお》を出《だ》さなかった。「クリスマスに僕《ぼく》が居残《いのこ》るのは、この困難《こんなん》な時期《じき》に先生方《せんせいがた》の手助《てだす》けをするのが、監督生《かんとくせい》としての義務《ぎむ》だからだ」と、パーシーはもったいぶって説明《せつめい》していた。

クリスマスの朝《あさ》が来《き》た。寒《さむ》い、真《ま》っ白《しろ》な朝《あさ》だった。寮《りょう》の部屋《へや》にはハリーとロンしか残《のこ》っていなかったが、朝早《あさはや》く起《お》こされてしまった。二人分《ふたりぶん》のプレゼントを持《も》って、すっかり着替《きが》えをすませたハーマイオニーが、部屋《へや》に飛《と》び込《こ》んできたのだ。

「起《お》きなさい」

ハーマイオニーは窓《まど》のカーテンを開《あ》けながら、大声《おおごえ》で呼《よ》びかけた。

「ハーマイオニー——君《きみ》は男子寮《だんしりょう》に来《き》ちゃいけないはずだよ」

ロンはまぶしそうに目《め》を覆《おお》いながら言《い》った。

「あなたにもメリークリスマスよ」ハーマイオニーは、ロンにプレゼントをポーンと投《な》げながら言《い》った。

「私《わたし》、もう一時間《じかん》も前《まえ》から起《お》きて、煎《せん》じ薬《ぐすり》にクサカゲロウを加《くわ》えてたの。完成《かんせい》よ」

ハリーはとたんに目《め》がパッチリ覚《さ》めて起《お》き上《あ》がった。

「ほんと？」

「絶対《ぜったい》よ」

ハーマイオニーはネズミのスキャバーズを脇《わき》に押《お》しやって、自分《じぶん》がベッドの片隅《かたすみ》に腰《こし》かけた。

「やるんなら、今夜《こんや》だわね」

ちょうどその時《とき》、ヘドウィグがスイーッと部屋《へや》に入《はい》ってきた。くちばしにちっぽけな包《つつ》みをくわえている。

「やあ」ベッドに降《お》り立《た》ったヘドウィグに、ハリーはうれしそうに話《はな》しかけた。

「また僕《ぼく》と口《くち》をきいてくれるのかい？」

ヘドウィグはハリーの耳《みみ》をやさしくかじった。そのほうが、運《はこ》んできてくれた包《つつ》みよりずっといい贈《おく》り物《もの》だった。包《つつ》みはダーズリー一家《いっか》からで、つまようじ一本《いっぽん》とメモが入《はい》っており、メモには、夏休《なつやす》み中《ちゅう》も学校《がっこう》に残《のこ》れないかどうか聞《き》いておけ、と書《か》いてあった。

ほかのプレゼントはもっとずっとうれしいものばかりだった。ハグリッドは糖蜜《とうみつ》ヌガーを大《おお》きな缶一杯贈《かんいっぱいおく》ってくれた。ハリーはそれを火《ひ》のそばに置《お》いてやわらかくしてから食《た》べることにした。ロンは、お気《き》に入《い》りのクィディッチ・チームのおもしろいことがあれこれ書《か》いてある『キャノンズと飛《と》ぼう』という本《ほん》をくれた。ハーマイオニーは鷲羽根《わしばね》の豪華《ごうか》なペンをくれた。最後《さいご》の包《つつ》みを開《ひら》くと、ウィーズリーおばさんからの新《あたら》しい手編《てあ》みのセーターと、大《おお》きなプラムケーキが出《で》てきた。おばさんのクリスマスカードを飾《かざ》りながら、ハリーの胸《むね》に新《あら》たな自責《じせき》の念《ねん》が押《お》し寄《よ》せてきた――。ウィーズリーおじさんの車《くるま》は「暴《あば》れ柳《やなぎ》」に衝突《しょうとつ》して以来《いらい》、行方《ゆくえ》が知《し》れないし、その上《うえ》、ロンと一緒《いっしょ》にこれからひとしきり校則《こうそく》を破《やぶ》る計画《けいかく》を立《た》てているのだ。

ホグワーツのクリスマス・ディナーだけは、何《なに》があろうと楽《たの》しい。たとえこれからポリジュース薬《やく》を飲《の》むことを恐《おそ》れていても、やっぱり楽《たの》しい。

大広間《おおひろま》は豪華《ごうか》けんらんだった。霜《しも》に輝《かがや》くクリスマスツリーが何本《なんぼん》も立《た》ち並《なら》び、柊《ひいらぎ》と宿木《やどりぎ》の小枝《こえだ》が、天井《てんじょう》をぬうように飾《かざ》られ、魔法《まほう》で天井《てんじょう》から温《あたた》かく乾《かわ》いた雪《ゆき》が降《ふ》りしきっていた。ダンブルドアは、お気《き》に入《い》りのクリスマス・キャロルを二、三曲《きょく》指揮《しき》し、ハグリッドは、エッグノッグをゴブレットでがぶ飲《の》みするたびに、もともと大《おお》きい声《こえ》がますます大《おお》きくなった。フレッドがいたずらして「監督生《かんとくせい》」のバッジの文字《もじ》を「劣等生《れっとうせい》」に変《か》えてしまったことに気《き》がつかないパーシーは、みんながクスクス笑《わら》うたびに、どうして笑《わら》うのか聞《き》いていた。マルフォイはスリザリンのテーブルのほうから、聞《き》こえよがしにハリーの新《あたら》しいセーターの悪口《わるぐち》を言《い》っていたが、ハリーは気《き》にもとめなかった。うまくいけば、あと数時間《すうじかん》でマルフォイは罪《つみ》の報《むく》いを受《う》けることになるのだ。

ハリーとロンが、まだクリスマス・プディングの三皿目《さらめ》を食《た》べているのに、ハーマイオニーが二人《ふたり》を追《お》い立《た》てて大広間《おおひろま》から連《つ》れ出《だ》し、今夜《こんや》の計画《けいかく》の詰《つ》めに入《はい》った。

「これから変身《へんしん》する相手《あいて》の一部分《いちぶぶん》が必要《ひつよう》なの」

ハーマイオニーは、まるで二人《ふたり》にスーパーに行《い》って洗剤《せんざい》を買《か》ってこいとでもいうように、こともなげに言《い》った。

「当然《とうぜん》、クラッブとゴイルから取《と》るのが一番《いちばん》だわ。マルフォイの腰巾着《こしぎんちゃく》だから、あの二人《ふたり》にだったら何《なん》でも話《はな》すでしょうし。それと、マルフォイの取《と》り調《しら》べをしてる最中《さいちゅう》に、本物《ほんもの》のクラッブとゴイルが乱入《らんにゅう》するなんてことが絶対《ぜったい》ないようにしておかなきゃ」

「私《わたし》、みんな考《かんが》えてあるの」

ハリーとロンが度肝《どぎも》を抜《ぬ》かれた顔《かお》をしているのを無視《むし》して、ハーマイオニーはすらすらと言《い》った。そしてふっくらしたチョコレートケーキを二個差《こさ》し出《だ》した。

「簡単《かんたん》な眠《ねむ》り薬《ぐすり》を仕込《しこ》んでおいたわ。あなたたちはクラッブとゴイルがこれを見《み》つけるようにしておけば、それだけでいいの。あの二人《ふたり》がどんなに意地汚《いじきたな》いか、ご存《ぞん》じのとおりだから、絶対食《ぜったいた》べるに決《き》まってる。眠《ねむ》ったら、髪《かみ》の毛《け》を二、三本《ぼん》引《ひ》っこ抜《ぬ》いて、それから二人《ふたり》を箒用《ほうきよう》の物置《ものおき》に隠《かく》すのよ」

ハリーとロンは大丈夫《だいじょうぶ》かなと顔《かお》を見合《みあ》わせた。

「ハーマイオニー、僕《ぼく》、ダメなような――」

「それって、ものすごく失敗《しっぱい》するんじゃ――」

しかし、ハーマイオニーの目《め》には、厳格《げんかく》そのもののきらめきがあった。ときどきマクゴナガル先生《せんせい》が見《み》せるあれだ。

「煎《せん》じ薬《ぐすり》は、クラッブとゴイルの毛《け》がないと役《やく》に立《た》ちません」断固《だんこ》たる声《こえ》だ。

「あなたたち、マルフォイを尋問《じんもん》したいの？　したくないの？」

「ああ、わかったよ。わかったよ」とハリーが言《い》った。

「でも、君《きみ》のは？　誰《だれ》の髪《かみ》の毛《け》を引《ひ》っこ抜《ぬ》くの？」

「私《わたし》のはもうあるの！」ハーマイオニーは高《たか》らかにそう言《い》うと、ポケットから小瓶《こびん》を取《と》り出《だ》し、中《なか》に入《はい》っている一本《ぽん》の髪《かみ》の毛《け》を見《み》せた。

「覚《おぼ》えてる？　決闘《けっとう》クラブで私《わたし》と取《と》っ組《く》み合《あ》ったミリセント・ブルストロード。私《わたし》の首《くび》をしめようとしたとき、私《わたし》のローブにこれが残《のこ》ってたの！　それに彼女《かのじょ》、クリスマスで帰《かえ》っちゃっていないし——だから、スリザリン生《せい》には、学校《がっこう》に戻《もど》ってきちゃったと言《い》えばいいわ」

ハーマイオニーがポリジュース薬《やく》の様子《ようす》を見《み》にあわただしく出《で》ていったあとで、ロンが運命《うんめい》に打《う》ちひしがれたような顔《かお》でハリーを見《み》た。

「こんなにしくじりそうなことだらけの計画《けいかく》って、聞《き》いたことあるかい？」

ところが、作戦第一号《さくせんだいごう》はハーマイオニーの言《い》ったとおりに、苦《く》もなく進行《しんこう》した。これにはハリーもロンも驚嘆《きょうたん》した。クリスマス・ディナーのあと、二人《ふたり》で誰《だれ》もいなくなった玄関《げんかん》ホールに隠《かく》れ、クラッブとゴイルを待《ま》ち伏《ぶ》せした。スリザリンのテーブルに、たった二人残《ふたりのこ》ったクラッブとゴイルは、デザートのトライフルの四皿目《さらめ》をガツガツたいらげていた。ハリーはチョコレートケーキを、階段《かいだん》の手《て》すりの端《はし》にちょんとのせておいた。大広間《おおひろま》からクラッブとゴイルが出《で》てきたので、ハリーとロンは、正面《しょうめん》の扉《とびら》の脇《わき》に立《た》っている鎧《よろい》の陰《かげ》に急《いそ》いで隠《かく》れた。

クラッブが大喜《おおよろこ》びでケーキを指差《ゆびさ》してゴイルに知《し》らせ、二つとも引《ひ》っつかんだのを見《み》て、ロンが有頂天《うちょうてん》になってハリーにささやいた。

「あそこまでバカになれるもんかな？」

ニヤニヤとバカ笑《わら》いしながら、クラッブとゴイルはケーキを丸《まる》ごと大《おお》きな口《くち》に収《おさ》めた。しばらくは二人《ふたり》とも、「もうけた」という顔《かお》で意地汚《いじきたな》くもごもご口《くち》を動《うご》かしていた。それから、そのまんまの表情《ひょうじょう》で、二人《ふたり》ともパタンと仰向《あおむ》けに床《ゆか》に倒《たお》れた。

一番難《いちばんむずか》しい一幕《ひとまく》は、ホールの反対側《はんたいがわ》にある物置《ものおき》に二人《ふたり》を隠《かく》すことだった。バケツやモップの間《あいだ》に二人《ふたり》を安全《あんぜん》にしまい込《こ》んだあと、ハリーはゴイルの額《ひたい》を覆《おお》っているごわごわの髪《かみ》を二、三本《ぼん》、えいっと引《ひ》き抜《ぬ》いた。ロンは、クラッブの髪《かみ》を数本引《すうほんひ》っこ抜《ぬ》いた。二人《ふたり》の靴《くつ》も失敬《しっけい》した。なにしろハリーたちの靴《くつ》では、クラッブ、ゴイル・サイズの足《あし》には小《ちい》さ過《す》ぎるからだ。それから、自分《じぶん》たちのやり遂《と》げたことがまだ信《しん》じられないまま、二人《ふたり》は嘆《なげ》きのマートルのトイレへと全速力《ぜんそくりょく》でかけだした。

ハーマイオニーが大鍋《おおなべ》をかき混《ま》ぜている小部屋《こべや》から、もくもくと濃《こ》い黒《くろ》い煙《けむり》が立《た》ち昇《のぼ》り、二人《ふたり》はほとんど何《なに》も見《み》えなかった。ローブをたくし上《あ》げて鼻《はな》を覆《おお》いながら、二人《ふたり》は小部屋《こべや》の戸《と》をそっとたたいた。

「ハーマイオニー？」

かんぬきがはずれる音《おと》がして、ハーマイオニーが顔《かお》を輝《かがや》かせ、待《ま》ちきれない様子《ようす》で現《あらわ》れた。その後《うし》ろで、どろりと水《みず》あめ状《じょう》になった煎《せん》じ薬《ぐすり》がグツグツ、ゴボゴボ泡立《あわだ》つ音《おと》が聞《き》こえた。便座《べんざ》にタンブラー・グラスが三つ用意《ようい》されていた。

「取《と》れた？」ハーマイオニーが息《いき》をはずませて聞《き》いた。

ハリーはゴイルの髪《かみ》の毛《け》を見《み》せた。

「けっこう。私《わたし》のほうは、洗濯物置《せんたくものお》き場《ば》から、着替《きが》え用《よう》のローブを三着《ちゃく》、こっそり調達《ちょうたつ》しといたわ」

ハーマイオニーは小《こ》ぶりの袋《ふくろ》を持《も》ち上《あ》げて見《み》せた。

「クラッブとゴイルになったときに、サイズの大《おお》きいのが必要《ひつよう》でしょ」

三人《にん》は大鍋《おおなべ》をじっと見《み》つめた。近《ちか》くで見《み》ると、煎《せん》じ薬《ぐすり》はどろりとした黒《くろ》っぽい泥《どろ》のようで、ボコッボコッとにぶく泡立《あわだ》っていた。

「すべて、まちがいなくやったと思《おも》うわ」

ハーマイオニーが、しみだらけの『最《もっと》も強力《きょうりょく》な魔法薬《まほうやく》』のページを神経質《しんけいしつ》に読《よ》み返《かえ》しながら言《い》った。

「見《み》た目《め》もこの本《ほん》に書《か》いてあるとおりだし……。これを飲《の》むと、また自分《じぶん》の姿《すがた》に戻《もど》るまできっかり一時間《じかん》よ」

「次《つぎ》は何《なん》だい？」ロンがささやいた。

「薬《くすり》を三杯《ばい》に分《わ》けて、髪《かみ》の毛《け》をそれぞれ薬《くすり》に加《くわ》えるの」

ハーマイオニーがひしゃくでそれぞれのグラスに、どろりとした薬《くすり》をたっぷり入《い》れた。それから震《ふる》える手《て》で、小瓶《こびん》に入《はい》ったミリセント・ブルストロードの髪《かみ》を、自分《じぶん》のグラスに振《ふ》り入《い》れた。

煎《せん》じ薬《ぐすり》はやかんのお湯《ゆ》が沸騰《ふっとう》するようなシューシューという音《おと》を立《た》て、激《はげ》しく泡立《あわだ》った。次《つぎ》の瞬間《しゅんかん》、薬《くすり》はむかむかするような黄色《きいろ》に変《か》わった。

「おえー――ミリセント・ブルストロードのエキスだ」

ロンが胸《むな》くそが悪《わる》いという目《め》つきをした。

「きっとイヤーな味《あじ》がするよ」

「さあ、あなたたちも加《くわ》えて」ハーマイオニーがうながした。

ハリーはゴイルの髪《かみ》を真《ま》ん中《なか》のグラスに落《お》とし入《い》れ、ロンも三つ目《め》のグラスにクラッブのを入《い》れた。二つともシューシューと泡立《あわだ》ち、ゴイルのは鼻《はな》くそのようなカーキ色《いろ》、クラッブのはにごった暗褐色《あんかっしょく》になった。

「ちょっと待《ま》って」ロンとハーマイオニーがグラスを取《と》り上《あ》げたとき、ハリーが止《と》めた。

「三人一緒《にんいっしょ》にここで飲《の》むのはやめたほうがいい。クラッブやゴイルに変身《へんしん》したら、この小部屋《こべや》に収《おさ》まりきらないよ。それに、ミリセント・ブルストロードだって、とても小柄《こがら》とは言《い》えないんだから」

「よく気《き》づいたな」ロンは戸《と》を開《あ》けながら言《い》った。「三人別々《にんべつべつ》の小部屋《こべや》にしよう」

ポリジュース薬《やく》を一滴《てき》もこぼすまいと注意《ちゅうい》しながら、ハリーは真《ま》ん中《なか》の小部屋《こべや》に入《はい》り込《こ》んだ。

「いいかい？」ハリーが呼《よ》びかけた。

「いいよ」ロンとハーマイオニーの声《こえ》だ。

「一……二の……三……」

鼻《はな》をつまんで、ハリーはゴックンと二口《ふたくち》で薬《くすり》を飲《の》み干《ほ》した。煮込《にこ》み過《す》ぎたキャベツのような味《あじ》がした。

とたんに、体《からだ》の中《なか》が、生《い》きた蛇《へび》を飲《の》み込《こ》んだみたいによじれだした――ハリーは吐《は》き気《け》がして、体《からだ》をくの字《じ》に折《お》った――すると、焼《や》けるような感触《かんしょく》が胃袋《いぶくろ》からサーッと広《ひろ》がり、手足《てあし》の指先《ゆびさき》まで届《とど》いた。次《つぎ》に、息《いき》が詰《つ》まりそうになって、全身《ぜんしん》が溶《と》けるような気持《きも》ちの悪《わる》さに襲《おそ》われ、四《よ》つんばいになった。体中《からだじゅう》の皮膚《ひふ》が、熱《ねつ》で溶《と》けるろうのように泡立《あわだ》ち、ハリーの目《め》の前《まえ》で手《て》は大《おお》きくなり、指は太くなり、爪は横に広《ひろ》がり、拳《こぶし》がボルトのようにふくれ上《あ》がった。両肩《りょうかた》はベキベキと広《ひろ》がって痛《いた》かったし、額《ひたい》はチクチクする感《かん》じで髪《かみ》の毛《け》が眉《まゆ》のところまではい下《お》りてきたことがわかった。胸囲《きょうい》もひろがり、樽《たる》のタガが引《ひ》きちぎられるようにハリーのローブを引《ひ》き裂《さ》いた。足《あし》は四サイズも小《ちい》さいハリーの靴《くつ》の中《なか》でうめいていた。

始《はじ》まるのも突然《とつぜん》だったが、終《お》わるのも突然《とつぜん》だった。ハリーは冷《つめ》たい石《いし》の床《ゆか》の上《うえ》にうずくまったまま、一番奥《いちばんおく》の小部屋《こべや》で嘆《なげ》きのマートルが気難《きむずか》しげにゴボゴボ音《おと》を立《た》てているのを聞《き》いていた。

ハリーはやっとこさ靴《くつ》を脱《ぬ》ぎ捨《す》てて、立《た》ち上《あ》がった――そうか、ゴイルになるって、こういう感《かん》じだったのか。巨大《きょだい》な震《ふる》える手《て》で、ハリーは、くるぶしから三十センチほど上《うえ》にぶら下《さ》がっている自分《じぶん》の服《ふく》をはぎ取《と》り、着替《きが》えのローブを上《うえ》からかぶり、ゴイルのボートのような靴《くつ》のひもをしめた。手《て》を伸《の》ばして目《め》を覆《おお》っている髪《かみ》をかき上《あ》げようとしたが、ごわごわの短《みじか》い髪《かみ》が額《ひたい》の下《した》のほうにあるだけだった。目《め》がよく見《み》えなかったのはめがねのせいだったと気《き》づいた。もちろんゴイルはめがねがいらない。ハリーはめがねをはずし、二人《ふたり》に呼《よ》びかけた。

「二人《ふたり》とも大丈夫《だいじょうぶ》？」

口《くち》から出《で》てきたのは、ゴイルの低《ひく》いしわがれ声《ごえ》だった。

「ああ」

右《みぎ》のほうからクラッブのうなるような低音《ていおん》が聞《き》こえた。

ハリーは戸《と》のかんぬきを開《あ》け、ひび割《わ》れた鏡《かがみ》の前《まえ》に進《すす》み出《で》た。ゴイルが、くぼんだどんよりまなこでハリーを見《み》つめ返《かえ》していた。ハリーが耳《みみ》をかくとゴイルもかいた。

ロンの戸《と》が開《ひら》いた。二人《ふたり》は互《たが》いにじろじろ見《み》た。ちょっと青《あお》ざめてショックを受《う》けた様子《ようす》を別《べつ》にすれば、茶碗《ちゃわん》カットの髪型《かみがた》もゴリラのように長《なが》い手《て》も、ロンはクラッブそのものだった。

「おっどろいたなあ」鏡《かがみ》に近寄《ちかよ》り、クラッブのペチャンコの鼻《はな》をつっつきながらロンがくり返《かえ》し言《い》った。「**おっどろいたなあ**」

「急《いそ》いだほうがいい」ハリーはゴイルの太《ふと》い手首《てくび》に食《く》い込《こ》んでいる腕時計《うでどけい》のベルトをゆるめながら言《い》った。「スリザリンの談話室《だんわしつ》がどこにあるか見《み》つけないと。誰《だれ》かのあとをつけられればいいんだけど……」

ハリーをじっと見《み》つめていたロンが言《い》った。

「ねえ、ゴイルがなんか**考《かんが》えてる**のって気味悪《きみわる》いよな」

ロンはハーマイオニーの戸《と》をドンドンたたいた。

「出《で》てこいよ。行《い》かなくちゃ……」

かん高《だか》い声《こえ》が返《かえ》ってきた。

「私《わたし》――私《わたし》行けないと思《おも》うわ。二人《ふたり》だけで行《い》って」

「ハーマイオニー、ミリセント・ブルストロードがブスなのはわかってるよ。誰《だれ》も君《きみ》だってこと、わかりゃしない」

「ダメ――ほんとにダメ――行《い》けないわ。二人《ふたり》とも急《いそ》いで。時間《じかん》をむだにしないで」

ハリーは当惑《とうわく》してロンを見《み》た。

「その目《め》つきのほうがゴイルらしいや」ロンが言《い》った。

「先生《せんせい》がやつに質問《しつもん》すると、必《かなら》ずそんな目《め》をする」

「ハーマイオニー、大丈夫《だいじょうぶ》なの？」ハリーがドア越《ご》しに声《こえ》をかけた。

「大丈夫《だいじょうぶ》……私《わたし》は大丈夫《だいじょうぶ》だから……行《い》って――」

ハリーは腕時計《うでどけい》を見《み》た。貴重《きちょう》な六十分《ぷん》のうち、五分《ふん》もたってしまっていた。

「あとでここで会《あ》おう。いいね？」ハリーが言《い》った。

ハリーとロンはトイレの入口《いぐち》の戸《と》をそろそろと開《あ》け、周《まわ》りに誰《だれ》もいないことをたしかめてから出発《しゅっぱつ》した。

「腕《うで》をそんなふうに振《ふ》っちゃダメだよ」ハリーがロンにささやいた。

「えっ？」

「クラッブって、こんなふうに腕《うで》を突《つ》っ張《ぱ》ってる……」

「こうかい？」

「うん、そのほうがいい」

二人《ふたり》は大理石《だいりせき》の階段《かいだん》を下《お》りていった。あとは、誰《だれ》かスリザリン生《せい》が来《く》れば、談話室《だんわしつ》までついていけばいい。しかし、誰《だれ》もいない。

「何《なん》かいい考《かんが》えはない？」ハリーがささやいた。

「スリザリン生《せい》は朝食《ちょうしょく》のとき、いつもあの辺《へん》から現《あらわ》れるな」

ロンは地下牢《ちかろう》への入口《いりぐち》あたりをあごでしゃくった。その言葉《ことば》が終《お》わらないうちに、長《なが》い巻《ま》き毛《げ》の女子生徒《じょしせいと》が、その入口《いりぐち》から出《で》てきた。

「すみません」ロンが急《いそ》いで彼女《かのじょ》に近寄《ちかよ》った。「僕《ぼく》たちの談話室《だんわしつ》への道《みち》を忘《わす》れちゃった」

「何《なん》ですって？」そっけない言葉《ことば》が返《かえ》ってきた。「僕《ぼく》たちの談話室《だんわしつ》ですって？　私《わたし》、レイブンクローよ」

女子生徒《じょしせいと》はうさんくさそうに二人《ふたり》を振《ふ》り返《かえ》りながら立《た》ち去《さ》った。

ハリーとロンは急《いそ》いで石段《いしだん》を下《お》りていった。下《した》は暗《くら》く、クラッブとゴイルのデカ足《あし》が床《ゆか》を踏《ふ》むので足音《あしおと》がひときわ大《おお》きくこだました――思《おも》ったほど簡単《かんたん》じゃない――二人《ふたり》はそう感《かん》じていた。

迷路《めいろ》のような廊下《ろうか》には人影《ひとかげ》もなかった。二人《ふたり》は、あと何分《なんぷん》あるかとしょっちゅう時間《じかん》を確認《かくにん》しながら、奥《おく》へ奥《おく》へと学校《がっこう》の地下《ちか》深《ふか》く入《はい》っていった。十五分《ふん》も歩《ある》いて、二人《ふたり》があきらめかけたとき、急《きゅう》に前《まえ》のほうで何《なに》か動《うご》く音《おと》がした。

「オッ！」ロンが勇《いさ》み立《た》った。「今度《こんど》こそ連中《れんちゅう》の一人《ひとり》だ！」

脇《わき》の部屋《へや》から誰《だれ》か出《で》てきた。しかし、急《いそ》いで近寄《ちかよ》ってみると、がっくりした。スリザリン生《せい》ではなく、パーシーだった。

「こんなところで何《なん》の用《よう》だい？」ロンが驚《おどろ》いて聞《き》いた。

パーシーはむっとした様子《ようす》だ。そっけない返事《へんじ》をした。

「そんなこと、君《きみ》の知《し》ったことじゃない。そこにいるのはクラッブだな？」

「エー──あぁ、ウン」ロンが答《こた》えた。

「それじゃ、自分《じぶん》の寮《りょう》に戻《もど》りたまえ」パーシーが厳《きび》しく言《い》った。

「このごろは暗《くら》い廊下《ろうか》をうろうろしていると危《あぶ》ない」

「自分《じぶん》はどうなんだ」とロンがつっついた。

「僕《ぼく》は」パーシーは胸《むね》を張《は》った。「監督生《かんとくせい》だ。僕《ぼく》を襲《おそ》うものは何《なに》もない」

突然《とつぜん》、ハリーとロンの背後《はいご》から声《こえ》が響《ひび》いた。ドラコ・マルフォイがこっちへやってくる。ハリーは生《う》まれて初《はじ》めて、ドラコに会《あ》えてうれしいと思《おも》った。

「おまえたち、こんなところにいたのか」マルフォイが二人《ふたり》を見《み》て、いつもの気取《きど》った言《い》い方《かた》をした。

「二人《ふたり》とも、今《いま》まで大広間《おおひろま》でバカ食《ぐ》いしていたのか？　ずっと探《さが》していたんだ。すごくおもしろい物《もの》を見《み》せてやろうと思《おも》って」

マルフォイはパーシーを威圧《いあつ》するようににらみつけた。

「ところで、ウィーズリー、こんなところで何《なん》の用《よう》だ？」マルフォイがせせら笑《わら》った。

パーシーはカンカンになった。

「監督生《かんとくせい》に少《すこ》しは敬意《けいい》を示《しめ》したらどうだ！　君《きみ》の態度《たいど》は気《き》にくわん！」

マルフォイはフンと鼻《はな》であしらい、ハリーとロンについてこいと合図《あいず》した。ハリーはもう少《すこ》しでパーシーに謝《あやま》りそうになったが、危《あや》うく踏《ふ》みとどまった。二人《ふたり》はマルフォイのあとに続《つづ》いて急《いそ》いだ。角《かど》を曲《ま》がって次《つぎ》の廊下《ろうか》に出《で》るとき、マルフォイが言《い》った。

「あのピーター・ウィーズリーのやつ――」

「パーシー」思《おも》わずロンが訂正《ていせい》した。

「何《なん》でもいい」とマルフォイ。

「あいつ、どうもこのごろかぎ回《まわ》っているようだ。何《なに》が目的《もくてき》なのか、僕《ぼく》にはわかってる。スリザリンの継承者《けいしょうしゃ》を、一人《ひとり》で捕《つか》まえようと思《おも》ってるんだ」

マルフォイは嘲《あざけ》るように短《みじか》く笑《わら》った。ハリーとロンはドキドキして目《め》と目《め》を見交《みか》わした。

湿《しめ》ったむき出《だ》しの石《いし》が並《なら》ぶ壁《かべ》の前《まえ》でマルフォイは立《た》ち止《ど》まった。

「新《あたら》しい合言葉《あいことば》はなんだったかな？」マルフォイはハリーに聞《き》いた。

「えーと――」

「あ、そうそう――純血《じゅんけつ》！」マルフォイは答《こた》えも聞《き》かずに合言葉《あいことば》を言《い》った。壁《かべ》に隠《かく》された石《いし》の扉《とびら》がするすると開《ひら》いた。マルフォイがそこを通《とお》り、ハリーとロンがそれに続《つづ》いた。

スリザリンの談話室《だんわしつ》は、天井《てんじょう》の低《ひく》い細長《ほそなが》い地下室《ちかしつ》で、壁《かべ》と天井《てんじょう》は粗削《あらけず》りの石造《いしづく》りだった。天井《じょう》から丸《まる》い緑《みどり》がかったランプが鎖《くさり》で吊《つ》るしてある。前方《ぜんぽう》の壮大《そうだい》な彫刻《ちょうこく》をほどこした暖炉《だんろ》ではパチパチと火《ひ》がはじけ、その周《まわ》りに、彫刻入《ちょうこくい》りの椅子《いす》に座《すわ》ったスリザリン生《せい》の影《かげ》がいくつか見《み》えた。

「ここで待《ま》っていろ」マルフォイは暖炉《だんろ》から離《はな》れたところにある空《から》の椅子《いす》を二人《ふたり》に示《しめ》した。

「今持《いまも》ってくるよ――父上《ちちうえ》が僕《ぼく》に送《おく》ってくれたばかりなんだ――」

いったい何《なに》を見《み》せてくれるのかといぶかりながら、ハリーとロンは椅子《いす》に座《すわ》り、できるだけくつろいだふうを装《よそお》った。

マルフォイはまもなく戻《もど》ってきた。新聞《しんぶん》の切《き》り抜《ぬ》きのような物《もの》を持《も》っている。それをロンの鼻《はな》先《さき》に突《つ》き出《だ》した。

「これは笑《わら》えるぞ」マルフォイが言《い》った。

ハリーはロンが驚《おどろ》いて目《め》を見開《みひら》いたのを見《み》た。ロンは切《き》り抜《ぬ》きを急《いそ》いで読《よ》み、無理《むり》に笑《わら》ってそれをハリーに渡《わた》した。

「日刊予言者新聞《にっかんよげんしゃしんぶん》」の切《き》り抜《ぬ》きだった。

魔法省《まほうしょう》での尋問《じんもん》

マグル製品不正使用取締局局長《せいひんふせいしようとりしまりきょくきょくちょう》のアーサー・ウィーズリー氏《し》は、マグルの自動車《じどうしゃ》に魔法《まほう》をかけたかどで、今日《きょう》、金貨《きんか》五十ガリオンの罰金《ばっきん》を言《い》い渡《わた》された。

ホグワーツ魔法魔術学校《まほうまじゅつがっこう》の理事《りじ》の一人《ひとり》、ルシウス・マルフォイ氏《し》は、今日《きょう》、ウィーズリー氏《し》の辞任《じにん》を要求《ようきゅう》した。なお、問題《もんだい》の車《くるま》は先《さき》ごろ前述《ぜんじゅつ》の学校《がっこう》に墜落《ついらく》している。

「ウィーズリーは魔法省《まほうしょう》の評判《ひょうばん》をおとしめた」マルフォイ氏《し》は当社《とうしゃ》の記者《きしゃ》にこう語《かた》った。

「彼《かれ》は我々《われわれ》の法律《ほうりつ》を制定《せいてい》するにふさわしくないことは明《あき》らかで、彼《かれ》の手《て》になるばかばかしい『マグル保護法《ほごほう》』はただちに廃棄《はいき》すべきである」

ウィーズリー氏《し》のコメントは取《と》ることができなかったが、彼《かれ》の妻《つま》は記者団《きしゃだん》に対《たい》し、「とっとと消《き》えないと、家《うち》の屋根裏《やねうら》お化《ば》けをけしかけるわよ」と発言《はつげん》した。

「どうだ？」ハリーが切《き》り抜《ぬ》きを返《かえ》すと、マルフォイは待《ま》ちきれないように答《こた》えをうながした。

「おかしいだろう？」

「ハッ、ハッ」ハリーは沈《しず》んだ声《こえ》で笑《わら》った。

「アーサー・ウィーズリーはあれほどマグルびいきなんだから、杖《つえ》を真《ま》っ二《ぷた》つにへし折《お》ってマグルの仲間《なかま》に入《はい》ればいい」

マルフォイはさげすむように言《い》った。

「ウィーズリーの連中《れんちゅう》の行動《こうどう》を見《み》てみろ。ほんとに純血《じゅんけつ》かどうか怪《あや》しいもんだ」

ロンの――いや、クラッブの――顔《かお》が怒《いか》りでゆがんだ。

「クラッブ、どうかしたか？」マルフォイがぶっきらぼうに聞《き》いた。

「腹《はら》が痛《いた》い」ロンがうめいた。

「ああ、それなら医務室《いむしつ》に行《い》け。あそこにいる『穢《けが》れた血《ち》』の連中《れんちゅう》を、僕《ぼく》からだと言《い》ってけっとばしてやれ」

マルフォイがクスクス笑《わら》いながら言《い》った。

「それにしても、『日刊予言者新聞《にっかんよげんしゃしんぶん》』が、これまでの事件《じけん》をまだ報道《ほうどう》していないのには驚《おどろ》くよ」

マルフォイが考《かんが》え深《ぶか》げに話《はな》し続《つづ》けた。

「たぶん、ダンブルドアが口止《くちど》めしてるんだろう。こんなことがすぐにもおしまいにならないと、彼《かれ》はクビになるよ。父上《ちちうえ》は、ダンブルドアがいることが、この学校《がっこう》にとって最悪《さいあく》の事態《じたい》だと、いつもおっしゃっている。彼《かれ》はマグルびいきだ。きちんとした校長《こうちょう》なら、あんなクリービーみたいなくずのおべんちゃらを、絶対入学《ぜったいにゅうがく》させたりはしない」

マルフォイはカメラを構《かま》えて写真《しゃしん》を撮《と》る格好《かっこう》をし、コリンそっくりの残酷《ざんこく》なものまねをしはじめた。

「ポッター、写真《しゃしん》を撮《と》ってもいいかい？　ポッター、サインをもらえるかい？　君《きみ》の靴《くつ》をなめてもいいかい？　ポッター？」

マルフォイは手《て》をぱたりと下《お》ろしてハリーとロンを見《み》た。

「二人《ふたり》とも、いったいどうしたんだ？」

もう遅過《おそす》ぎたが、二人《ふたり》は無理《むり》やり笑《わら》いをひねり出《だ》した。それでもマルフォイは満足《まんぞく》したようだった。たぶん、クラッブもゴイルもいつもこれくらい鈍《にぶ》いのだろう。

「聖《せい》ポッター、『穢《けが》れた血《ち》』の友《とも》」

マルフォイはゆっくりと言《い》った。

「あいつもやっぱりまともな魔法使《まほうつか》いの感覚《かんかく》を持《も》っていない。そうでなければあの身《み》のほど知《し》らずのグレンジャー、ハーマイオニーなんかとつき合《あ》ったりしないはずだ。それなのに、みんながあいつをスリザリンの継承者《けいしょうしゃ》だなんて考《かんが》えている！」

ハリーとロンは息《いき》を殺《ころ》して待《ま》ち構《かま》えた。あとちょっとでマルフォイは自分《じぶん》がやったと口《くち》を割《わ》る。しかし、その時《とき》――。

「いったい誰《だれ》が継承者《けいしょうしゃ》なのか僕《ぼく》が知《し》ってたらなあ」

マルフォイがじれったそうに言《い》った。

「手伝《てつだ》ってやれるのに」

ロンはあごがカクンと開《ひら》いた。クラッブの顔《かお》がいつもよりもっと愚鈍《ぐどん》に見《み》えた。幸《さいわ》いマルフォイは気《き》づかない。ハリーはすばやく質問《しつもん》した。

「誰《だれ》が陰《かげ》で糸《いと》を引《ひ》いてるのか、君《きみ》に考《かんが》えがあるんだろう……」

「いや、ない。ゴイル、何度《なんど》も同《おな》じことを言《い》わせるな」マルフォイが短《みじか》く答《こた》えた。

「それに、父上《ちちうえ》は前回《ぜんかい》『部屋《へや》』が開《ひら》かれたときのことも、まったく話《はな》してくださらない。もっとも五十年前《ねんまえ》だから、父上《ちちうえ》の前《まえ》の時代《じだい》だ。でも、父上《ちちうえ》はすべてご存《ぞん》じだし、すべてが沈黙《ちんもく》させられているから、僕《ぼく》がそのことを知《し》り過《す》ぎていると怪《あや》しまれるとおっしゃるんだ。でも、一つだけ知《し》っている。この前《まえ》『秘密《ひみつ》の部屋《へや》』が開《ひら》かれたとき、『穢《けが》れた血《ち》』が一人《ひとり》死《し》んだ。だから、今度《こんど》も時間《じかん》の問題《もんだい》だ。あいつらのうち誰《だれ》かが殺《ころ》される。グレンジャーだといいのに」

マルフォイは小気味《こきみ》よさそうに言《い》った。

ロンはクラッブの巨大《きょだい》な拳《こぶし》を握《にぎ》りしめていた。ロンがマルフォイにパンチを食《く》らわしたら、正《しょう》体《たい》がばれてしまう、とハリーは目《め》で警戒信号《けいかいしんごう》を送《おく》った。

「前《まえ》に『部屋《へや》』を開《あ》けた者《もの》が捕《つか》まったかどうか、知《し》ってる？」ハリーが聞《き》いた。

「ああ、うん……誰《だれ》だったにせよ、追放《ついほう》された」とマルフォイが答《こた》えた。

「たぶん、まだアズカバンにいるだろう」

「アズカバン？」ハリーはキョトンとした。

「アズカバン――魔法使《まほうつか》いの牢獄《ろうごく》だ」マルフォイは信《しん》じられないという目《め》つきでハリーを見《み》た。

「まったく、ゴイル、おまえがこれ以上《いじょう》ウスノロだったら、後《うし》ろに歩《ある》きはじめるだろうよ」

「父上《ちちうえ》は、僕《ぼく》は目立《めだ》たないようにして、スリザリンの継承者《けいしょうしゃ》にやるだけやらせておけっておっしゃる。この学校《がっこう》には『穢《けが》れた血《ち》』の粛清《しゅくせい》が必要《ひつよう》だって。でも関《かか》わり合《あ》いになるなって。もちろん、父上《ちちうえ》は今《いま》、自分《じぶん》のほうも手一杯《ていっぱい》なんだ。ほら、魔法省《まほうしょう》が先週《せんしゅう》、僕《ぼく》たちの館《やかた》を立入《たちい》り検査《けんさ》しただろう？」

マルフォイは椅子《いす》に座《すわ》ったまま落《お》ち着《つ》かない様子《ようす》で体《からだ》を揺《ゆ》すった。

ハリーはゴイルの鈍《にぶ》い顔《かお》を何《なん》とか動《うご》かして心配《しんぱい》そうな表情《ひょうじょう》をした。

「そうなんだ……」とマルフォイ。

「幸《さいわ》い、たいした物《もの》は見《み》つからなかったけど。父上《ちちうえ》は非常《ひじょう》に貴重《きちょう》な闇《やみ》の魔術《まじゅつ》の道具《どうぐ》を持《も》っているんだ。応接間《おうせつま》の床下《ゆかした》にわが家《や》の『秘密《ひみつ》の部屋《へや》』があって――」

「ホー！」ロンが言《い》った。

マルフォイがロンを見《み》た。ハリーも見《み》た。ロンが赤《あか》くなった。髪《かみ》の毛《け》まで赤《あか》くなった。鼻《はな》もだんだん伸《の》びてきた――時間切《じかんぎ》れだ。ロンは自分《じぶん》に戻《もど》りつつあった。ハリーを見《み》るロンの目《め》に急《きゅう》に恐怖《きょうふ》の色《いろ》が浮《う》かんだのは、ハリーもそうだからにちがいない。

二人《ふたり》は大急《おおいそ》ぎで立《た》ち上《あ》がった。

「胃薬《いぐすり》だ」ロンがうめいた。二人《ふたり》は振《ふ》り向《む》きもせず、スリザリンの談話室《だんわしつ》を端《はし》から端《はし》まで一目散《いちもくさん》にかけ抜《ぬ》け、石《いし》の扉《とびら》に猛然《もうぜん》と体当《たいあ》たりし、廊下《ろうか》を全力疾走《ぜんりょくしっそう》した。――なにとぞマルフォイが何《なん》にも気《き》づきませんように――と二人《ふたり》は祈《いの》った。ハリーはゴイルのダボ靴《ぐつ》の中《なか》で足《あし》がずるずるすべるのを感《かん》じたし、体《からだ》が縮《ちぢ》んでいくので、ローブをたくし上《あ》げなければならなかった。二人《ふたり》は階段《かいだん》をドタバタとかけ上《あ》がり、暗《くら》い玄関《げんかん》ホールにたどり着《つ》いた。クラッブとゴイルを閉《と》じ込《こ》めて鍵《かぎ》をかけた物置《ものおき》の中《なか》から、激《はげ》しくドンドンと戸《と》をたたくこもった音《おと》がしている。物置《ものおき》の戸《と》の外側《そとがわ》に靴《くつ》を置《お》き、ソックスのまま全速力《ぜんそくりょく》で大理石《だいりせき》の階段《かいだん》を上《のぼ》り、二人《ふたり》は嘆《なげ》きのマートルのトイレに戻《もど》った。

「まあ、まったく時間《じかん》のむだにはならなかったよな」ロンがゼイゼイ息《いき》を切《き》らしながら、トイレの中《なか》からドアを閉《し》めた。

「襲《おそ》っているのが誰《だれ》なのかはまだわからないけど、明日《あす》、パパに手紙《てがみ》を書《か》いてマルフォイの応接《おうせつ》間《ま》の床下《ゆかした》を調《しら》べるように言《い》おう」

ハリーはひび割《わ》れた鏡《かがみ》で自分《じぶん》の顔《かお》を調《しら》べた。普段《ふだん》の顔《かお》に戻《もど》っていた。めがねをかけていると、ロンがハーマイオニーの入《はい》っている小部屋《こべや》の戸《と》をドンドンたたいていた。

「ハーマイオニー、出《で》てこいよ。僕《ぼく》たち君《きみ》に話《はな》すことが山《やま》ほどあるんだ――」

「帰《かえ》って！」ハーマイオニーが叫《さけ》んだ。

ハリーとロンは顔《かお》を見合《みあ》わせた。

「どうしたんだい？」ロンが聞《き》いた。「もう元《もと》の姿《すがた》に戻《もど》ったはずだろ。僕《ぼく》たちは……」

嘆《なげ》きのマートルが急《きゅう》にスルリとその小部屋《こべや》の戸《と》から出《で》てきた。こんなにうれしそうなマートルを、ハリーは初《はじ》めて見《み》た。

「オォォォォー。見《み》てのお楽《たの》しみ」マートルが言《い》った「ひどいから！」

かんぬきが横《よこ》にすべる音《おと》がして、ハーマイオニーが出《で》てきた。しゃくりあげ、頭《あたま》のてっぺんまでローブを引《ひ》っ張《ぱ》り上《あ》げている。

「どうしたんだよ？」ロンがためらいながら聞《き》いた。「ミリセントの鼻《はな》かなんか、まだくっついてるのかい？」

ハーマイオニーはローブを下《さ》げた。ロンがのけぞって手洗《てあら》い台《だい》にはまった。

ハーマイオニーの顔《かお》は黒《くろ》い毛《け》で覆《おお》われ、目《め》は黄色《きいろ》に変《か》わっていたし、髪《かみ》の毛《け》の中《なか》から、長《なが》い三《さん》角耳《かくみみ》が突《つ》き出《だ》していた。

「あれ、ね、猫《ねこ》の毛《け》だったの！」

ハーマイオニーが泣《な》きわめいた。

「ミ、ミリセント・ブルストロードは猫《ねこ》を飼《か》ってたに、ち、ちがいないわ！　それに、このせ、煎《せん》じ薬《ぐすり》は動物《どうぶつ》変身《へんしん》に使《つか》っちゃいけないの！」

「う、ぁ」とロン。

「あんた、ひどーくからかわれるわよ」マートルはうれしそうだ。

「大丈夫《だいじょうぶ》だよ、ハーマイオニー」ハリーは即座《そくざ》に言《い》った。

「医務室《いむしつ》に連《つ》れていってあげるよ。マダム・ポンフリーはうるさく追及《ついきゅう》しない人《ひと》だし……」

ハーマイオニーにトイレから出《で》るよう説得《せっとく》するのに、ずいぶん時間《じかん》がかかった。嘆《なげ》きのマートルがゲラゲラ大笑《おおわら》いして三人《にん》をあおりたて、マートルの言葉《ことば》に追《お》われるように、三人《にん》は足《あし》を速《はや》めた。

「みんながあんたのしっぽを見《み》つけて、なーんて言《い》うかしらー！」

第《だい》13章《しょう》　重大秘密《じゅうだいひみつ》の日記《にっき》

ハーマイオニーは数週間《すうしゅうかん》医務室《いむしつ》に泊《と》まった。クリスマス休暇《きゅうか》を終《お》えて戻《もど》ってきた生徒《せいと》たちは、当然《とうぜん》、誰《だれ》もがハーマイオニーは襲《おそ》われたと思《おも》ったので、彼女《かのじょ》の姿《すがた》が見《み》えないことで、さまざまなうわさが乱《みだ》れ飛《と》んだ。ちらりとでも姿《すがた》を見《み》ようと、医務室《いむしつ》の前《まえ》を入《い》れ代《か》わり立《た》ち代《か》わり、往《い》き来《き》するので、マダム・ポンフリーは、毛《け》むくじゃらの顔《かお》が人目《ひとめ》に触《ふ》れたら恥《は》ずかしいだろうと、またいつものカーテンを取《と》り出《だ》して、ハーマイオニーのベッドの周《まわ》りを囲《かこ》った。

ハリーとロンは毎日夕方《まいにちゆうがた》に見舞《みま》いに行《い》った。新学期《しんがっき》が始《はじ》まってからは、毎日《まいにち》その日《ひ》の宿題《しゅくだい》を届《とど》けた。

「ひげが生《は》えてきたりしたら、僕《ぼく》なら勉強《べんきょう》は休《やす》むけどなあ」

ある夜《よる》ロンは、ハーマイオニーのベッドの脇机《わきづくえ》に、本《ほん》を一抱《ひとかか》えドサドサと落《お》としながら言《い》った。

「バカなこと言《い》わないでよ、ロン。遅《おく》れないようにしなくちゃ」元気《げんき》な答《こた》えだ。

顔《かお》の毛《け》がきれいさっぱりなくなり、目《め》も少《すこ》しずつ褐色《かっしょく》に戻《もど》ってきていたので、ハーマイオニーの気分《きぶん》もずいぶん前向《まえむ》きになっていた。

「何《なに》か新《あたら》しい手《て》がかりはないの？」

マダム・ポンフリーに聞《き》こえないようにハーマイオニーが声《こえ》をひそめた。

「何《なん》にも」ハリーは憂《ゆう》うつな声《こえ》を出《だ》した。

「絶対《ぜったい》マルフォイだと思《おも》ったのになぁ」ロンはその言葉《ことば》をもう百回《かい》はくり返《かえ》していた。

「それ、なあに？」

ハーマイオニーの枕《まくら》の下《した》から何《なに》か金色《きんいろ》の物《もの》がはみ出《だ》しているのを見《み》つけて、ハリーがたずねた。

「ただのお見舞《みま》いカードよ」

ハーマイオニーが慌《あわ》てて押《お》し込《こ》もうとしたが、ロンがそれよりすばやく引《ひ》っ張《ぱ》り出《だ》し、さっと広《ひろ》げて声《こえ》に出《だ》して読《よ》んだ。

ミス・グレンジャーへ、早《はや》くよくなるようお祈《いの》りしています。
貴女《あなた》のことを心配《しんぱい》しているギルデロイ・ロックハート教授《きょうじゅ》より
勲《くん》三等《とう》マーリン勲章《くんしょう》、闇《やみ》の力《ちから》に対《たい》する防衛術《ぼうえいじゅつ》連盟《れんめい》名誉《めいよ》会員《かいいん》、
『週刊《しゅうかん》魔女《まじょ》』五回《かい》連続《れんぞく》チャーミング・スマイル賞《しょう》受賞《じゅしょう》

ロンがあきれはててハーマイオニーを見《み》た。

「君《きみ》、こんな物《もの》、枕《まくら》の下《した》に入《い》れて寝《ね》ているのか？」

しかし、マダム・ポンフリーが夜《よる》の薬《くすり》を持《も》って威勢《いせい》よく入《はい》ってきたので、ハーマイオニーは言《い》い逃《のが》れをせずにすんだ。

「ロックハートって、おべんちゃらの最低《さいてい》なやつ！　だよな？」

医務室《いむしつ》を出《で》て、グリフィンドール塔《とう》へ向《む》かう階段《かいだん》を上《のぼ》りながら、ロンがハリーに言《い》った。


スネイプはものすごい量《りょう》の宿題《しゅくだい》を出《だ》していたので、やり終《お》える前《まえ》に六年生《ねんせい》になってしまうかもしれない、とハリーは思《おも》った。「髪《かみ》を逆立《さかだ》てる薬《くすり》」にはネズミのしっぽを何本《なんぼん》入《い》れたらいいのかハーマイオニーに聞《き》けばよかった、とロンが言《い》ったちょうどその時《とき》、上《うえ》の階《かい》で誰《だれ》かが怒《いか》りを爆発《ばくはつ》させている声《こえ》が聞《き》こえてきた。

「あれはフィルチだ」とハリーがつぶやいた。

二人《ふたり》は階段《かいだん》をかけ上《あ》がり、立《た》ち止《ど》まって身《み》を隠《かく》し、じっと耳《みみ》を澄《す》ませた。

「誰《だれ》かまた、襲《おそ》われたんじゃないよな？」ロンは緊張《きんちょう》した。

その場《ば》から動《うご》かずに、首《くび》だけを声《こえ》の方向《ほうこう》に傾《かたむ》けていると、フィルチのヒステリックな声《こえ》が聞《き》こえた。

「……またよけいな仕事《しごと》ができた！　一晩中《ひとばんじゅう》モップをかけるなんて。これでもまだ働《はたら》き足《た》りんとでも言《い》うのか。たくさんだ。堪忍袋《かんにんぶくろ》の緒《お》が切《き》れた。ダンブルドアのところに行《い》くぞ……」

足音《あしおと》がだんだん小《ちい》さくなり、遠《とお》くのほうでドアの閉《し》まる音《おと》がした。

二人《ふたり》は廊下《ろうか》の曲《ま》がり角《かど》から首《くび》を突《つ》き出《だ》した。フィルチがいつものところに陣取《じんど》って見張《みは》りをしていたことは明《あき》らかだ。二人《ふたり》はまたしてもミセス・ノリスが襲《おそ》われたあの場所《ばしょ》に来《き》ていた。なぜフィルチが大声《おおごえ》を上《あ》げていたのか、一目《ひとめ》でわかった。おびただしい水《みず》が、廊下《ろうか》の半分《はんぶん》を水浸《みずびた》しにし、その上《うえ》、嘆《なげ》きのマートルのトイレのドアの下《した》からまだもれ出《だ》しているようだ。フィルチのどなる声《こえ》が聞《き》こえなくなったので、今度《こんど》はマートルの泣《な》き叫《さけ》ぶ声《こえ》がトイレの壁《かべ》にこだましているのが聞《き》こえた。

「マートルにいったい何《なに》があったんだろう？」ロンが言《い》った。

「行《い》ってみよう」

ハリーはローブのすそをくるぶしまでたくし上《あ》げ、水《みず》でぐしょぐしょの廊下《ろうか》を横切《よこぎ》り、トイレの「故障中《こしょうちゅう》」の掲示《けいじ》をいつものように無視《むし》して、ドアを開《あ》け、中《なか》へ入《はい》っていった。

嘆《なげ》きのマートルはいつもよりいっそう大声《おおごえ》で――そんな大声《おおごえ》が出《だ》せるならの話《はなし》だが――激《はげ》しく泣《な》きわめいていた。マートルはいつもの便器《べんき》の中《なか》に隠《かく》れているようだ。大量《たいりょう》の水《みず》があふれて床《ゆか》や壁《かべ》がびっしょりとぬれたせいで、ろうそくが消《き》え、トイレの中《なか》は暗《くら》かった。

「どうしたの？　マートル」ハリーが聞《き》いた。

「誰《だれ》なの？」

マートルは哀《あわ》れっぽくゴボゴボと言《い》った。

「また何《なに》か、わたしに投《な》げつけにきたの？」

ハリーは水《みず》たまりを渡《わた》り、奥《おく》の小部屋《こべや》まで行《い》き、マートルに話《はな》しかけた。

「どうして僕《ぼく》が君《きみ》に何《なに》かを投《な》げつけたりすると思《おも》うの？」

「わたしに聞《き》かないでよ」

マートルはそう叫《さけ》ぶと、またもや大量《たいりょう》の水《みず》をこぼしながら姿《すがた》を現《あらわ》した。水浸《みずびた》しの床《ゆか》がさらに水《みず》をかぶった。

「わたし、ここで誰《だれ》にも迷惑《めいわく》をかけずに過《す》ごしているのに、わたしに本《ほん》を投《な》げつけておもしろがる人《ひと》がいるのよ……」

「だけど、何《なに》かを君《きみ》にぶつけても、痛《いた》くないだろう？　君《きみ》の体《からだ》を通《とお》り抜《ぬ》けていくだけじゃないの？」

ハリーは理屈《りくつ》に合《あ》ったことを言《い》った。

それが大《おお》きなまちがいだった。マートルは、わが意《い》を得《え》たりとばかりにふくれ上《あ》がってわめいた。

「さあ、マートルに本《ほん》をぶっつけよう！　大丈夫《だいじょうぶ》、あいつは感《かん》じないんだから！　腹《はら》に命中《めいちゅう》すれば十点《てん》！　頭《あたま》を通《とお》り抜《ぬ》ければ五十点《てん》！　そうだ、ハ、ハ、ハ！　なんてゆかいなゲームだ――。どこがゆかいだっていうのよ！」

「いったい誰《だれ》が投《な》げつけたの？」ハリーがたずねた。

「知《し》らないわ……U字溝《ユーじこう》のところに座《すわ》って、死《し》について考《かんが》えていたの。そしたら頭《あたま》のてっぺんを通《とお》って、落《お》ちてきたわ」

マートルは二人《ふたり》をにらみつけた。

「そこにあるわ。わたし、流《なが》し出《だ》してやった」

マートルが指差《ゆびさ》す手洗《てあら》い台《だい》の下《した》を、ハリーとロンは探《さが》してみた。小《ちい》さな薄《うす》い本《ほん》が落《お》ちていた。ボロボロの黒《くろ》い表紙《ひょうし》が、トイレの中《なか》のほかの物《もの》と同《おな》じようにびしょぬれだった。ハリーは本《ほん》を拾《ひろ》おうと一歩《ぽ》踏《ふ》み出《だ》したが、ロンがあわてて腕《うで》を伸《の》ばし、ハリーを止《と》めた。

「何《なん》だい？」とハリー。

「気《き》はたしかか？　危険《きけん》かもしれないのに」とロン。

「危険《きけん》？　よせよ。なんでこんなのが危険《きけん》なんだい？」ハリーは笑《わら》いながら言《い》った。

「みかけによらないんだ」ロンは、不審《ふしん》げに本《ほん》を見《み》ていた。

「魔法省《まほうしょう》が没収《ぼっしゅう》した本《ほん》の中《なか》には――パパが話《はな》してくれたんだけど――目《め》を焼《や》いてしまう本《ほん》があるんだって。それとか、『魔法使《まほうつか》いのソネット（十四行詩《じゅうよんぎょうし》）』を読《よ》んだ人《ひと》はみんな、死《し》ぬまでバカバカしい詩《し》の口調《くちょう》でしかしゃべれなくなったり。それにバース市《し》の魔法使《まほうつか》いの老人《ろうじん》が持《も》ってた本《ほん》は、読《よ》みだすと**絶対《ぜったい》やめられないんだ！**　本《ほん》に没頭《ぼっとう》したっきりで歩《ある》き回《まわ》り、何《なに》をするにも片手《かたて》でしなきゃならなくなるんだって。それから――」

「もういいよ、わかったよ」ハリーが言《い》った。

床《ゆか》に落《お》ちている小《ちい》さな本《ほん》は、水浸《みずびた》しで、なにやら得体《えたい》が知《し》れなかった。

「だけど、見《み》てみないと、どんな本《ほん》かわからないだろう」

ハリーは、ロンの制止《せいし》をヒョイとかわして、本《ほん》を拾《ひろ》い上《あ》げた。

それは日記《にっき》だった。ハリーには一目《ひとめ》でわかった。表紙《ひょうし》の文字《もじ》は消《き》えかけているが、五十年前《ねんまえ》の物《もの》だとわかる。ハリーはすぐに開《あ》けてみた。最初《さいしょ》のページに名前《なまえ》がやっと読《よ》み取《と》れる。

――T《ティー》・M《エム》・リドル――

インクがにじんでいる。

「ちょっと待ってよ」

用心深《ようじんぶか》く近《ちか》づいてきたロンが、ハリーの肩越《かたご》しにのぞき込《こ》んだ。

「この名前《なまえ》、知《し》ってる……T《ティー》・M《エム》・リドル。五十年前《ねんまえ》、学校《がっこう》から『特別功労賞《とくべつこうろうしょう》』をもらったんだ」

「どうしてそんなことまで知《し》ってるの？」ハリーは感心《かんしん》した。

「だって、処罰《しょばつ》を受《う》けたとき、フィルチに五十回以上《かいいじょう》もこいつの盾《たて》を磨《みが》かされたんだ」

ロンは恨《うら》みがましく言《い》った。

「ナメクジのゲップを引《ひ》っかけちゃった、あの盾《たて》だよ。名前《なまえ》のところについたあのねとねとを一時間《じかん》も磨《みが》いてりゃ、いやでも名前《なまえ》を覚《おぼ》えるさ」

ハリーはぬれたページをはがすようにそっとめくっていった。何《なに》も書《か》かれていなかった。どのページにも、何《なに》か書《か》いたような形跡《けいせき》がまったくなかった。たとえば、「メイベルおばさんの誕生《たんじょう》日《び》」とか、「歯医者《はいしゃ》三時半《じはん》」とかさえない。

「この人《ひと》、日記《にっき》に何《なん》にも書《か》かなかったんだ」ハリーはがっかりした。

「誰《だれ》かさんは、どうしてこれをトイレに流《なが》してしまいたかったんだろう……？」ロンが興味深《きょうみぶか》げに言《い》った。

裏表紙《うらびょうし》を見《み》ると、ロンドンのボグゾール通《どお》りの新聞《しんぶん》・雑誌店《ざっしてん》の名前《なまえ》が印刷《いんさつ》してあるのが、ハリーの目《め》にとまった。

「この人《ひと》、マグル出身《しゅっしん》にちがいない。ボグゾール通《どお》りで日記《にっき》を買《か》ってるんだから……」ハリーは考《かん》え深《ぶか》げに言《い》った。

「どっちみち、君《きみ》が持《も》ってても役《やく》に立《た》ちそうにないよ」

そう言《い》ったあとでロンは声《こえ》を低《ひく》くした。

「マートルの鼻《はな》に命中《めいちゅう》すれば五十点《てん》」

だが、ハリーはそれをポケットに入《い》れた。

二月《がつ》の初《はじ》めには、ハーマイオニーがひげなし、しっぽなし、顔《かお》の毛《け》もなしになって退院《たいいん》した。グリフィンドール塔《とう》に帰《かえ》ってきたその夜《よる》、ハリーはT《ティー》・M《エム》・リドルの日記《にっき》を見《み》せ、それを見《み》つけたときの様子《ようす》を話《はな》した。

「うわー、もしかしたら何《なに》か隠《かく》れた魔力《まりょく》があるのかもよ」

ハーマイオニーは興味津々《きょうみしんしん》で、日記を手に取《にっきてと》って、詳細に調《しょうさいしら》べた。

「魔力《まりょく》を隠《かく》してるとしたら、完璧《かんぺき》に隠《かく》しきってるよ。恥《は》ずかしがり屋《や》かな。ハリー、そんな物《もの》、なんで捨《す》ててしまわないのか、僕《ぼく》にはわからないな」

「誰《だれ》かがどうしてこれを**捨《す》てようとしたのか**、それが知《し》りたいんだよ」ハリーは答《こた》えた。

「リドルがどうして、『ホグワーツ特別功労賞《とくべつこうろうしょう》』をもらったかも知《し》りたいし」

「そりゃ、なんでもありさ。O《ふ》・W《く》・L《ろう》の試験《しけん》で三十科目《かもく》も受《う》かったとか、大《おお》イカに捕《つか》まった先《せん》生《せい》を救《すく》ったとか。極端《きょくたん》な話《はなし》、もしかしたらマートルを死《し》なせてしまったのかもしれないぞ。それがみんなのためになったとか……」

しかしハリーは、じっと考《かんが》え込《こ》んでいるハーマイオニーの表情《ひょうじょう》から、自分《じぶん》と同《おな》じことを考《かんが》えているのがわかった。

「なんだよ?」その二人《ふたり》の顔《かお》を交互《こうご》に見《み》ながらロンが言《い》った。

「ほら、『秘密《ひみつ》の部屋《へや》』は五十年前《ねんまえ》に開《あ》けられただろう?」ハリーが言《い》った。

「マルフォイがそう言《い》ったよね」

「ウーン……」ロンはまだ飲《の》み込《こ》めていない。

「そして、**この日記《にっき》は**五十年前《ねんまえ》の物《もの》なのよ」

ハーマイオニーが興奮《こうふん》してトントンと日記《にっき》をたたいた。

「それが?」

「なによ、ロン。目《め》を覚《さ》ましなさい」

ハーマイオニーがピシャリと言《い》った。

『秘密《ひみつ》の部屋《へや》』を開《あ》けた人《ひと》が五十年前《ねんまえ》に学校《がっこう》から追放《ついほう》されたことは知《し》ってるでしょう。T《ティー》・M《エム》・リドルが五十年前《ねんまえ》『特別功労賞《とくべつこうろうしょう》』をもらったことも知《し》ってるでしょう。それなら、もしリドルがスリザリンの継承者《けいしょうしゃ》を捕《つか》まえたことで、賞《しょう》をもらったとしたらどう? この日記《にっき》はすべてを語《かた》ってくれるかもしれないわ。『部屋《へや》』がどこにあるのか、どうやって開《あ》けるのか、その中《なか》にどんな生《い》き物《もの》がすんでいるのか。今回《こんかい》の襲撃事件《しゅうげきじけん》の背後《はいご》にいる人物《じんぶつ》にとっては、日記《にっき》がその辺《へん》に転《ころ》がってたら困《こま》るでしょ?」

「そいつはすばらしい論理《ろんり》だよ、ハーマイオニー」

ロンが混《ま》ぜっ返《かえ》した。

「だけど、ほんのちょっと、ちっちゃな穴《あな》がある。日記《にっき》にはなーんも書《か》かれていなーい」

しかし、ハーマイオニーはかばんの中《なか》から杖《つえ》を取《と》り出《だ》した。

「透明《とうめい》インクかもしれないわ!」ハーマイオニーはつぶやいた。

日記《にっき》を三度軽《どかる》くたたき「アパレシウム！　現《あらわ》れよ！」と唱《とな》えた。何事《なにごと》も起《お》きない。だがハーマイオニーはひるむことなく、かばんの中《なか》にぐいっと手《て》を突《つ》っ込《こ》み、真《ま》っ赤《か》な消《け》しゴムのような物《もの》を取《と》り出《だ》した。

「『現《あらわ》れゴム』よ。ダイアゴン横丁《よこちょう》で買《か》ったの」

一月一日《がつついたち》のページをゴシゴシこすった。何《なに》も起《お》こらない。

「だから言《い》ってるじゃないか。何《なに》も見《み》つかるはずないよ」ロンが言《い》った。

「リドルはクリスマスに日記帳《にっきちょう》をもらったけど、何《なに》も書《か》く気《き》がしなかったんだ」

なぜリドルの日記《にっき》を捨《す》ててしまわないのか、ハリーは自分《じぶん》でもうまく説明《せつめい》できなかった。何《なに》も書《か》いてないことは百《ひゃく》も承知《しょうち》なのに、ふと気《き》がつくとハリーはなにげなく日記《にっき》を取《と》り上《あ》げて、白紙《はくし》のページをめくっていることが多《おお》かった。まるで最後《さいご》まで読《よ》み終《お》えてしまいたい物語《ものがたり》か何《なに》かのように。

T《ティー》・M《エム》・リドルという名前《なまえ》は、一度《いちど》も聞《き》いたことがないのに、なぜか知《し》っているような気《き》がした。リドルが小《ちい》さいときの友達《ともだち》で、ほとんど記憶《きおく》のかなたに行《い》ってしまった名前《なまえ》のような気《き》さえした。しかし、そんなことはありえない。ホグワーツに来《く》る前《まえ》は、誰一人友達《だれひとりともだち》などいなかった。

ダドリーのせいで、それだけはたしかだ。

それでも、ハリーはリドルのことをもっと知《し》りたいと、強《つよ》くそう願《ねが》った。そこで次《つぎ》の日《ひ》、休《やす》み時間《じかん》に、リドルの「特別功労賞《とくべつこうろうしょう》」を調《しら》べようと、トロフィー・ルームに向《む》かった。興味津々《きょうみしんしん》のハーマイオニーと、「あの部屋《へや》は、もう一生見《いっしょうみ》たくないぐらい充分見《じゅうぶんみ》た」という不承不承《ふしょうぶしょう》のロンも一緒《いっしょ》だった。

リドルの金色《きんいろ》の盾《たて》は、ピカピカに磨《みが》かれ、部屋《へや》の隅《すみ》の飾《かざ》り棚《だな》の奥《おく》のほうに収《おさ》まっていた。なぜそれが与《あた》えられたのか、くわしいことは何《なに》も書《か》かれていない――「そのほうがいいんだ。何《なん》か書《か》いてあったら、盾《たて》がもっと大《おお》きくなるから、きっと僕《ぼく》は今《いま》でもこれを磨《みが》いてただろうよ」とロンが言《い》った――。リドルの名前《なまえ》は「魔術優等賞《まじゅつゆうとうしょう》」の古《ふる》いメダルと、首席名簿《しゅせきめいぼ》の中《なか》にも見《み》つかった。

「パーシーみたいなやつらしいな」

ロンは鼻《はな》にしわを寄《よ》せ、むかついたような言《い》い方《かた》をした。

「監督生《かんとくせい》、首席《しゅせき》――たぶんどの科目《かもく》でも一番《ばん》か」

「なんだかそれが悪《わる》いことみたいな言《い》い方《かた》ね」

ハーマイオニーが少《すこ》し傷《きず》ついたような声《こえ》で言《い》った。

淡《あわ》い陽光《ようこう》がホグワーツを照《て》らす季節《きせつ》が再《ふたた》びめぐってきた。城《しろ》の中《なか》には、わずかに明《あか》るいムードが漂《ただよ》いはじめた。ジャスティンとほとんど首無《くびな》しニックの事件《じけん》以来《いらい》、誰《だれ》も襲《おそ》われてはいなかったし、マンドレイクが情緒不安定《じょうちょふあんてい》で隠《かく》し事《ごと》をするようになったと、マダム・ポンフリーがうれしそうに報告《ほうこく》した。急速《きゅうそく》に思春期《ししゅんき》に入《はい》るところだというわけだ。

「にきびがきれいになくなったら、すぐ二度目《どめ》の植《う》え替《か》えの時期《じき》ですからね。そのあとは、刈《か》り取《と》って、とろ火《ひ》で煮《に》るまで、もうそんなに時間《じかん》はかかりません。ミセス・ノリスはもうすぐ戻《もど》ってきますよ」

ある日《ひ》の午後《ごご》、マダム・ポンフリーがフィルチにやさしくそう言《い》っているのを、ハリーは耳《みみ》にした。

おそらくスリザリンの継承者《けいしょうしゃ》は、腰《こし》くだけになったんだろう、とハリーは考《かんが》えた。学校中《がっこうじゅう》がこんなに神経《しんけい》をとがらせて警戒《けいかい》している中《なか》で、「秘密《ひみつ》の部屋《へや》」を開《あ》けることはだんだん危険《きけん》になってきたにちがいない。どんな怪物《かいぶつ》かは知《し》らないが、今《いま》や静《しず》かになって、再《ふたた》び五十年《ねん》の眠《ねむ》りについたのかもしれない……。

ハッフルパフのアーニー・マクミランは、そんな明《あか》るい見方《みかた》はしていなかった。いまだにハリーが犯人《はんにん》だと確信《かくしん》していたし、決闘《けっとう》クラブでハリーが正体《しょうたい》を現《あらわ》したのだと信《しん》じていた。

ピーブズも状況《じょうきょう》を悪《わる》くする一方《いっぽう》だ。人《ひと》が大勢《おおぜい》いる廊下《ろうか》にポンと現《あらわ》れ、「♪オー、ポッター、いやなやつだー……」と今《いま》や歌《うた》に合《あ》わせた振《ふ》り付《つ》けで踊《おど》る始末《しまつ》だった。

ギルデロイ・ロックハートは、自分《じぶん》が襲撃事件《しゅうげきじけん》をやめさせたと考《かんが》えているらしかった。グリフィンドール生《せい》が、変身術《へんしんじゅつ》の教室《きょうしつ》の前《まえ》で列《れつ》を作《つく》って待《ま》っているときに、ロックハートがマクゴナガル先生《せんせい》にそう言《い》っているのを、ハリーは小耳《こみみ》に挟《はさ》んだ。

「ミネルバ、もうやっかいなことはないと思《おも》いますよ」

わけ知《し》り顔《がお》にトントンと自分《じぶん》の鼻《はな》をたたき、ウィンクしながらロックハートが言《い》った。

「今度《こんど》こそ、部屋《へや》は永久《えいきゅう》に閉《と》ざされましたよ。犯人《はんにん》は、私《わたくし》に捕《つか》まるのは時間《じかん》の問題《もんだい》だと観念《かんねん》したのでしょう。私《わたくし》にコテンパンにやられる前《まえ》にやめたとは、なかなか利口《りこう》ですな」

「そう、今《いま》、学校《がっこう》に必要《ひつよう》なのは、気分《きぶん》を盛《も》り上《あ》げることですよ。先学期《せんがっき》のいやな思《おも》い出《で》を一掃《いっそう》しましょう！　今《いま》はこれ以上《いじょう》申《もう》し上《あ》げませんけどね、まさにこれだ、という考《かんが》えがあるんですよ……」

ロックハートはもう一度《いちど》鼻《はな》をたたいて、すたすた歩《ある》き去《さ》った。

ロックハートの言《い》う気分盛《きぶんも》り上《あ》げが何《なに》か、二月十四日《がつか》の朝食時《ちょうしょくじ》に明《あき》らかになった。前夜遅《ぜんやおそ》くまでクィディッチの練習《れんしゅう》をしていたハリーは、寝不足《ねぶそく》のまま、少《すこ》し遅《おく》れて大広間《おおひろま》に着《つ》いた。一瞬《いっしゅん》、これは部屋《へや》をまちがえた、と思《おも》った。

壁《かべ》という壁《かべ》がけばけばしい大《おお》きなピンクの花《はな》で覆《おお》われ、おまけに、淡《あわ》いブルーの天井《てんじょう》からはハート形《がた》の紙吹雪《かみふぶき》が舞《ま》っていた。グリフィンドールのテーブルに行《い》くと、ロンが吐《は》き気《け》をもよおしそうな顔《かお》をして座《すわ》っていた。ハーマイオニーは、クスクス笑《わら》いを抑《おさ》えきれない様子《ようす》だった。

「これ、何事《なにごと》？」

ハリーはテーブルにつき、ベーコンから紙吹雪《かみふぶき》を払《はら》いながら二人《ふたり》に聞《き》いた。

ロンが口《くち》をきくのもアホらしいという顔《かお》で、先生《せんせい》たちのテーブルを指差《ゆびさ》した。部屋《へや》の飾《かざ》りにマッチした、けばけばしいピンクのローブを着《き》たロックハートが、手《て》を挙《あ》げて「静粛《せいしゅく》に」と合図《あいず》しているところだった。ロックハートの両側《りょうがわ》に並《なら》ぶ先生《せんせい》たちは、石《いし》のように無表情《むひょうじょう》だった。ハリーの席《せき》から、マクゴナガル先生《せんせい》のほおがヒクヒクけいれんするのが見《み》え、スネイプときたら、たった今誰《いまだれ》かに、大《だい》ビーカーになみなみと「骨生《ほねは》え薬《ぐすり》」を飲《の》まされたばかりという顔《かお》をしていた。

「バレンタインおめでとう！」ロックハートは叫《さけ》んだ。

「今《いま》までのところ四十六人《にん》のみなさんが私《わたくし》にカードをくださいました。ありがとう！　そうです、みなさんをちょっと驚《おどろ》かせようと、私《わたくし》がこのようにさせていただきました——しかも、これがすべてではありませんよ！」

ロックハートがポンと手《て》をたたくと、玄関《げんかん》ホールに続《つづ》くドアから、無愛想《ぶあいそう》な顔《かお》をした小人《こびと》が十二人《にん》ぞろぞろ入《はい》ってきた。それもただの小人《こびと》ではない。ロックハートが全員《ぜんいん》に金色《きんいろ》の翼《つばさ》をつけ、ハープを持《も》たせていた。

「私《わたくし》の愛《あい》すべき配達《はいたつ》キューピッドです！」

ロックハートがニッコリ笑《わら》った。

「今日《きょう》は学校中《がっこうじゅう》を巡回《じゅんかい》して、みなさんのバレンタイン・カードを配達《はいたつ》します。そしてお楽《たの》しみはまだまだこれからですよ！　先生方《せんせいがた》もこのお祝《いわ》いのムードにはまりたいと思《おも》っていらっしゃるはずです！　さあ、スネイプ先生《せんせい》に『愛《あい》の妙薬《みょうやく》』の作《つく》り方《かた》を見《み》せてもらってはどうです！　ついでに、フリットウィック先生《せんせい》ですが、『魅惑《みわく》の呪文《じゅもん》』について、私《わたくし》が知《し》っているどの魔法使《まほうつか》いよりもよくご存《ぞん》じです。そしらぬ顔《かお》して憎《にく》いですね！」

フリットウィック先生《せんせい》はあまりのことに両手《りょうて》で顔《かお》を覆《おお》い、スネイプのほうは、「『愛《あい》の妙薬《みょうやく》』をもらいにきた最初《さいしょ》のやつには毒薬《どくやく》を無理《むり》やり飲《の》ませてやる」という顔《かお》をしていた。

「ハーマイオニー、頼《たの》むよ。君《きみ》まさか、その四十六人《にん》に入《はい》ってないだろうな」

大広間《おおひろま》から最初《さいしょ》の授業《じゅぎょう》に向《む》かうとき、ロンが聞《き》いた。ハーマイオニーは急《きゅう》に、時間割《じかんわり》はどこかしらと、かばんの中《なか》を夢中《むちゅう》になって探《さが》しはじめ、答《こた》えようとしなかった。

小人《こびと》たちは一日中《にちじゅう》教室《きょうしつ》に乱入《らんにゅう》し、バレンタイン・カードを配《くば》って、先生《せんせい》たちをうんざりさせた。午後《ごご》も遅《おそ》くなって、グリフィンドール生《せい》が「妖精《ようせい》の呪文《じゅもん》」教室《きょうしつ》に向《む》かって階段《かいだん》を上《あ》がっているとき、小人《こびと》がハリーを追《お》いかけてきた。

「オー、あなたにです！　アリー・ポッター」

とびきりしかめっ面《つら》の小人《こびと》がそう叫《さけ》びながら、人《ひと》の群《む》れをひじで押《お》しのけてハリーに近《ちか》づいた。一年生《ねんせい》が並《なら》んでいる真《ま》ん前《まえ》で、しかもジニー・ウィーズリーもたまたまその中《なか》にいるのに、カードを渡《わた》されたらたまらないと、全身《ぜんしん》カーッと熱《あつ》くなったハリーは、逃《に》げようとした。ところが小人《こびと》は、そこいら中《じゅう》の人《ひと》のむこうずねをけっとばして、ハリーがほんの二歩《ほ》も歩《ある》かないうちに前《まえ》に立《た》ちふさがった。

「アリー・ポッターに、じきじきにお渡《わた》ししたい歌《うた》のメッセージがあります」と、小人《こびと》はまるで脅《おど》かすようにハープをビュンビュンかき鳴《な》らした。

「ここじゃダメだよ」ハリーは逃《に》げようとして、歯《は》を食《く》いしばって言《い》った。

「動《うご》くな！」小人《こびと》はかばんをがっちり捕《つか》まえてハリーを引《ひ》き戻《もど》し、うなるように言《い》った。

「放《はな》して！」ハリーがかばんをぐいっと引《ひ》っ張《ぱ》り返《かえ》しながらどなった。

ビリビリと大《おお》きな音《おと》がして、ハリーのかばんは真《ま》っ二《ぷた》つに破《やぶ》れた。本《ほん》、杖《つえ》、羊皮紙《ようひし》、羽根《はね》ペンが床《ゆか》に散《ち》らばり、インクつぼが割《わ》れて、その上《うえ》に飛《と》び散《ち》った。小人《こびと》が歌《うた》いだす前《まえ》にと、ハリーは走《はし》り回《まわ》って拾《ひろ》い集《あつ》めたが、廊下《ろうか》は渋滞《じゅうたい》して人《ひと》だかりができた。

「何《なに》をしてるんだい？」

ドラコ・マルフォイの冷《つめ》たく気取《きど》った声《こえ》がした。ハリーは破《やぶ》れたかばんに何《なに》もかもがむしゃらに突《つ》っ込《こ》み、マルフォイに歌《うた》のメッセージを聞《き》かれる前《まえ》に、逃《に》げ出《だ》そうと必死《ひっし》だった。

「この騒《さわ》ぎはいったい何事《なにごと》だ？」

また聞《き》き慣《な》れた声《こえ》がした。パーシー・ウィーズリーのご到着《とうちゃく》だ。

頭《あたま》の中《なか》が真《ま》っ白《しろ》になり、ハリーはともかく一目散《いちもくさん》に逃《に》げ出《だ》そうとした。しかし小人《こびと》はハリーのひざのあたりをしっかとつかみ、ハリーは床《ゆか》にばったり倒《たお》れた。

「これでよし」小人《こびと》はハリーのくるぶしの上《うえ》に座《すわ》り込《こ》んだ。

「あなたに、歌《うた》うバレンタインです」

♪あなたの目《め》は緑色《みどりいろ》、青《あお》いカエルの新漬《しんづ》けのよう
あなたの髪《かみ》は真《ま》っ黒《くろ》、黒板《こくばん》のよう
あなたがわたしのものならいいのに。あなたはすてき

闇《やみ》の帝王《ていおう》を征服《せいふく》した、あなたは英雄《えいゆう》

この場《ば》で煙《けむり》のように消《き》えることができるなら、グリンゴッツにある金貨《きんか》を全部《ぜんぶ》やってもいい――。勇気《ゆうき》をふりしぼってみんなと一緒《いっしょ》に笑《わら》ってみせ、ハリーは立《た》ち上《あ》がった。小人《こびと》に乗《の》っかられて、足《あし》がしびれていた。笑《わら》い過《す》ぎて涙《なみだ》が出《で》ている生徒《せいと》もいる。そんな見物人《けんぶつにん》を、パーシー・ウィーズリーがなんとか追《お》い散《ち》らしてくれた。

「さあ、もう行《い》った、行《い》った。ベルは五分前《ふんまえ》に鳴《な》った。すぐ教室《きょうしつ》に行《い》くんだ」

パーシーはシッシッと下級生《かきゅうせい》たちを追《お》い立《た》てた。

「マルフォイ、君《きみ》もだ」

ハリーがちらりと見《み》ると、マルフォイがかがんで何《なに》かを引《ひ》ったくったところだった。マルフォイは横目《よこめ》でこっちを見《み》ながら、クラッブとゴイルにそれを見《み》せている。ハリーはそれがリドルの日記《にっき》だと気《き》がついた。

「それは返《かえ》してもらおう」ハリーが静《しず》かに言《い》った。

「ポッターはいったいこれに何《なに》を書《か》いたのかな？」

マルフォイは表紙《ひょうし》の年号《ねんごう》に気《き》づいてはいないらしい。ハリーの日記《にっき》だと思《おも》い込《こ》んでいる。見物《けんぶつ》人《にん》もシーンとしてしまった。ジニーは顔《かお》を引《ひ》きつらせて、日記《にっき》とハリーの顔《かお》を交互《こうご》に見《み》つめている。

「マルフォイ、それを渡《わた》せ」パーシーが厳《きび》しく言《い》った。

「ちょっと見《み》てからだ」マルフォイは嘲《あざけ》るようにハリーに日記《にっき》を振《ふ》りかざした。

パーシーがさらに言《い》った。「本校《ほんこう》の監督生《かんとくせい》として――」しかし、ハリーはもうがまんがならなかった。杖《つえ》を取《と》り出《だ》し、一声《ひとこえ》叫《さけ》んだ。

「エクスペリアームス！　武器《ぶき》よ去《さ》れ！」

スネイプがロックハートの武器《ぶき》を取《と》り上《あ》げたときと同《おな》じように、日記《にっき》はマルフォイの手《て》を離《はな》れ、宙《ちゅう》を飛《と》んだ。ロンが満足《まんぞく》げにニッコリとそれを受《う》け止《と》めた。

「ハリー！」

パーシーの声《こえ》が飛《と》んだ。

「廊下《ろうか》での魔法《まほう》は禁止《きんし》だ。これは報告《ほうこく》しなくてはならない。いいな！」

ハリーはどうでもよかった。マルフォイより一枚上手《いちまいうわて》に出《で》たんだ。グリフィンドールからいつ五点引《てんひ》かれようと、それだけの価値《かち》がある。マルフォイは怒《いか》り狂《くる》っていた。ジニーが教室《きょうしつ》に行《い》こうとしてマルフォイのそばを通《とお》ったとき、その後《うし》ろからわざと意地悪《いじわる》く叫《さけ》んだ。

「ポッターは君《きみ》のバレンタインが気《き》に入《い》らなかったみたいだぞ」

ジニーは両手《りょうて》で顔《かお》を覆《おお》い、教室《きょうしつ》へ走《はし》り込《こ》んだ。歯《は》をむき出《だ》し、ロンが杖《つえ》を取《と》り出《だ》したが、それはハリーが押《お》しとどめた。「妖精《ようせい》の呪文《じゅもん》」の授業《じゅぎょう》の間中《あいだじゅう》、ナメクジを吐《は》き続《つづ》けると気《き》の毒《どく》だ。

フリットウィック先生《せんせい》の教室《きょうしつ》に着《つ》いたとき、初《はじ》めてハリーは、リドルの日記《にっき》が何《なに》か変《へん》だということに気《き》づいた。ハリーの本《ほん》はみんな赤《あか》インクで染《そ》まっている。インクつぼが割《わ》れていやというほどインクをかぶったはずなのに、日記《にっき》は何事《なにごと》もなかったかのように以前《いぜん》のままだ。ロンにそれを教《おし》えようとしたが、ロンはまたまた杖《つえ》にトラブルがあったらしく、先端《せんたん》から大《おお》きな紫色《むらさきいろ》の泡《あわ》が次々《つぎつぎ》と花《はな》のように咲《さ》き、ほかのことに興味《きょうみ》を示《しめ》すどころではなかった。

その夜《よる》、ハリーは同室《どうしつ》の誰《だれ》よりも先《さき》にベッドに入《はい》った。一つにはフレッドとジョージが「♪あなたの目《め》は緑色《みどりいろ》、青《あお》いカエルの新漬《しんづ》けのよう」と何度《なんど》も歌《うた》うのがうんざりだったし、それにリドルの日記《にっき》をもう一度《いちど》調《しら》べてみたかったからだ。ロンにもちかけても、そんなことは時間《じかん》のむだだと言《い》うにちがいない。

ハリーは天蓋《てんがい》つきベッドに座《すわ》り、何《なに》も書《か》いていないページをパラパラとめくってみた。どのページにも赤《あか》インクのしみ一つない。ベッド脇《わき》の物入《ものい》れから、新《あたら》しいインクつぼを取《と》り出《だ》し、羽《は》根《ね》ペンを浸《ひた》し、日記《にっき》の最初《さいしょ》のページにポツンと落《お》としてみた。

インクは紙《かみ》の上《うえ》で一瞬《いっしゅん》明《あか》るく光《ひか》ったが、まるでページに吸《す》い込《こ》まれるように消《き》えてしまった。胸《むね》をドキドキさせ、羽根《はね》ペンをもう一度《いちど》つけて書《か》いてみた。

「僕《ぼく》はハリー・ポッターです」

文字《もじ》は一瞬《いっしゅん》紙《かみ》の上《うえ》で輝《かがや》いたかと思《おも》うと、またもや、あとかたもなく消《き》えてしまった。そして、ついに思《おも》いがけないことが起《お》こった。

そのページから、今使《いまつか》ったインクがにじみ出《だ》してきて、ハリーが書《か》いてもいない文字《もじ》が現《あらわ》れたのだ。

「こんにちは、ハリー・ポッター。僕《ぼく》はトム・リドルです。君《きみ》はこの日記《にっき》をどんなふうにして見《み》つけたのですか」

この文字《もじ》も薄《うす》くなっていったが、その前《まえ》にハリーは返事《へんじ》を走《はし》り書《が》きした。

「誰《だれ》かがトイレに流《なが》そうとしていました」

リドルの返事《へんじ》が待《ま》ちきれない気持《きも》ちだった。

「僕《ぼく》の記憶《きおく》を、インクよりずっと長持《ながも》ちする方法《ほうほう》で記録《きろく》しておいたのは幸《さいわ》いでした。しかし、僕《ぼく》は、この日記《にっき》が読《よ》まれたら困《こま》る人《ひと》たちがいることを、初《はじ》めから知《し》っていました」

「どういう意味《いみ》ですか?」

ハリーは興奮《こうふん》のあまりあちこちしみをつけながら書《か》きなぐった。

「この日記《にっき》には恐《おそ》ろしい記憶《きおく》が記《しる》されているのです。覆《おお》い隠《かく》されてしまった、ホグワーツ魔法魔《まほうま》術《じゅつ》学校《がっこう》で起《お》きた出来事《できごと》が」

「僕《ぼく》は今《いま》そこにいるのです」

ハリーは急《いそ》いで書《か》いた。

「ホグワーツにいるのです。恐《おそ》ろしいことが起《お》きています。『秘密《ひみつ》の部屋《へや》』について何《なに》かご存《ぞん》じですか?」

心臓《しんぞう》が高鳴《たかな》った。リドルの答《こた》えはすぐ返《かえ》ってきた。知《し》っていることをすべて、急《いそ》いで伝《つた》えようとしているかのように、文字《もじ》も乱《みだ》れてきた。

「もちろん、『秘密《ひみつ》の部屋《へや》』のことは知《し》っています。僕《ぼく》の学生時代《がくせいじだい》、それは伝説《でんせつ》だ、存在《そんざい》しないものだと言《い》われていました。でもそれはうそだったのです。僕《ぼく》が五年生《ねんせい》のとき、部屋《へや》が開《あ》けられ、怪物《かいぶつ》が数人《すうにん》の生徒《せいと》を襲《おそ》い、とうとう一人《ひとり》が殺《ころ》されました。僕《ぼく》は、『部屋《へや》』を開《あ》けた人物《じんぶつ》を捕《つか》まえ、その人物《じんぶつ》は追放《ついほう》されました。校長《こうちょう》のディペット先生《せんせい》は、ホグワーツでそのようなことが起《お》こったことを恥《は》ずかしく思《おも》い、僕《ぼく》が真実《しんじつ》を語《かた》ることを禁《きん》じました。死《し》んだ少女《しょうじょ》は、何《なに》かめったにない事《じ》故《こ》で死《し》んだという話《はなし》が公表《こうひょう》されました。僕《ぼく》の苦労《くろう》に対《たい》するほうびとして、キラキラ輝《かがや》く、すてきなトロフィーに名《な》を刻《きざ》み、それを授与《じゅよ》するかわりに固《かた》く口《くち》を閉《と》ざすよう忠告《ちゅうこく》されました。しかし、僕《ぼく》は再《ふたた》び事件《じけん》が起《お》こるであろうことを知《し》っていました。怪物《かいぶつ》はそれからも生《い》き続《つづ》けましたし、それを解《と》き放《はな》つ力《ちから》を持《も》っていた人物《じんぶつ》は投獄《とうごく》されなかったのです」

急《いそ》いで書《か》かなくてはとあせったハリーは、危《あや》うくインクつぼをひっくり返《かえ》しそうになった。

「今《いま》、またそれが起《お》きているのです。三人《にん》も襲《おそ》われ、事件《じけん》の背後《はいご》に誰《だれ》がいるのか、見当《けんとう》もつきません。前《まえ》のときはいったい誰《だれ》だったのですか？」

「お望《のぞ》みならお見《み》せしましょう」

リドルの答《こた》えだった。

「僕《ぼく》の言《い》うことを信《しん》じる信《しん》じないは自由《じゆう》です。僕《ぼく》が犯人《はんにん》を捕《つか》まえた夜《よる》の思《おも》い出《で》の中《なか》に、あなたをお連《つ》れすることができます」

羽根《はね》ペンを日記《にっき》の上《うえ》にかざしたまま、ハリーはためらっていた。——リドルはいったい何《なに》を言《い》っているんだろう？　ほかの人《ひと》の思《おも》い出《で》の中《なか》にハリーをどうやって連《つ》れていくんだろう？——。

ハリーは寝室《しんしつ》の入口《いりぐち》のほうを、ちらりと落《お》ち着《つ》かない視線《しせん》で眺《なが》めた。部屋《へや》がだんだん暗《くら》くなってきていた。ハリーが日記《にっき》に視線《しせん》を戻《もど》すと、新《あたら》しい文字《もじ》が浮《う》かび出《で》てきた。

「お見《み》せしましょう」

ほんの一瞬《いっしゅん》、ハリーはためらったが、二つの文字《もじ》を書《か》いた。

「ＯＫ《オーケー》」

日記《にっき》のページがまるで強風《きょうふう》にあおられたようにパラパラとめくられ、六月《がつ》の中《なか》ほどのページで止《と》まった。六月《がつ》十三日《にち》と書《か》かれた小《ちい》さな枠《わく》が、小型《こがた》テレビの画面《がめん》のようなものに変《か》わっていた。ハリーはポカンと口《くち》を開《あ》けて見《み》とれた。すこし震《ふる》える手《て》で本《ほん》を取《と》り上《あ》げ、小《ちい》さな画面《がめん》に目《め》を押《お》しつけると、何《なに》がなんだかわからないうちに、体《からだ》がぐっと前《まえ》のめりになり、画面《がめん》が大《おお》きくなり、体《からだ》がベッドを離《はな》れ、ページの小窓《こまど》から真《ま》っ逆《さか》さまに投《な》げ入《い》れられる感《かん》じがした——色《いろ》と陰《かげ》の渦巻《うずま》く中《なか》へ——。

ハリーは両足《りょうあし》が固《かた》い地面《じめん》に触《ふ》れたような気《き》がして、震《ふる》えながら立《た》ち上《あ》がった。すると周《まわ》りのぼんやりした物影《ものかげ》が、突然《とつぜん》はっきり見《み》えるようになった。

自分《じぶん》がどこにいるのか、ハリーにはすぐわかった。居眠《いねむ》り肖像画《しょうぞうが》のかかっている円形《えんけい》の部屋《へや》はダンブルドアの校長室《こうちょうしつ》だ——しかし、机《つくえ》のむこうに座《すわ》っているのはダンブルドアではなかった。しわくちゃで弱々《よわよわ》しい小柄《こがら》な老人《ろうじん》が、パラパラと白髪《しらが》の残《のこ》るハゲ頭《あたま》を見《み》せて、ろうそくの灯《あか》りで手紙《てがみ》を読《よ》んでいた。ハリーが一度《いちど》も会《あ》ったことのない魔法使《まほうつか》いだった。

「すみません」ハリーは震《ふる》える声《こえ》で言《い》った。「突然《とつぜん》おじゃまするつもりはなかったんですが……」

しかし、その魔法使《まほうつか》いは下《した》を向《む》いたまま、少《すこ》し眉《まゆ》をひそめて読《よ》み続《つづ》けている。ハリーは少《すこ》し机《つくえ》に近《ちか》づき、つっかえながら言《い》った。

「あの、僕《ぼく》、すぐに失礼《しつれい》したほうが？」

それでも無視《むし》され続《つづ》けた。どうもハリーの言《い》うことが聞《き》こえてもいないようだ。耳《みみ》が遠《とお》いのかもしれないと思《おも》い、ハリーは声《こえ》を張《は》り上《あ》げた。

「おじゃましてすみませんでした。すぐ失礼《しつれい》します」ほとんどどなるように言《い》った。

その魔法使《まほうつか》いはため息《いき》をついて、羊皮紙《ようひし》の手紙《てがみ》を丸《まる》め、立《た》ち上《あ》がり、ハリーには目《め》もくれずにそばを通《とお》り過《す》ぎて、窓《まど》のカーテンを閉《し》めた。窓《まど》の外《そと》はルビーのように真《ま》っ赤《か》な空《そら》だった。夕陽《ゆうひ》が沈《しず》むところらしい。老人《ろうじん》は机《つくえ》に戻《もど》って椅子《いす》に腰《こし》かけ、手《て》を組《く》み、親指《おやゆび》をもてあそびながら、入口《いりぐち》の扉《とびら》を見《み》つめていた。

ハリーは部屋《へや》を見回《みまわ》した。不死鳥《ふしちょう》のフォークスもいない。くるくる回《まわ》る銀《ぎん》の仕掛《しか》け装置《そうち》もない。これはリドルの記憶《きおく》の中《なか》のホグワーツだ。つまりダンブルドアではなく、この見知《みし》らぬ魔法使《まほうつか》いが校長《こうちょう》なんだ。そして自分《じぶん》はせいぜい幻《まぼろし》みたいな存在《そんざい》で、五十年前《ねんまえ》の人《ひと》たちにはまったく見《み》えないのだ。

誰《だれ》かが扉《とびら》をノックした。

「お入《はい》り」老人《ろうじん》が弱々《よわよわ》しい声《こえ》で言《い》った。

十六歳《さい》ぐらいの少年《しょうねん》が入《はい》ってきて、三角帽子《さんかくぼうし》を脱《ぬ》いだ。銀色《ぎんいろ》の監督生《かんとくせい》バッジが胸《むね》に光《ひか》っている。ハリーよりずっと背《せ》が高《たか》かったが、この少年《しょうねん》も真《ま》っ黒《くろ》の髪《かみ》だった。

「ああ、リドルか」校長先生《こうちょうせんせい》は言《い》った。

「ディペット先生《せんせい》、何《なに》かご用《よう》でしょうか？」リドルは緊張《きんちょう》しているようだった。

「お座《すわ》りなさい。ちょうど君《きみ》がくれた手紙《てがみ》を読《よ》んだところじゃ」

「あぁ」と言《い》ってリドルは座《すわ》った。両手《りょうて》を固《かた》く握《にぎ》り合《あ》わせている。

「リドル君《くん》」ディペット先生《せんせい》がやさしく言《い》った。「夏休《なつやす》みの間《あいだ》、君《きみ》を学校《がっこう》に置《お》いてあげることはできないんじゃよ。休暇《きゅうか》には、家《いえ》に帰《かえ》りたいじゃろう？」

「いいえ」リドルが即座《そくざ》に答《こた》えた。

「僕《ぼく》はむしろホグワーツに残《のこ》りたいんです。その――あそこに帰《かえ》るより――」

「君《きみ》は休暇中《きゅうかちゅう》はマグルの孤児院《こじいん》で過《す》ごすと聞《き》いておるが？」

ディペットは興味深《きょうみぶか》げに尋《たず》ねた。

「はい、先生《せんせい》」リドルは少《すこ》し赤《あか》くなった。

「君《きみ》はマグル出身《しゅっしん》かね？」

「ハーフです。父《ちち》はマグルで、母《はは》が魔女《まじょ》です」

「それで——ご両親《りょうしん》は？」

「母《はは》は僕《ぼく》が生《う》まれて間《ま》もなく亡《な》くなりました。僕《ぼく》に名前《なまえ》を付《つ》けるとすぐに。孤児院《こじいん》でそう聞《き》きました。父《ちち》の名《な》を取《と》ってトム、祖父《そふ》の名《な》を取《と》ってマールヴォロです」

ディペット先生《せんせい》はなんとも痛《いた》ましいというようにうなずいた。

「しかしじゃ、トム」先生《せんせい》はため息《いき》をついた。

「特別《とくべつ》の措置《そち》を取《と》ろうと思《おも》っておったが、しかし、今《いま》のこの状況《じょうきょう》では……」

「先生《せんせい》、襲撃事件《しゅうげきじけん》のことでしょうか？」リドルが尋《たず》ねた。

ハリーの心臓《しんぞう》が躍《おど》り上《あ》がった。一言《ひとこと》も聞《き》きもらすまいと、近《ちか》くに寄《よ》った。

「そのとおりじゃ。わかるじゃろう？　学期《がっき》が終《お》わったあと、君《きみ》がこの城《しろ》に残《のこ》るのを許《ゆる》すのは、どんなに愚《おろ》かしいことか。特《とく》に、先日《せんじつ》のあの悲《かな》しい出来事《できごと》を考《かんが》えると……。かわいそうに、女子学生《がくせい》が一人《ひとり》死《し》んでしもうた……。孤児院《こじいん》に戻《もど》っていたほうがずっと安全《あんぜん》なんじゃよ。実《じつ》を言《い》うと、魔法省《まほうしょう》は今《いま》や、この学校《がっこう》を閉鎖《へいさ》することさえ考《かんが》えておる。我々《われわれ》はその一連《いちれん》のふゆかいな事件《じけん》の怪《かい》――アー――源《みなもと》を突《つ》き止《と》めることができん……」

リドルは目《め》を大《おお》きく見開《みひら》いた。

「先生《せんせい》――もしその何者《なにもの》かが捕《つか》まったら……もし事件《じけん》が起《お》こらなくなったら……」

「どういう意味《いみ》かね？」

ディペット先生《せんせい》は椅子《いす》に座《すわ》りなおし、身《み》を起《お》こして上《うわ》ずった声《こえ》で言《い》った。

「リドル、何《なに》かこの襲撃事件《しゅうげきじけん》について知《し》っているとでも言《い》うのかね？」

「いいえ、先生《せんせい》」リドルがあわてて答《こた》えた。

ハリーにはこの「いいえ」が、ハリー自身《じしん》がダンブルドアに答《こた》えた「いいえ」と同《おな》じだ、とすぐにわかった。

かすかに失望《しつぼう》の色《いろ》を浮《う》かべながら、ディペット先生《せんせい》はまた椅子《いす》に座《すわ》り込《こ》んだ。

「トム、もう行《い》ってよろしい……」

リドルはすっと椅子《いす》から立《た》ち上《あ》がり、重《おも》い足取《あしど》りで部屋《へや》を出《で》た。ハリーはあとをついて行《い》った。

動《うご》くらせん階段《かいだん》を下《お》り、二人《ふたり》は廊下《ろうか》の怪獣像《ガーゴイル》の脇《わき》に出《で》た。暗《くら》くなりかけていた。リドルが立《た》ち止《ど》まったのでハリーも止《と》まって、リドルを見《み》つめた。リドルが何《なに》か深刻《しんこく》な考《かんが》え事《ごと》をしているのがハリーにもよくわかった。リドルは唇《くちびる》をかみ、額《ひたい》にしわを寄《よ》せている。それから突然何事《とつぜんなにごと》か決心《けっしん》したかのように、急《いそ》いで歩《ある》きだした。ハリーは音《おと》もなくすべるようにリドルについて行《い》った。玄《げん》関《かん》ホールまで誰《だれ》にも会《あ》わなかったが、そこで、長《なが》いふさふさしたとび色《いろ》の髪《かみ》とひげを蓄《たくわ》えた背《せ》の高《たか》い魔法使《まほうつか》いが、大理石《だいりせき》の階段《かいだん》の上《うえ》からリドルを呼《よ》び止《と》めた。

「トム、こんな遅《おそ》くに歩《ある》き回《まわ》って、何《なに》をしているのかね？」

ハリーはその魔法使《まほうつか》いをじっと見《み》た。今《いま》より五十歳若《さいわか》いダンブルドアにまちがいない。

「はい、先生《せんせい》、校長先生《こうちょうせんせい》に呼《よ》ばれましたので」リドルが言《い》った。

「それでは、早《はや》くベッドに戻《もど》りなさい」

ダンブルドアは、ハリーがよく知《し》っている、あの心《こころ》の中《なか》まで見透《みとお》すようなまなざしでリドルを見《み》つめた。

「このごろは廊下《ろうか》を歩《ある》き回《まわ》らないほうがよい。例《れい》の事件以来《じけんいらい》……」

ダンブルドアは大《おお》きくため息《いき》をつき、リドルに「おやすみ」と言《い》って、その場《ば》を立《た》ち去《さ》った。

リドルはその姿《すがた》が見《み》えなくなるまで見《み》ていたが、それから急《いそ》いで石段《いしだん》を下《お》り、まっすぐ地下牢《ちかろう》に向《む》かった。ハリーも必死《ひっし》に追跡《ついせき》した。

しかし残念《ざんねん》なことに、リドルは隠《かく》れた通路《つうろ》や、秘密《ひみつ》のトンネルに行《い》ったのではなく、スネイプが魔法薬学《まほうやくがく》の授業《じゅぎょう》で使《つか》う地下牢教室《ちかろうきょうしつ》に入《はい》った。松明《たいまつ》はついていなかったし、リドルが教室《きょうしつ》のドアをほとんど完全《かんぜん》に閉《し》めてしまったので、ハリーにはリドルの姿《すがた》がやっと見《み》えるだけだった。リドルはドアの陰《かげ》に立《た》って身《み》じろぎもせず、外《そと》の通路《つうろ》に目《め》を凝《こ》らしている。

少《すく》なくとも一時間《じかん》はそうしていたような気《き》がする。ハリーの目《め》には、ドアのすきまから目《め》を凝《こ》らし、銅像《どうぞう》のようにじっと何《なに》かを待《ま》っているリドルの姿《すがた》が見《み》えるだけだった。期待《きたい》も薄《うす》れ、緊張《きんちょう》もゆるみかけて「現在《げんざい》」に戻《もど》りたいと思《おも》いはじめたちょうどその時《とき》、ドアのむこうで何《なに》かが動《うご》く気配《けはい》がした。

誰《だれ》かが忍《しの》び足《あし》で通路《つうろ》を歩《ある》いてきた。いったい誰《だれ》なのか、リドルと自分《じぶん》が隠《かく》れている地下牢《ちかろう》教室《きょうしつ》の前《まえ》を通《とお》り過《す》ぎる音《おと》がした。リドルはまるで影《かげ》のように静《しず》かに、スルリとドアからにじり出《で》て跡《あと》をつけた。ハリーも、誰《だれ》にも聞《き》こえるはずがないことを忘《わす》れて、抜《ぬ》き足差《あしさ》し足《あし》でリドルのあとに続《つづ》いた。

五分《ふん》もたったろうか。二人《ふたり》は何者《なにもの》かの足音《あしおと》について歩《ある》いたが、リドルが急《きゅう》に止《と》まって、何《なに》か別《べつ》の物音《ものおと》のする方角《ほうがく》に顔《かお》を向《む》けた。ドアがギーッと開《ひら》き、誰《だれ》かがしわがれ声《ごえ》でささやいているのが、ハリーの耳《みみ》に聞《き》こえてきた。

「おいで……おまえさんをこっから出《だ》さなきゃなんねえ……。さあ、こっちへ……。この箱《はこ》の中《なか》に……」

なんとなく聞《き》き覚《おぼ》えがある声《こえ》だった。

リドルが物陰《ものかげ》から突然《とつぜん》飛《と》び出《だ》した。ハリーもあとについて出《で》た。どでかい少年《しょうねん》の暗《くら》い影《かげ》のようなりんかくが見《み》えた。大《おお》きな箱《はこ》をかたわらに置《お》き、開《あ》け放《はな》したドアの前《まえ》にしゃがみ込《こ》んでいる。

「こんばんは、ルビウス」リドルが鋭《するど》く言《い》った。

少年《しょうねん》はドアをバタンと閉《し》めて立《た》ち上《あ》がった。

「トム。こんなところでおまえ、なんしてる？」

リドルが一歩《いっぽ》近寄《ちかよ》った。

「観念《かんねん》するんだ」

リドルが言《い》った。

「ルビウス、僕《ぼく》は君《きみ》を突《つ》き出《だ》すつもりだ。襲撃事件《しゅうげきじけん》がやまなければ、ホグワーツ校《こう》が閉鎖《へいさ》される話《はなし》まで出《で》ているんだ」

「なんが言《い》いてえのか――」

「君《きみ》が誰《だれ》かを殺《ころ》そうとしたとは思《おも》わない。だけど怪物《かいぶつ》は、ペットとしてふさわしくない。たぶん君《きみ》は運動《うんどう》させようとして、ちょっと放《はな》したんだろうが、それが――」

「こいつは誰《だれ》も殺《ころ》してねえ！」

でかい少年《しょうねん》は今《いま》、閉《し》めたばかりのドアのほうへあとずさりした。その少年《しょうねん》の背後《はいご》から、ガサゴソ、カチカチと奇妙《きみょう》な音《おと》がした。

「さあ、ルビウス」リドルはもう一歩詰《ぽつめ》め寄《よ》った。

「死《し》んだ女子学生《じょしがくせい》のご両親《りょうしん》が、明日《あす》学校《がっこう》に来《く》る。娘《むすめ》さんを殺《ころ》したやつを、確実《かくじつ》に始末《しまつ》すること。学校《がっこう》として、少《すく》なくともそれだけはできる」

「こいつがやったんじゃねえ！」

少年《しょうねん》がわめく声《こえ》が暗《くら》い通路《つうろ》にこだました。

「こいつにできるはずねえ！　絶対《ぜったい》やっちゃいねえ！」

「どいてくれ」リドルは杖《つえ》を取《と》り出《だ》した。

リドルの呪文《じゅもん》は突然燃《とつぜんも》えるような光《ひかり》で廊下《ろうか》を照《て》らした。どでかい少年《しょうねん》の背後《はいご》のドアがものすごい勢《いきお》いで開《ひら》き、少年《しょうねん》は反対側《はんたいがわ》の壁《かべ》まで吹《ふ》っ飛《と》ばされた。中《なか》から出《で》てきた物《もの》を見《み》たとたん、ハリーは思《おも》わず鋭《するど》い悲鳴《ひめい》をもらした――自分《じぶん》にしか聞《き》こえない長《なが》い悲鳴《ひめい》を――。

毛《け》むくじゃらの巨大《きょだい》な胴体《どうたい》が、低《ひく》い位置《いち》に吊《つ》り下《さ》げられている。からみ合《あ》った黒《くろ》い肢《あし》、ギラギラ光《ひか》るたくさんの眼《め》、かみそりのように鋭《するど》いはさみ――。

リドルがもう一度杖《いちどつえ》を振《ふ》り上《あ》げたが、遅《おそ》かった。その生《い》き物《もの》はリドルを突《つ》き転《ころ》がし、ガサゴソと大急《おおいそ》ぎで廊下《ろうか》を逃《に》げていき、姿《すがた》を消《け》した。リドルはすばやく起《お》き上《あ》がり、後《うし》ろ姿《すがた》を目《め》で追《お》い、杖《つえ》を振《ふ》り上《あ》げた。

「やめろおおおおおお！」少年《しょうねん》がリドルに飛《と》びかかり、杖《つえ》を引《ひ》ったくり、リドルをまた投《な》げ飛《と》ばした。

場面《ばめん》がぐるぐる回《まわ》り、真《ま》っ暗闇《くらやみ》になった。ハリーは自分《じぶん》が落《お》ちていくのを感《かん》じた、そして、ドサリと着地《ちゃくち》した。ハリーは、グリフィンドールの寝室《しんしつ》の天蓋《てんがい》つきベッドの上《うえ》に大《だい》の字《じ》になっていた。リドルの日記《にっき》は腹《はら》の上《うえ》に開《ひら》いたままのっている。

息《いき》をはずませている最中《さいちゅう》に、寝室《しんしつ》の戸《と》が開《ひら》いてロンが入《はい》ってきた。

「ここにいたのか」とロン。

ハリーは起《お》き上《あ》がった。汗《あせ》びっしょりでブルブル震《ふる》えていた。

「どうしたの？」とロンが心配《しんぱい》そうに聞《き》いた。

「ロン、ハグリッドだったんだ。五十年前《ねんまえ》に『秘密《ひみつ》の部屋《へや》』の扉《とびら》を開《あ》けたのは、ハグリッドだったんだ！」

第《だい》14章《しょう》　コーネリウス・ファッジ

ハグリッドが、大《おお》きくて怪物《かいぶつ》のような生《い》き物《もの》が好《す》きだという、困《こま》った趣味《しゅみ》をもっていることは、ハリー、ロン、ハーマイオニーの三人《にん》とも、とっくに知《し》っていた。去年《きょねん》、三人《にん》が一年生《ねんせい》だったとき、ハグリッドは自分《じぶん》の狭《せま》い丸太小屋《まるたごや》で、ドラゴンを育《そだ》てようとしたし、「ふわふわのフラッフィー」と名付《なづ》けていたあの三頭犬《さんとうけん》のことは、そう簡単《かんたん》に忘《わす》れられるものではない。

――少年時代《しょうねんじだい》のハグリッドが、城《しろ》のどこかに怪物《かいぶつ》がひそんでいると聞《き》いたら、どんなことをしてでもその怪物《かいぶつ》を一目見《ひとめみ》たいと思《おも》ったにちがいない――ハリーはそう思《おも》った。

ハグリッドはきっと考《かんが》えたはずだ――怪物《かいぶつ》が長《なが》い間《あいだ》、狭苦《せまくる》しいところに閉《と》じ込《こ》められているなんて気《き》の毒《どく》だ。ちょっとの間《あいだ》、そのたくさんの肢《あし》を伸《の》ばすチャンスを与《あた》えるべきだ――。

十三歳《さい》のハグリッドが、怪物《かいぶつ》に、首輪《くびわ》と引《ひ》きひもをつけようとしている姿《すがた》が、ハリーの目《め》に浮《う》かぶようだった。でも、ハグリッドはけっして誰《だれ》かを殺《ころ》そうなどとは思《おも》わなかっただろう――ハリーはこれにも確信《かくしん》があった。

ハリーは、リドルの日記《にっき》の仕掛《しか》けを知《し》らないほうがよかったとさえ思《おも》った。ロンとハーマイオニーは、ハリーの見《み》たことをくり返《かえ》し聞《き》きたがった。ハリーは、二人《ふたり》にいやというほど話《はな》して聞《き》かせたし、そのあとはどうどうめぐりの議論《ぎろん》になるのにも、うんざりしていた。

「リドルは犯人《はんにん》をまちがえていたかもしれないわ。みんなを襲《おそ》ったのは別《べつ》な怪物《かいぶつ》だったかもしれない……」ハーマイオニーの意見《いけん》だ。

「ホグワーツにいったい何匹怪物《なんびきかいぶつ》がいれば気《き》がすむんだい？」ロンがぼそりと言《い》った。

「ハグリッドが追放《ついほう》されたことは、僕《ぼく》たち、もう知《し》ってた。それに、ハグリッドが追《お》い出《だ》されてからは、誰《だれ》も襲《おそ》われなくなったにちがいない。そうじゃなけりゃ、リドルは表彰《ひょうしょう》されなかったはずだもの」ハリーはみじめな気持《きも》ちだった。

ロンにはちがった見方《みかた》もあった。

「リドルって、パーシーにそっくりだ――そもそもハグリッドを密告《みっこく》しろなんて、誰《だれ》が頼《たの》んだ？」

「でも、ロン、誰《だれ》かが怪物《かいぶつ》に殺《ころ》されたのよ」とハーマイオニー。

「それに、ホグワーツが閉鎖《へいさ》されたら、リドルはマグルの孤児院《こじいん》に戻《もど》らなきゃならなかった。僕《ぼく》、リドルがここに残《のこ》りたかった気持《きも》ち、わかるな……」とハリーは言《い》った。

ロンは唇《くちびる》をかみ、思《おも》いついたように聞《き》いた。

「ねえ、ハリー、君《きみ》、ハグリッドに『夜の闇横丁《ノクターンよこちょう》』で出会《であ》ったって言《い》ったよね？」

『肉食《にくしょく》ナメクジ駆除剤《くじょざい》』を買《か》いにきてた」ハリーは急《いそ》いで答《こた》えた。

三人《さんにん》はだまりこくった。ずいぶん長《なが》い沈黙《ちんもく》のあと、ハーマイオニーがためらいながら一番《いちばん》言《い》いにくいことを言《い》った。

「ハグリッドのところに行《い》って、全部《ぜんぶ》、聞《き》いてみたらどうかしら？」

「そりゃあ、楽《たの》しいお客様《きゃくさま》になるだろうね」とロンが言《い》った。

「こんにちは、ハグリッド。教《おし》えてくれる？　最近城《さいきんしろ》の中《なか》で毛《け》むくじゃらの狂暴《きょうぼう》なやつをけしかけなかった？　ってね」

結局《けっきょく》三人《にん》は、また誰《だれ》かが襲《おそ》われないかぎり、ハグリッドには何《なに》も言《い》わないことに決《き》めた。そして何日《なんにち》かが過《す》ぎていき、「姿《すがた》なき声《こえ》」のささやきも聞《き》こえなかった。三人《にん》は、ハグリッドがなぜ追放《ついほう》されたか、聞《き》かなくてすむかもしれない、と思《おも》いはじめた。

ジャスティンとほとんど首無《くびな》しニックが石《いし》にされてから四か月《げつ》が過《す》ぎようとしていた。誰《だれ》が襲《おそ》ったのかはわからないが、その何者《なにもの》かはもう永久《えいきゅう》に引《ひ》きこもってしまったと、みんながそう思《おも》っているようだった。

ピーブズもやっと、「♪オー、ポッター、いやなやつだー」の歌《うた》に飽《あ》きたらしいし、アーニー・

マクミランはある日《ひ》、「薬草学《やくそうがく》」の授業《じゅぎょう》で、『飛《と》びはね毒《どく》キノコ』の入《はい》ったバケツを取《と》ってください」とていねいにハリーに声《こえ》をかけた。三月《がつ》にはマンドレイクが何本《なんぼん》か、第《だい》三号温室《ごうおんしつ》で乱痴気《らんちき》パーティをくり広《ひろ》げた。スプラウト先生《せんせい》はこれで大満足《だいまんぞく》だった。

「マンドレイクがお互《たが》いの植木鉢《うえきばち》に入《はい》り込《こ》もうとしたら、完全《かんぜん》に成熟《せいじゅく》したということです」

スプラウト先生《せんせい》がハリーにそう言《い》った。

「そうなれば、医務室《いむしつ》にいるあのかわいそうな人《ひと》たちを蘇生《そせい》させることができますよ」

復活祭《ふっかつさい》の休暇中《きゅうかちゅう》に、二年生《ねんせい》は新《あたら》しい課題《かだい》を与《あた》えられた。三年生《ねんせい》で選択《せんたく》する科目《かもく》を決《き》める時期《じき》が来《き》たのだ。少《すく》なくともハーマイオニーにとっては、これは非常《ひじょう》に深刻《しんこく》な問題《もんだい》だった。

「私《わたし》たちの将来《しょうらい》に全面的《ぜんめんてき》に影響《えいきょう》するかもしれないのよ」三人《にん》で新《あたら》しい科目《かもく》のリストになめるように目《め》を通《とお》し、選択科目《せんたくかもく》に「レ」の印《しるし》をつけながら、ハーマイオニーがハリーとロンに言《い》い聞《き》かせた。

「僕《ぼく》、『魔法薬《まほうやく》』をやめたいな」とハリー。

「そりゃ、ムリ」

ロンが憂《ゆう》うつそうに言《い》った。

「これまでの科目《かもく》は全部続《ぜんぶつづ》くんだ。そうじゃなきゃ、僕《ぼく》は『闇《やみ》の魔術《まじゅつ》に対《たい》する防衛術《ぼうえいじゅつ》』を捨《す》てるよ」

「だってとっても重要《じゅうよう》な科目《かもく》じゃないの！」

ハーマイオニーが衝撃《しょうげき》を受《う》けたような声《こえ》を出《だ》した。

「ロックハートの教《おし》え方《かた》じゃ、そうは言《い》えないな。彼《かれ》からは何《なん》にも学《まな》んでないよ。ピクシー小妖精《しょうようせい》を暴《あば》れさせること以外《いがい》はね」とロンが言《い》い返《かえ》した。

ネビル・ロングボトムには、親《しん》せき中《じゅう》の魔法使《まほうつか》いや魔女《まじょ》が、手紙《てがみ》で、ああしろこうしろと、勝手《かって》な意見《いけん》を書《か》いてよこした。混乱《こんらん》したネビルは、困《こま》り果《は》てて、アー、ウーと言《い》いながら、舌《した》をちょっと突《つ》き出《だ》してリストを読《よ》み、「数占《かずうらな》い」と「古代《こだい》ルーン文字《もじ》」のどっちが難《むずか》しそうかなどと、聞《き》きまくっていた。

ディーン・トーマスはハリーと同《おな》じように、マグルの中《なか》で育《そだ》ってきたので、結局目《けっきょくめ》をつぶって杖《つえ》でリストを指《さ》し、杖《つえ》の示《しめ》している科目《かもく》を選《えら》んだ。

ハーマイオニーは誰《だれ》からの助言《じょげん》も受《う》けず、全科目《ぜんかもく》を登録《とうろく》した。

――バーノンおじさんやペチュニアおばさんに、自分《じぶん》の魔法界《まほうかい》でのキャリアについて相談《そうだん》を持《も》ちかけたら、どんな顔《かお》をするだろう――ハリーは一人《ひとり》で苦笑《にがわら》いをした。かといって、ハリーが誰《だれ》からも指導《しどう》を受《う》けなかったわけではない。パーシー・ウィーズリーが自分《じぶん》の経験《けいけん》を熱心《ねっしん》に教《おし》えた。

「ハリー、自分《じぶん》が将来《しょうらい》、どっちに進《すす》みたいかによるんだ。将来《しょうらい》を考《かんが》えるのに、早過《はやす》ぎるということはない。それならまず『占《うらな》い学《がく》』を勧《すす》めたいね。『マグル学《がく》』なんか選《えら》ぶのは軟弱《なんじゃく》だという人《ひと》もいるが、僕《ぼく》の個人的意見《こじんてきいけん》では、魔法使《まほうつか》いたるもの、魔法社会以外《まほうしゃかいいがい》のことを完璧《かんぺき》に理解《りかい》しておくべきだと思《おも》う。特《とく》に、マグルと身近《みぢか》に接触《せっしょく》するような仕事《しごと》を考《かんが》えているならね。――僕《ぼく》の父《ちち》のことを考《かんが》えてみるといい。四六時中《しろくじちゅう》マグル関係《かんけい》の仕事《しごと》をしている。兄《あに》のチャーリーは外《そと》で何《なに》かするのが好《す》きなタイプだったから、『魔法生物飼育学《まほうせいぶつしいくがく》』を取《と》った。自分《じぶん》の強《つよ》みを生《い》かすことだね、ハリー」

強《つよ》みといっても、ほんとうに得意《とくい》なのはクィディッチしか思《おも》い浮《う》かばない。結局《けっきょく》、ハリーはロンと同《おな》じ新《あたら》しい科目《かもく》を選《えら》んだ。勉強《べんきょう》がうまくいかなくても、せめてハリーを助《たす》けてくれる友人《ゆうじん》がいればいいと思《おも》ったからだ。

クィディッチの、グリフィンドールの次《つぎ》の対戦相手《たいせんあいて》はハッフルパフだ。ウッドは夕食後《ゆうしょくご》に毎《まい》晩練習《ばんれんしゅう》をすると言《い》い張《は》り、おかげでハリーはクィディッチと宿題以外《しゅくだいいがい》には、ほとんど何《なに》もする時《じ》間《かん》がなかった。とはいえ、練習自体《れんしゅうじたい》はやりやすくなっていた。少《すく》なくとも天気《てんき》はカラッとしていた。土曜日《どようび》に試合《しあい》を控《ひか》えた前日《ぜんじつ》の夕方《ゆうがた》、ハリーは箒《ほうき》をいったん置《お》きに、寮《りょう》の寝室《しんしつ》に戻《もど》った。グリフィンドールが寮対抗《りょうたいこう》クィディッチ杯《はい》を獲得《かくとく》する確率《かくりつ》は、今《いま》や最高潮《さいこうちょう》だと感《かん》じていた。

しかし、そんな楽《たの》しい気分《きぶん》はそう長《なが》くは続《つづ》かなかった。寝室《しんしつ》に戻《もど》る階段《かいだん》の一番上《いちばんうえ》で、パニック状態《じょうたい》のネビル・ロングボトムと出会《であ》ったのだ。

「ハリー——誰《だれ》がやったんだかわかんない。僕《ぼく》、今《いま》、見《み》つけたばかり——」

ハリーのほうを恐《おそ》る恐《おそ》る見《み》ながら、ネビルは部屋《へや》のドアを開《あ》けた。

ハリーのトランクの中身《なかみ》がそこいら中《じゅう》に散《ち》らばっていた。床《ゆか》の上《うえ》にはマントがずたずたになって広《ひろ》がり、天蓋《てんがい》つきベッドのカバーははぎ取《と》られ、ベッド脇《わき》の小机《こづくえ》の引《ひ》き出《だ》しは引《ひ》っ張《ぱ》り出《だ》されて、中身《なかみ》がベッドの上《うえ》にぶちまけられている。

ハリーはポカンと口《くち》を開《あ》けたまま、『トロールとのとろい旅《たび》』のバラバラになったページを数《すう》枚踏《まいふ》みつけて、ベッドに近寄《ちかよ》った。

ネビルと二人《ふたり》で毛布《もうふ》を引《ひ》っ張《ぱ》って元《もと》どおりに直《なお》していると、ロン、ディーン、シェーマスが部《へ》屋《や》に入《はい》ってきた。

「いったいどうしたんだい、ハリー?」ディーンが大声《おおごえ》を上《あ》げた。

「さっぱりわからない」とハリーが答《こた》えた。

ロンはハリーのローブを調《しら》べていた。ポケットが全部《ぜんぶ》ひっくり返《がえ》しになっている。

「誰《だれ》かが何《なに》かを探《さが》したんだ」ロンが言《い》った。

「何《なに》かなくなってないか？」

ハリーは散《ち》らばった物《もの》を拾《ひろ》い上《あ》げて、トランクに投《な》げ入《い》れはじめた。ロックハートの本《ほん》の最後《さいご》の一冊《さつ》を投《な》げ入《い》れ終《お》わったときに、初《はじ》めて何《なに》がなくなっているかわかった。

「リドルの日記《にっき》がない」ハリーは声《こえ》を落《お》としてロンに言《い》った。

「**エーッ？**」

ハリーは「一緒《いっしょ》に来《き》て」とロンに合図《あいず》をして、ドアに向《む》かって急《いそ》いだ。ロンもあとに続《つづ》いて部屋《へや》を出《で》た。二人《ふたり》はグリフィンドールの談話室《だんわしつ》に戻《もど》った。半数《はんすう》ぐらいの生徒《せいと》しか残《のこ》っていなかったが、ハーマイオニーが一人《ひとり》で椅子《いす》に腰《こし》かけて『古代《こだい》ルーン文字《もじ》のやさしい学《まな》び方《かた》』を読《よ》んでいた。

二人《ふたり》の話《はなし》を聞《き》いてハーマイオニーは仰天《ぎょうてん》した。

「だって――グリフィンドール生《せい》しか盗《ぬす》めないはずでしょ――ほかの人《ひと》は誰《だれ》もここの合言葉《あいことば》を知《し》らないもの……」

「そうなんだ」とハリーも言《い》った。

翌朝《よくあさ》、目《め》を覚《さ》ますと、太陽《たいよう》がキラキラと輝《かがや》き、さわやかなそよ風《かぜ》が吹《ふ》いていた。

「申《もう》し分《ぶん》ないクィディッチ日和《びより》だ！」

朝食《ちょうしょく》の席《せき》で、チームメートの皿《さら》にスクランブルエッグを山《やま》のように盛《も》りながら、ウッドが興奮《こうふん》した声《こえ》で言《い》った。

「ハリー、がんばれよ。朝食《ちょうしょく》をちゃんと食《く》っておけよ」

ハリーは、朝食《ちょうしょく》のテーブルにびっしり並《なら》んで座《すわ》っているグリフィンドール生《せい》を、ぐるりと見渡《みわた》した——もしかしたらハリーの目《め》の前《まえ》にリドルの日記《にっき》の新《あたら》しい持《も》ち主《ぬし》がいるかもしれない——。

ハーマイオニーは盗難届《とうなんとどけ》を出《だ》すように勧《すす》めたが、ハリーはそうしたくなかった。そんなことをすれば、先生《せんせい》に、日記《にっき》のことをすべて話《はな》さなければならなくなる。だいたい五十年前《ねんまえ》に、ハグリッドが退校処分《たいこうしょぶん》になったことを知《し》っている者《もの》が、何人《なんにん》いるというのか？　ハリーはそれを蒸《む》し返《かえ》す張本人《ちょうほんにん》になりたくなかった。

ロン、ハーマイオニーと一緒《いっしょ》に大広間《おおひろま》を出《で》たハリーは、クィディッチの箒《ほうき》を取《と》りに戻《もど》ろうとした。その時《とき》、ハリーの心配《しんぱい》の種《たね》がまた増《ふ》えるような深刻《しんこく》な事態《じたい》が起《お》こった。大理石《だいりせき》の階段《かいだん》に足《あし》をかけたとたんに、またもやあの声《こえ》を聞《き》いたのだ。

「**今度《こんど》は殺《ころ》す……引《ひ》き裂《さ》いて……八《や》つ裂《ざ》きにして……**」

ハリーは叫《さけ》び声《ごえ》を上《あ》げ、ロンとハーマイオニーは驚《おどろ》いて、同時《どうじ》にハリーのそばから飛《と》びのいた。

「あの声《こえ》だ！」ハリーは振《ふ》り返《かえ》った。

「また聞《き》こえた――君《きみ》たちは？」

ロンが目《め》を見開《みひら》いたまま首《くび》を横《よこ》に振《ふ》った。が、ハーマイオニーはハッとしたように額《ひたい》に手《て》を当《あ》てて言《い》った。

「ハリー――私《わたし》、たった今《いま》、思《おも》いついたことがあるの！　図書館《としょかん》に行《い》かなくちゃ！」

そして、ハーマイオニーは風《かぜ》のように階段《かいだん》をかけ上《あ》がっていった。

「いったい何《なに》を思《おも》いついたんだろう？」

ハーマイオニーの言葉《ことば》が気《き》にかかったが、一方《いっぽう》でハリーは周《まわ》りを見回《みまわ》し、どこから声《こえ》が聞《き》こえるのか探《さが》していた。

「計《はか》り知《し》れないね」ロンが首《くび》を振《ふ》り振《ふ》り言《い》った。

「だけど、どうして図書館《としょかん》なんかに行《い》かなくちゃならないんだろう？」とハリー。

「ハーマイオニー流《りゅう》のやり方《かた》だよ」

ロンが肩《かた》をすくめて、しょうがないだろ、というしぐさをした。

「何《なに》はともあれ、まず図書館《としょかん》ってわけさ」

もう一度《いちど》あの声《こえ》をとらえたいと、ハリーは進《すす》むことも引《ひ》くこともできず、その場《ば》に突《つ》っ立《た》っていた。そうするうちに大広間《おおひろま》から次々《つぎつぎ》と人《ひと》があふれ出《で》てきて、大声《おおごえ》で話《はな》しながら、正面《しょうめん》の扉《とびら》からクィディッチ競技場《きょうぎじょう》へと向《む》かって出《で》ていった。

「もう行《い》ったほうがいい」ロンが声《こえ》をかけた。「そろそろ十一時《じ》になる——試合《しあい》だ」

ハリーは大急《おおいそ》ぎでグリフィンドール塔《とう》をかけ上《あ》がり、ニンバス2000を取《と》ってきて、ごった返《がえ》す人《ひと》の群《む》れにまじって校庭《こうてい》を横切《よこぎ》った。しかし、心《こころ》は城《しろ》の中《なか》の「姿《すがた》なき声《こえ》」にとらわれたままだった。更衣室《こういしつ》で紅色《くれないいろ》のユニフォームに着替《きが》えながら、ハリーは、クィディッチ観戦《かんせん》でみんなが城《しろ》の外《そと》に出《で》ているのがせめてもの救《すく》いだと感《かん》じていた。

対戦《たいせん》する二《ふた》チームが、万雷《ばんらい》の拍手《はくしゅ》に迎《むか》えられて入場《にゅうじょう》した。オリバー・ウッドは、ゴールの周《まわ》りをひとっ飛《と》びしてウォームアップし、マダム・フーチは、競技用《きょうぎよう》ボールを取《と》り出《だ》した。ハッフルパフは、カナリア・イエローのユニフォームで、最後《さいご》の作戦会議《さくせんかいぎ》にスクラムを組《く》んでいた。

ハリーは箒《ほうき》にまたがった。その時《とき》、マクゴナガル先生《せんせい》が巨大《きょだい》な紫色《むらさきいろ》のメガフォンを手《て》に持《も》って、ピッチのむこうから半《なか》ば行進《こうしん》するような歩《ある》き方《かた》で、半《なか》ば走《はし》るようにやってきた。

ハリーの心臓《しんぞう》は石《いし》になったようにドシンと落《お》ち込《こ》んだ。

「この試合《しあい》は中止《ちゅうし》です」

マクゴナガル先生《せんせい》は満員《まんいん》のスタジアムに向《む》かってメガフォンでアナウンスした。ヤジや怒号《どごう》が乱《みだ》れ飛《と》んだ。オリバー・ウッドはガーンと打《う》ちのめされた顔《かお》で地上《ちじょう》に降《お》り立《た》ち、箒《ほうき》にまたがったままマクゴナガル先生《せんせい》にかけ寄《よ》った。

「先生《せんせい》、そんな！」

オリバーがわめいた。

「是《ぜ》が非《ひ》でも試合《しあい》を……優勝杯《ゆうしょうはい》が……グリフィンドールの……」

マクゴナガル先生《せんせい》は耳《みみ》も貸《か》さずにメガフォンで叫《さけ》び続《つづ》けた。

「全生徒《ぜんせいと》はそれぞれの寮《りょう》の談話室《だんわしつ》に戻《もど》りなさい。そこで寮監《りょうかん》から詳《くわ》しい話《はなし》があります。みなさん、できるだけ急《いそ》いで！」

マクゴナガル先生《せんせい》は、メガフォンを下《お》ろし、ハリーに合図《あいず》した。

「ポッター、私《わたくし》と一緒《いっしょ》にいらっしゃい……」

今度《こんど》だけは僕《ぼく》を疑《うたが》えるはずがないのに、といぶかりながら、ふと見《み》ると、不満《ふまん》たらたらの生徒《せいと》の群《む》れを抜《ぬ》け出《だ》して、ロンが、ハリーたちのほうに走《はし》ってくる。ハリーは、マクゴナガル先生《せんせい》と二人《ふたり》で城《しろ》に向《む》かうところだったが、驚《おどろ》いたことに、先生《せんせい》はロンが一緒《いっしょ》でも反対《はんたい》しなかった。

「そう、ウィーズリー、あなたも一緒《いっしょ》に来《き》たほうがよいでしょう」

群《む》れをなして移動《いどう》しながら、三人《にん》の周《まわ》りの生徒《せいと》たちは、試合中止《しあいちゅうし》でブーブー文句《もんく》を言《い》ったり、心配《しんぱい》そうな顔《かお》をしたりしていた。ハリーとロンは先生《せんせい》について城《しろ》に戻《もど》り、大理石《だいりせき》の階段《かいだん》を上《あ》がった。しかし、今度《こんど》は誰《だれ》かの部屋《へや》に連《つ》れていかれる様子《ようす》ではなかった。

「少《すこ》しショックを受《う》けるかもしれませんが」

医務室《いむしつ》近《ちか》くまで来《き》たとき、マクゴナガル先生《せんせい》が驚《おどろ》くほどのやさしい声《こえ》で言《い》った。

「また襲《おそ》われました……今度《こんど》も二人《ふたり》一緒《いっしょ》にです」

ハリーは五臓六腑《ごぞうろっぷ》がすべてひっくり返《かえ》る気《き》がした。先生《せんせい》はドアを開《あ》け、二人《ふたり》も中《なか》に入《はい》った。

マダム・ポンフリーが、長《なが》い巻《ま》き毛《げ》の六年生《ねんせい》の女子学生《じょしがくせい》の上《うえ》にかがみこんでいた。ハリーたちがスリザリンの談話室《だんわしつ》への道《みち》を尋《たず》ねた、あのレイブンクローの学生《がくせい》だ、とハリーにはすぐわかった。そして、その隣《となり》のベッドには――。

「ハーマイオニー！」ロンがうめき声《ごえ》をあげた。

ハーマイオニーは身動《みうご》きもせず、見開《みひら》いた目《め》はガラス玉《だま》のようだった。

「二人《ふたり》は図書館《としょかん》の近《ちか》くで発見《はっけん》されました」マクゴナガル先生《せんせい》が言《い》った。

「二人《ふたり》ともこれが何《なん》だか説明《せつめい》できないでしょうね？　二人《ふたり》のそばの床《ゆか》に落《お》ちていたのですが……」

先生《せんせい》は小《ちい》さな丸《まる》い鏡《かがみ》を手《て》にしていた。

二人《ふたり》とも、ハーマイオニーをじっと見《み》つめながら首《くび》を横《よこ》に振《ふ》った。

「グリフィンドール塔《とう》まであなたたちを送《おく》っていきましょう」

マクゴナガル先生《せんせい》は重苦《おもくる》しい口調《くちょう》で言《い》った。

「私《わたくし》も、いずれにせよ生徒《せいと》たちに説明《せつめい》しないとなりません」

「全校生徒《ぜんこうせいと》は夕方《ゆうがた》六時《じ》までに、各寮《かくりょう》の談話室《だんわしつ》に戻《もど》るように。それ以後《いご》はけっして寮《りょう》を出《で》てはなりません。授業《じゅぎょう》に行《い》くときは必《かなら》ず先生《せんせい》が一人《ひとり》引率《いんそつ》します。トイレに行《い》くときも必《かなら》ず先生《せんせい》に付《つ》き添《そ》ってもらうこと。クィディッチの練習《れんしゅう》も試合《しあい》も、すべて延期《えんき》です。夕方《ゆうがた》はいっさい、クラブ活動《かつどう》をしてはなりません」

超満員《ちょうまんいん》の談話室《だんわしつ》で、グリフィンドール生《せい》はだまってマクゴナガル先生《せんせい》の話《はなし》を聞《き》いた。先生《せんせい》は羊《よう》皮紙《ひし》を広《ひろ》げて読《よ》み上《あ》げたあとで、紙《かみ》をくるくる巻《ま》きながら、少《すこ》し声《こえ》を詰《つ》まらせた。

「言《い》うまでもないことですが、私《わたくし》はこれほど落胆《らくたん》したことはありません。これまでの襲撃事件《しゅうげきじけん》の犯人《はんにん》が捕《つか》まらないかぎり、学校《がっこう》が閉鎖《へいさ》される可能性《かのうせい》もあります。犯人《はんにん》について何《なに》か心当《こころあ》たりがある生徒《せいと》は申《もう》し出《で》るよう強《つよ》く望《のぞ》みます」

マクゴナガル先生《せんせい》は、少《すこ》しぎこちなく肖像画《しょうぞうが》の裏《うら》の穴《あな》から出《で》ていった。とたんにグリフィンドール生《せい》はしゃべりはじめた。

「これでグリフィンドール生《せい》は二人《ふたり》やられた。寮《りょう》つきのゴーストを別《べつ》にしても。レイブンクローが一人《ひとり》、ハッフルパフが一人《ひとり》」

ウィーズリー双子《ふたご》兄弟《きょうだい》と仲良《なかよ》しの、リー・ジョーダンが指《ゆび》を折《お》って数《かぞ》え上《あ》げた。

「先生方《せんせいがた》はだーれも気《き》づかないのかな？　スリザリン生《せい》はみんな無事《ぶじ》だ。今度《こんど》のことは、全部《ぜんぶ》スリザリンに関係《かんけい》してるって、誰《だれ》にだってわかりそうなもんじゃないか？　スリザリンの継承者《けいしょうしゃ》、スリザリンの怪物《かいぶつ》——どうしてスリザリン生《せい》を全部《ぜんぶ》追《お》い出《だ》さないんだ？」

リーの大演説《だいえんぜつ》にみんなうなずき、パラパラと拍手《はくしゅ》が起《お》こった。

パーシー・ウィーズリーは、リーの後《うし》ろの椅子《いす》に座《すわ》っていたが、いつもと様子《ようす》がちがって、自《じ》分《ぶん》の意見《いけん》を聞《き》かせたいという気《き》がないようだった。青《あお》い顔《かお》で声《こえ》もなくぼうっとしている。

「パーシーはショックなんだ」

ジョージがハリーにささやいた。

「あのレイブンクローの子《こ》——ペネロピー・クリアウォーター——監督生《かんとくせい》なんだ。パーシーは怪《かい》物《ぶつ》が監督生《かんとくせい》を襲《おそ》うなんて、けっしてないと思《おも》ってたんだろうな」

しかしハリーは半分《はんぶん》しか聞《き》いていなかった。ハーマイオニーが石《いし》の彫刻《ちょうこく》のように横《よこ》たわっている姿《すがた》が、目《め》に焼《や》きついて離《はな》れない。犯人《はんにん》が捕《つか》まらなかったら、ハリーは一生《いっしょう》ダーズリー一家《いっか》と暮《く》らすはめになる。トム・リドルは、学校《がっこう》が閉鎖《へいさ》されたらマグルの孤児院《こじいん》で暮《く》らすはめになっただろう。だからハグリッドのことを密告《みっこく》したのだ。トム・リドルの気持《きも》ちが、今《いま》のハリーには痛《いた》いほどわかる。

「どうしたらいいんだろう？」ロンがハリーの耳元《みみもと》でささやいた。

「ハグリッドが疑《うたが》われると思《おも》うかい？」

「ハグリッドに会《あ》って話《はな》さなくちゃ」

ハリーは決心《けっしん》した。

「今度《こんど》はハグリッドだとは思《おも》わない。でも、前《まえ》に怪物《かいぶつ》を解《と》き放《はな》したのが彼《かれ》だとすれば、どうやって『秘密《ひみつ》の部屋《へや》』に入《はい》るのかを知《し》ってるはずだ。それが糸口《いとぐち》だ」

「だけど、マクゴナガルが、授業《じゅぎょう》のとき以外《いがい》は寮《りょう》の塔《とう》から出《で》るなって――」

「今《いま》こそ」ハリーが一段《いちだん》と声《こえ》をひそめた。「父《とう》さんのあのマントをまた使《つか》う時《とき》だと思《おも》う」

ハリーが父親《ちちおや》から受《う》け継《つ》いだたった一つの物《もの》、それは、銀《ぎん》ねず色《いろ》に光《ひか》る長《なが》い「透明《とうめい》マント」だった。誰《だれ》にも知《し》られずにこっそり学校《がっこう》を抜《ぬ》け出《だ》して、ハグリッドを訪《たず》ねるのにはそれしかない。二人《ふたり》はいつもの時間《じかん》にベッドに入《はい》り、ネビル、ディーン、シェーマスがやっと「秘密《ひみつ》の部屋《へや》」の討論《とうろん》をやめ、寝静《ねしず》まるのを待《ま》った。それから起《お》き上《あ》がり、ローブを着《き》なおして透明《とうめい》マントをかぶった。

暗《くら》い、人気《ひとけ》のない城《しろ》の廊下《ろうか》を歩《ある》き回《まわ》るのは楽《たの》しいとは言《い》えなかった。ハリーは前《まえ》にも何度《なんど》か夜《よる》、城《しろ》の中《なか》をさまよったことがあったが、日没後《にちぼつご》に、こんなに混《こ》み合《あ》っている城《しろ》を見《み》るのは初《はじ》めてだった。先生《せんせい》や監督生《かんとくせい》、ゴーストなどが二人《ふたり》ずつ組《くみ》になって、不審《ふしん》な動《うご》きはないかとそこいら中《じゅう》に目《め》を光《ひか》らせていた。透明《とうめい》マントは二人《ふたり》の物音《ものおと》まで消《け》してはくれない。特《とく》に危《あぶ》なかったのが、ロンがつまずいたときだった。ほんの数《すう》メートル先《さき》にスネイプが見張《みは》りに立《た》っていた。うまい具合《ぐあい》に、ロンの「コンチキショー」という悪態《あくたい》と、スネイプのくしゃみがまったく同時《どうじ》だった。正面《しょうめん》玄関《げんかん》にたどり着《つ》き、樫《かし》の扉《とびら》をそっと開《あ》けたとき、二人《ふたり》はやっとホッとした。

星《ほし》の輝《かがや》く明《あか》るい夜《よる》だった。ハグリッドの小屋《こや》の灯《あか》りを目指《めざ》し、二人《ふたり》は急《いそ》いだ。小屋《こや》のすぐ前《まえ》に来《き》たとき、初《はじ》めて二人《ふたり》はマントを脱《ぬ》いだ。

戸《と》をたたくと、すぐにハグリッドがバタンと戸《と》を開《あ》けた。真正面《ましょうめん》にヌッと現《あらわ》れたハグリッドは二人《ふたり》に石弓《いしゆみ》を突《つ》きつけていた。ボアハウンド犬《けん》のファングが後《うし》ろのほうでほえたてている。

「おお」ハグリッドは武器《ぶき》を下《お》ろして、二人《ふたり》をまじまじと見《み》た。

「二人《ふたり》ともこんなとこで何《なに》しとる？」

「それ、何《なん》のためなの？」二人《ふたり》は小屋《こや》に入《はい》りながら石弓《いしゆみ》を指差《ゆびさ》した。

「なんでもねえ……なんでも」ハグリッドがもごもご言《い》った。

「ただ、もしかすると……うんにゃ……座《すわ》れや……茶《ちゃ》、いれるわい……」

ハグリッドは上《うわ》の空《そら》だった。やかんから水《みず》をこぼして、暖炉《だんろ》の火《ひ》を危《あや》うく消《け》しそうになったり、巨大《きょだい》な手《て》を神経質《しんけいしつ》に動《うご》かしたはずみで、ポットをこなごなに割《わ》ったりした。

「ハグリッド、大丈夫《だいじょうぶ》？」

ハリーが声《こえ》をかけた。

「ハーマイオニーのこと、聞《き》いた？」

「あぁ、聞《き》いた。たしかに」ハグリッドはちょっと声《こえ》を詰《つ》まらせた。

その間《あいだ》もちらっちらっと不安《ふあん》そうに窓《まど》のほうを見《み》ている。それから二人《ふたり》に、たっぷりと熱《あつ》い湯《ゆ》を入《い》れた大《おお》きなマグカップを差《さ》し出《だ》した――ティーバッグを入《い》れ忘《わす》れている――。分厚《ぶあつ》いフルーツケーキを皿《さら》に入《い》れているとき、戸《と》をたたく大《おお》きな音《おと》がした。

ハグリッドはフルーツケーキをボロリと取《と》り落《お》とし、ハリーとロンはパニックになって顔《かお》を見《み》合《あ》わせ、サッと透明《とうめい》マントをかぶって部屋《へや》の隅《すみ》に引《ひ》っ込《こ》んだ。ハグリッドは二人《ふたり》がちゃんと隠《かく》れたことを見極《みきわ》め、石弓《いしゆみ》を引《ひ》っつかみ、もう一度《いちど》バンと戸《と》を開《あ》けた。

「こんばんは、ハグリッド」

ダンブルドアだった。深刻《しんこく》そのものの顔《かお》で小屋《こや》に入《はい》ってきた。後《うし》ろからもう一人《ひとり》、なんとも奇《き》妙《みょう》な風体《ふうてい》の男《おとこ》が入《はい》ってきた。

見知《みし》らぬ男《おとこ》は背《せ》の低《ひく》い恰幅《かっぷく》のいい体《からだ》にくしゃくしゃの白髪頭《しらがあたま》で、悩《なや》み事《ごと》があるような顔《かお》をしていた。ちぐはぐな組《く》み合《あ》わせの服装《ふくそう》で、細《ほそ》じまのスーツ、真《ま》っ赤《か》なネクタイ、黒《くろ》い長《なが》いマントを着《き》て先《さき》のとがった紫色《むらさきいろ》のブーツをはいている。ライムのような黄緑色《きみどりいろ》の山高帽《やまたかぼう》を小脇《こわき》に抱《かか》えていた。

「パパのボスだ！」

ロンがささやいた。

「コーネリウス・ファッジ、魔法大臣《まほうだいじん》だ！」

ハリーはロンをひじでこづいてだまらせた。

ハグリッドは青《あお》ざめて汗《あせ》をかきはじめた。椅子《いす》にドッと座《すわ》り込《こ》み、ダンブルドアの顔《かお》を見《み》、それからコーネリウス・ファッジの顔《かお》を見《み》た。

「状況《じょうきょう》はよくない。ハグリッド」

ファッジがぶっきらぼうに言《い》った。

「すこぶるよくない。来《こ》ざるをえなかった。マグル出身《しゅっしん》が四人《にん》もやられた。もう始末《しまつ》に負《お》えん。本省《ほんしょう》が何《なに》かしなくては」

「俺《おれ》は、けっして」ハグリッドが、すがるようにダンブルドアを見《み》た。

「ダンブルドア先生《せんせい》さま、知《し》ってなさるでしょう。俺《おれ》は、けっして……」

「コーネリウス、これだけはわかってほしい。わしはハグリッドに全幅《ぜんぷく》の信頼《しんらい》を置《お》いておる」

ダンブルドアは眉《まゆ》をひそめてファッジを見《み》た。

「しかし、アルバス」

ファッジは言《い》いにくそうだった。

「ハグリッドには不利《ふり》な前科《ぜんか》がある。魔法省《まほうしょう》としても、何《なに》かしなければならん――学校《がっこう》の理事《りじ》たちがうるさい」

「コーネリウス、もう一度《いちど》言《い》う。ハグリッドを連《つ》れていったところで、何《なん》の役《やく》にも立《た》たんじゃろう」

ダンブルドアのブルーの瞳《ひとみ》に、これまでハリーが見《み》たことがないような激《はげ》しい炎《ほのお》が燃《も》えている。

「私《わたし》の身《み》にもなってくれ」

ファッジは山高帽《やまたかぼう》をもじもじいじりながら言《い》った。

「プレッシャーをかけられている。何《なに》か手《て》を打《う》ったという印象《いんしょう》を与《あた》えないと。ハグリッドではないとわかれば、彼《かれ》はここに戻《もど》り、何《なん》のとがめもない。ハグリッドは連行《れんこう》せねば、どうしても。私《わたし》にも立場《たちば》というものが――」

「俺《おれ》を連行《れんこう》？」ハグリッドは震《ふる》えていた。「どこへ？」

「ほんの短《みじか》い間《あいだ》だけだ」

ファッジはハグリッドと目《め》を合《あ》わせずに言《い》った。

「罰《ばつ》ではない。ハグリッド。むしろ念《ねん》のためだ。ほかの誰《だれ》かが捕《つか》まれば、君《きみ》は充分《じゅうぶん》な謝罪《しゃざい》の上《うえ》、釈放《しゃくほう》される……」

「まさかアズカバンじゃ？」ハグリッドの声《こえ》がかすれた。

ファッジが答《こた》える前《まえ》に、また激《はげ》しく戸《と》をたたく音《おと》がした。

ダンブルドアが戸《と》を開《あ》けた。今度《こんど》はハリーが脇腹《わきばら》をこづかれる番《ばん》だった。みんなに聞《き》こえるほど大《おお》きく息《いき》をのんだからだ。

ルシウス・マルフォイ氏《し》がハグリッドの小屋《こや》に大股《おおまた》で入《はい》ってきた。長《なが》い黒《くろ》い旅行《りょこう》マントに身《み》を包《つつ》み、冷《つめ》たくほくそ笑《え》んでいる。ファングが低《ひく》くうなりだした。

「もう来《き》ていたのか。ファッジ」

マルフォイ氏《し》は「よろしい、よろしい……」と満足《まんぞく》げに言《い》った。

「何《なん》の用《よう》があるんだ？」ハグリッドが激《はげ》しい口調《くちょう》で言《い》った。

「俺《おれ》の家《いえ》から出《で》ていけ！」

「威勢《いせい》がいいね。言《い》われるまでもない。君《きみ》の——あー——これを家《いえ》と呼《よ》ぶのかね？　その中《なか》にいるのは、私《わたし》とてまったく本意《ほんい》ではない」

ルシウス・マルフォイはせせら笑《わら》いながら、狭《せま》い丸太小屋《まるたごや》を見回《みまわ》した。

「ただ学校《がっこう》に立《た》ち寄《よ》っただけなのだが、校長《こうちょう》がここだと聞《き》いたものでね」

「それでは、いったいわしに何《なん》の用《よう》があるというのかね？　ルシウス？」

ダンブルドアの言葉《ことば》はていねいだったが、あの炎《ほのお》が、ブルーの瞳《ひとみ》にまだメラメラと燃《も》えている。

「実《じつ》にひどいことだがね。ダンブルドア」

マルフォイ氏《し》が、長《なが》い羊皮紙《ようひし》の巻《ま》き紙《がみ》を取《と》り出《だ》しながらものうげに言《い》った。

「しかし、理事《りじ》たちは、あなたが退《しりぞ》くときが来《き》たと感《かん》じたようだ。ここに『停職命令《ていしょくめいれい》』がある——十二人《にん》の理事《りじ》が全員署名《ぜんいんしょめい》している。残念《ざんねん》ながら、私《わたくし》ども理事《りじ》は、あなたが現状《げんじょう》を掌握《しょうあく》できていないと感《かん》じておりましてな。これまでいったい何回襲《なんかいおそ》われたというのかね？　今日《きょう》の午後《ごご》にはまた二人《ふたり》。そうですな？　この調子《ちょうし》では、ホグワーツにはマグル出身者《しゅっしんしゃ》は一人《ひとり》もいなくなりますぞ。それが学校《がっこう》にとってはどんなに恐《おそ》るべき損失《そんしつ》か、我々《われわれ》すべてが承知《しょうち》しておる」

「おお、ちょっと待《ま》ってくれ、ルシウス」ファッジが驚愕《きょうがく》して言《い》った。

「ダンブルドアが『停職《ていしょく》』……ダメダメ……今《いま》という時期《じき》に、それは絶対困《ぜったいこま》る……」

「校長《こうちょう》の任命《にんめい》――それに停職《ていしょく》も――理事会《りじかい》の決定事項《けっていじこう》ですぞ。ファッジ」

マルフォイはよどみなく答《こた》えた。

「それに、ダンブルドアは、今回《こんかい》の連続攻撃《れんぞくこうげき》を食《く》い止《と》められなかったのであるから……」

「ルシウス、待《ま》ってくれ。ダンブルドアでさえ食《く》い止《と》められないなら――」

ファッジは鼻《はな》の頭《あたま》に汗《あせ》をかいていた。

「つまり、ほかに誰《だれ》ができる?」

「それはやってみなければわからん」マルフォイ氏《し》がニタリと笑《わら》った。

「しかし、十二人全員《にんぜんいん》が投票《とうひょう》で……」

ハグリッドが勢《いきお》いよく立《た》ち上《あ》がり、ぼさぼさの黒髪《くろかみ》が天井《てんじょう》をこすった。

「そんで、いったいきさまは何人脅《なんにんおど》した? 何人脅迫《なんにんきょうはく》して賛成《さんせい》させた? えっ? マルフォイ」

「おぅ、おぅ、そういう君《きみ》の気性《きしょう》がそのうち墓穴《ぼけつ》を掘《ほ》るぞ、ハグリッド。アズカバンの看守《かんしゅ》にはそんなふうにどならないよう、ご忠告申《ちゅうこくもう》し上《あ》げよう。あの連中《れんちゅう》の気《き》にさわるだろうからね」

「ダンブルドアをやめさせられるものなら、やってみろ！」

ハグリッドの怒声《どせい》で、ボアハウンドのファングは寝床《ねどこ》のバスケットの中《なか》ですくみ上《あ》がり、クィンクィン鳴《な》いた。

「そんなことをしたら、マグル生《う》まれの者《もの》はおしまいだ！　この次《つぎ》は『殺《ころ》し』になる！」

「落《お》ち着《つ》くんじゃ。ハグリッド」

ダンブルドアが厳《きび》しくたしなめた。そしてルシウス・マルフォイに言《い》った。

「理事《りじ》たちがわしの退陣《たいじん》を求《もと》めるなら、ルシウス、わしはもちろん退《しりぞ》こう」

「しかし――」ファッジが口《くち》ごもった。

「**だめだ！**」ハグリッドがうなった。

ダンブルドアは、明《あか》るいブルーの目《め》でルシウス・マルフォイの冷《つめ》たい灰色《はいいろ》の目《め》をじっと見《み》すえたままだった。

「しかし」

ダンブルドアはゆっくりと明確《めいかく》に、その場《ば》にいる者《もの》が一言《ひとこと》も聞《き》きもらさないように言葉《ことば》を続《つづ》けた。

「覚《おぼ》えておくがよい。わしが**ほんとう**にこの学校《がっこう》を離《はな》れるのは、わしに忠実《ちゅうじつ》な者《もの》が、ここに一人《ひとり》もいなくなったときだけじゃ。覚《おぼ》えておくがよい。ホグワーツでは助《たす》けを求《もと》める者《もの》には、必《かなら》ずそれが与《あた》えられる」

一瞬《いっしゅん》、ダンブルドアの目《め》が、ハリーとロンの隠《かく》れている片隅《かたすみ》にキラリと向《む》けられたと、ハリーは、ほとんど確実《かくじつ》にそう思《おも》った。

「あっぱれなご心境《しんきょう》で」マルフォイは頭《あたま》を下《さ》げて敬礼《けいれい》した。

「アルバス、我々《われわれ》は、あなたの――アー――非常《ひじょう》に個性的《こせいてき》なやり方《かた》をなつかしく思《おも》うでしょうな。そして、後任者《こうにんしゃ》がその――エー――『殺《ころ》し』を未然《みぜん》に防《ふせ》ぐのを望《のぞ》むばかりだ」

マルフォイは小屋《こや》の戸《と》のほうに大股《おおまた》で歩《ある》いて行《い》き、戸《と》を開《あ》け、ダンブルドアに一礼《いちれい》して先《さき》に送《おく》り出《だ》した。ファッジは山高帽《やまたかぼう》をいじりながらハグリッドが先《さき》に出《で》るのを待《ま》っていたが、ハグリッドは足《あし》を踏《ふ》ん張《ば》り、深呼吸《しんこきゅう》すると、言葉《ことば》を選《えら》びながら言《い》った。

「誰《だれ》か何《なに》かを見《み》つけたかったら、クモの跡《あと》を追《お》っかけて行《い》けばええ。そうすりゃちゃんと糸口《いとぐち》がわかる。俺《おれ》が言《い》いてえのはそれだけだ」

ファッジはあっけに取《と》られてハグリッドを見《み》つめた。

「よし。今行《いまい》く」

ハグリッドはモールスキンのオーバーを着《き》た。ファッジのあとから外《そと》に出《で》るとき、戸口《とぐち》でもう一度《いちど》立《た》ち止《ど》まり、ハグリッドが大声《おおごえ》で言《い》った。

「それから、誰《だれ》か、俺《おれ》のいねえ間《あいだ》、ファングに餌《えさ》をやってくれ」

戸《と》がバタンと閉《し》まった。ロンが透明《とうめい》マントを脱《ぬ》いだ。

「大変《たいへん》だ」

ロンがかすれ声《ごえ》で言《い》った。

「ダンブルドアはいない。今夜《こんや》にも学校《がっこう》を閉鎖《へいさ》したほうがいい。ダンブルドアがいなけりゃ、一日一人《にちひとり》は襲《おそ》われるぜ」

ファングが、閉《し》まった戸《と》をかきむしりながら、悲《かな》しげに鳴《な》きはじめた。

第《だい》15章《しょう》 アラゴグ

夏《なつ》は知《し》らぬ間《ま》に城《しろ》の周《まわ》りに広《ひろ》がっていた。空《そら》も湖《みずうみ》も、抜《ぬ》けるような明《あか》るいブルーに変《か》わり、キャベツほどもある花々《はなばな》が、温室《おんしつ》で咲《さ》き乱《みだ》れていた。しかし、ハグリッドがファングを従《したが》えて、校庭《こうてい》を大股《おおまた》で歩《ある》き回《まわ》る姿《すがた》が窓《まど》の外《そと》に見《み》えないと、ハリーにとっては、どこか気《き》の抜《ぬ》けた風景《ふうけい》に見《み》えた。城《しろ》の外《そと》も変《へん》だったが、城《しろ》の中《なか》は何《なに》もかもがめちゃめちゃにおかしくなっていた。

ハリーとロンはハーマイオニーの見舞《みま》いに行《い》こうとしたが、医務室《いむしつ》は面会謝絶《めんかいしゃぜつ》になっていた。

「危《あぶ》ないことはもういっさいできません」

マダム・ポンフリーは、医務室《いむしつ》のドアの割《わ》れ目《め》から二人《ふたり》に厳《きび》しく言《い》った。

「せっかくだけど、ダメです。患者《かんじゃ》の息《いき》の根《ね》を止《と》めに、また襲《おそ》ってくる可能性《かのうせい》が充分《じゅうぶん》ありま す……」

ダンブルドアがいなくなったことで、恐怖感《きょうふかん》がこれまでになく広《ひろ》がった。陽射《ひざ》しが城壁《じょうへき》を温《あたた》めても、固《かた》く閉《と》じた窓《まど》の桟《さん》が太陽《たいよう》をさえぎっているかのようだった。誰《だれ》もかれもが、心配《しんぱい》そうな緊《きん》張《ちょう》した顔《かお》をしていた。笑《わら》い声《ごえ》を上《あ》げようものなら、廊下《ろうか》に不自然《ふしぜん》にかん高《だか》く響《ひび》き渡《わた》るので、たちまち押《お》し殺《ころ》されてしまうのだった。

ハリーはダンブルドアの残《のこ》した言葉《ことば》をいく度《ど》も反芻《はんすう》していた。

「わしがほんとうにこの学校《がっこう》を離《はな》れるのは、わしに忠実《ちゅうじつ》な者《もの》が、ここに一人《ひとり》もいなくなったときだけじゃ。……ホグワーツでは助《たす》けを求《もと》める者《もの》には必《かなら》ずそれが与《あた》えられる」

しかし、この言葉《ことば》がどれだけ役《やく》に立《た》つのだろう？　みんながハリーやロンと同《おな》じように混乱《こんらん》して怖《こわ》がっているときに、いったい二人《ふたり》は、誰《だれ》に助《たす》けを求《もと》めればいいのだろう？

ハグリッドのクモのヒントのほうが、ずっとわかりやすかった——問題《もんだい》は、跡《あと》をつけようにも、城《しろ》には一匹《ぴき》もクモが残《のこ》っていないようなのだ。ハリーはロンに——いやいやながら——手伝《てつだ》ってもらい、行《い》く先々《さきざき》でくまなくクモを探《さが》した。もっとも、自分勝手《じぶんかって》に歩《ある》き回《まわ》ることは許《ゆる》されず、ほかのグリフィンドール生《せい》と一緒《いっしょ》に行動《こうどう》することになっているのも、二人《ふたり》にとっては面倒《めんどう》だった。ほかのほとんどのグリフィンドール生《せい》は、先生《せんせい》に引率《いんそつ》されて、教室《きょうしつ》から教室《きょうしつ》へと移動《いどう》するのを喜《よろこ》んでいたが、ハリーは、いいかげんうんざりだった。

たった一人《ひとり》だけ、恐怖《きょうふ》と疑《うたぐ》り合《あ》いを思《おも》いきり楽《たの》しんでいる者《もの》がいた。ドラコ・マルフォイだ。首席《しゅせき》になったかのように、肩《かた》をそびやかして学校中《がっこうじゅう》を歩《ある》いていた。いったいマルフォイは、何《なに》がそんなに楽《たの》しいのか、ダンブルドアとハグリッドがいなくなってから二週間《しゅうかん》ほどたった魔法薬《まほうやく》の授業《じゅぎょう》で、ハリーは初《はじ》めてわかった。マルフォイのすぐ後《うし》ろに座《すわ》っていたので、クラッブとゴイルにマルフォイが満足《まんぞく》げに話《はな》すのが聞《き》こえてきたのだ。

「父上《ちちうえ》こそがダンブルドアを追《お》い出《だ》す人《ひと》だろうと、僕《ぼく》はずっとそう思《おも》っていた」

マルフォイは声《こえ》をひそめようともせず話《はな》していた。

「おまえたちに言《い》って聞《き》かせたろう。父上《ちちうえ》は、ダンブルドアがこの学校始《がっこうはじ》まって以来《いらい》の最悪《さいあく》の校《こう》長《ちょう》だと思《おも》ってるって。たぶん今度《こんど》はもっと適切《てきせつ》な校長《こうちょう》が来《く》るだろう。『秘密《ひみつ》の部屋《へや》』を閉《と》じたりすることを望《のぞ》まない誰《だれ》かが。マクゴナガルは長《なが》くは続《つづ》かない。単《たん》なる穴埋《あなう》めだから……」

スネイプがハリーのそばをサッと通《とお》り過《す》ぎた。ハーマイオニーの席《せき》も、大鍋《おおなべ》もからっぽなのに何《なに》も言《い》わない。

「先生《せんせい》」マルフォイが大声《おおごえ》で呼《よ》び止《と》めた。「先生《せんせい》が校長職《こうちょうしょく》に志願《しがん》なさってはいかがですか？」

「これこれ、マルフォイ」

スネイプは、薄《うす》い唇《くちびる》がほころぶのを押《お》さえきれなかった。

「ダンブルドア先生《せんせい》は、理事《りじ》たちに停職《ていしょく》させられただけだ。我輩《わがはい》は、まもなく復職《ふくしょく》なさると思《おも》う」

「さぁ、どうでしょうね」

マルフォイはニンマリした。

「先生《せんせい》が立候補《りっこうほ》なさるなら、父《ちち》が支持投票《しじとうひょう》すると思《おも》います。僕《ぼく》が、父《ちち》にスネイプ先生《せんせい》がこの学校《がっこう》で最高《さいこう》の先生《せんせい》だと言《い》いますから……」

スネイプは薄笑《うすわら》いしながら地下牢《ちかろう》教室《きょうしつ》を闊歩《かっぽ》したが、幸《さいわ》いなことに、シェーマス・フィネガンが大鍋《おおなべ》に、ゲーゲー吐《は》くまねをしていたのには気《き》づかなかった。

「『穢《けが》れた血《ち》』の連中《れんちゅう》がまだ荷物《にもつ》をまとめてないのにはまったく驚《おどろ》くねぇ」

マルフォイはまだしゃべり続《つづ》けている。

「次《つぎ》のは死《し》ぬ。金貨《きんか》で五ガリオン賭《か》けてもいい。グレンジャーじゃなかったのは残念《ざんねん》だ……」

その時《とき》、終業《しゅうぎょう》のベルが鳴《な》ったのは幸《さいわ》いだった。マルフォイの最後《さいご》の言葉《ことば》を聞《き》いたとたん、ロンが椅子《いす》から勢《いきお》いよく立《た》ち上《あ》がってマルフォイに近《ちか》づこうとしたのを、みんなが大急《おおいそ》ぎでかばんや本《ほん》をかき集《あつ》める騒《さわ》ぎの中《なか》で、誰《だれ》にも気《き》づかれずにすんだからだ。

「やらせてくれ」

ハリーとディーンがロンの腕《うで》をつかんで引《ひ》き止《と》めたが、ロンはうなった。

「かまうもんか。杖《つえ》なんかいらない。素手《すで》でやっつけてやる――」

「急《いそ》ぎたまえ。薬草学《やくそうがく》のクラスに引率《いんそつ》して行《い》かねばならん」

スネイプが先頭《せんとう》のほうから生徒《せいと》の頭越《あたまご》しにどなった。みんなぞろぞろと二列《にれつ》になって移動《いどう》した。ハリー、ロン、ディーンがしんがりだった。ロンは二人《ふたり》の手《て》を振《ふ》りほどこうとまだもがいていた。スネイプが生徒《せいと》を城《しろ》から外《そと》に送《おく》り出《だ》し、みんなが野菜畑《やさいばたけ》を通《とお》って温室《おんしつ》に向《む》かうときになって、やっと手《て》を放《はな》しても暴《あば》れなくなった。

薬草学《やくそうがく》のクラスは沈《しず》んだ雰囲気《ふんいき》だった。仲間《なかま》が二人《ふたり》も欠《か》けている。ジャスティンとハーマイオニーだ。

スプラウト先生《せんせい》は、みんなに手作業《てさぎょう》をさせた。アビシニア無花果《いちじく》の大木《たいぼく》の剪定《せんてい》だ。ハリーがなえた茎《くき》を一抱《ひとかか》えも切《き》り取《と》って、堆肥用《たいひよう》に積《つ》み上《あ》げていると、ちょうど向《む》かい側《がわ》にいたアーニー・マクミランと目《め》が合《あ》った。アーニーはすうっと深《ふか》く息《いき》を吸《す》って、非常《ひじょう》にていねいに話《はな》しかけた。

「ハリー、僕《ぼく》は君《きみ》を一度《いちど》でも疑《うたが》ったことを、申《もう》し訳《わけ》なく思《おも》っています。君《きみ》はハーマイオニー・グレンジャーをけっして襲《おそ》ったりしない。僕《ぼく》が今《いま》まで言《い》ったことをおわびします。僕《ぼく》たちは今《いま》、みんなおんなじ運命《うんめい》にあるんだ。だから──」

アーニーはまるまる太《ふと》った手《て》を差《さ》し出《だ》した。ハリーは握手《あくしゅ》した。

アーニーとその友人《ゆうじん》のハンナが、ハリーとロンの剪定《せんてい》していた無花果《いちじく》を、一緒《いっしょ》に刈《か》り込《こ》むためにやってきた。

「あのドラコ・マルフォイは、いったいどういう感覚《かんかく》してるんだろ」

アーニーが刈《か》った小枝《こえだ》を折《お》りながら言《い》った。

「こんな状況《じょうきょう》になってるのを大《おお》いに楽《たの》しんでるみたいじゃないか？　ねえ、僕《ぼく》、あいつがスリザリンの継承者《けいしょうしゃ》じゃないかと思《おも》うんだ」

「まったく、いい勘《かん》してるよ。君《きみ》は」

ロンは、ハリーほどたやすくアーニーを許《ゆる》してはいないようだった。

「ハリー、君《きみ》は、マルフォイだと思《おも》うかい？」アーニーが聞《き》いた。

「いや」ハリーがあんまりきっぱり言《い》ったので、アーニーもハンナも目《め》を見張《みは》った。

その直後《ちょくご》、ハリーは大変《たいへん》な物《もの》を見《み》つけて、思《おも》わず剪定《せんてい》ばさみでロンの手《て》をぶってしまった。

「アイタッ！　何《なに》をするん……」

ハリーは一メートルほど先《さき》の地面《じめん》を指差《ゆびさ》していた。大《おお》きなクモが数匹《すうひき》ガサゴソはっていた。

「あぁ、ウン」

ロンはうれしそうな顔《かお》をしようとして、やはりできないようだった。

「でも、今追《いまお》いかけるわけにはいかないよ……」

アーニーもハンナも聞《き》き耳《みみ》を立《た》てていた。

ハリーは逃《に》げていくクモをじっと見《み》ていた。

「どうやら『禁《きん》じられた森《もり》』のほうに向《む》かってる……」

ロンはますます情《なさ》けなさそうな顔《かお》をした。

授業《じゅぎょう》が終《お》わると、スプラウト先生《せんせい》が「闇《やみ》の魔術《まじゅつ》に対《たい》する防衛術《ぼうえいじゅつ》」のクラスに生徒《せいと》を引率《いんそつ》した。

ハリーとロンはみんなから遅《おく》れて歩《ある》き、話《はなし》を聞《き》かれないようにした。

「もう一度《いちど》『透明《とうめい》マント』を使《つか》わなくちゃ」

ハリーがロンに話《はな》しかけた。

「ファングを連《つ》れていこう。いつもハグリッドと森《もり》に入《はい》っていたから、何《なに》か役《やく》に立《た》つかもしれない」

「いいよ」

ロンは落《お》ち着《つ》かない様子《ようす》で、杖《つえ》を指《ゆび》でくるくる回《まわ》していた。

「えーと――ほら――あの森《もり》には狼男《おおかみおとこ》がいるんじゃなかったかな?」

ロックハートのクラスで、一番後《いちばんうし》ろのいつもの席《せき》に着《つ》きながらロンが言《い》った。

ハリーは、質問《しつもん》に直接答《ちょくせつこた》えるのをさけた。

「あそこにはいい生き物《もの》もいるよ。ケンタウルスも大丈夫《だいじょうぶ》だし、ユニコーンも」

ロンは「禁《きん》じられた森《もり》」に入《はい》ったことがなかった。ハリーは一度《いちど》だけ入《はい》ったが、できれば二度《にど》と入《はい》りたくないと思《おも》っていた。

ロックハートが、うきうきと教室《きょうしつ》に入《はい》ってきたので、みんなあぜんとして見《み》つめた。ほかの先《せん》生《せい》は誰《だれ》もが、いつもより深刻《しんこく》な表情《ひょうじょう》をしているのに、ロックハートだけは陽気《ようき》そのものだった。

「さあ、さあ」ロックハートがニッコリと笑《わら》いかけながら叫《さけ》んだ。

「なぜそんなに湿《しめ》っぽい顔《かお》ばかりそろってるのですか？」

みんなあきれ返《かえ》って顔《かお》を見合《みあ》わせ、誰《だれ》も答《こた》えようとしなかった。

「みなさん、まだ気《き》がつかないのですか？」

ロックハートは、生徒《せいと》がみんな物《もの》わかりが悪《わる》いとでも言《い》うかのようにゆっくりと話《はな》した。

「危険《きけん》は去《さ》ったのです！　犯人《はんにん》は連行《れんこう》されました」

「いったい誰《だれ》がそう言《い》ったんですか？」ディーン・トーマスが大声《おおごえ》で聞《き》いた。

「元気《げんき》があってよろしい。魔法大臣《まほうだいじん》は百パーセント有罪《ゆうざい》の確信《かくしん》なくして、ハグリッドを連行《れんこう》したりしませんよ」ロックハートは１＋１＝２《たすは》の説明《せつめい》をするような調子《ちょうし》で答《こた》えた。

「しますとも」ロンがディーンよりも大声《おおごえ》で言《い》った。

「自慢《じまん》するつもりはありませんが、ハグリッドの逮捕《たいほ》については、私《わたくし》はウィーズリー君《くん》よりいささか、詳《くわ》しいですよ」ロックハートは自信《じしん》たっぷりだ。

ロンは――僕《ぼく》、なぜかそうは思《おも》いません……と言《い》いかけたが、机《つくえ》の下《した》でハリーにけりを入《い》れられて言葉《ことば》がとぎれた。「僕《ぼく》たち、あの場《ば》にはいなかったんだ。いいね？」

そうは言《い》ったものの、ハリーは、ロックハートの浮《う》かれぶりにはむかついた。ハグリッドはよくないやつだといつも思《おも》っていたとか、ごたごたはいっさい解決《かいけつ》したとか、その自信《じしん》たっぷりな話《はな》しぶりにいらいらして、ハリーは『グールお化《ば》けとのクールな散策《さんさく》』を、ロックハートの間抜《まぬ》け顔《がお》に、思《おも》いきり投《な》げつけたくてたまらなかった。そのかわりに、ロンに走《はし》り書《が》きを渡《わた》すことで、ハリーはがまんした。「**今夜決行《こんやけっこう》しよう**」

ロンはメモを読《よ》んでゴクリと生《なま》つばを飲《の》んだ。そしていつもハーマイオニーが座《すわ》っていた席《せき》を横目《よこめ》で見《み》た。からっぽの席《せき》がロンの決心《けっしん》を固《かた》めさせたようだ。ロンはうなずいた。

グリフィンドールの談話室《だんわしつ》は、このごろいつでも混《こ》み合《あ》っていた。六時以降《じいこう》、ほかに行《い》き場《ば》がなかったのだ。それに、話《はな》すことはあり余《あま》るほどあったので、その結果《けっか》、談話室《だんわしつ》は、真夜中過《まよなかす》ぎまで人《ひと》がいることが多《おお》かった。

ハリーは夕食後《ゆうしょくご》、すぐに透明《とうめい》マントをトランクから取《と》り出《だ》してきて、談話室《だんわしつ》に誰《だれ》もいなくなるまでマントの上《うえ》に座《すわ》って時《とき》を待《ま》った。フレッドとジョージが、ハリーとロンに「爆発《ばくはつ》スナップゲーム」の勝負《しょうぶ》を挑《いど》み、ジニーは、ハーマイオニーのお気《き》に入《い》りの席《せき》に座《すわ》り、沈《しず》みきってそれを眺《なが》めていた。ハリーとロンはわざと負《ま》け続《つづ》けて、ゲームを早《はや》く終《お》わらせようとしたが、やっとフレッド、ジョージ、ジニーが寝室《しんしつ》に戻《もど》ったときには、とうに十二時《じ》を過《す》ぎていた。

ハリーとロンは男子寮《だんしりょう》、女子寮《じょしりょう》に通《つう》じるドアが、二つとも遠《とお》くのほうで閉《し》まる音《おと》をたしかめ、それから「マント」を取《と》り出《だ》してかぶり、肖像画《しょうぞうが》の裏《うら》の穴《あな》をはい登《のぼ》った。

先生方《せんせいがた》にぶつからないようにしながら城《しろ》を抜《ぬ》けるのは、今夜《こんや》も一苦労《ひとくろう》だった。やっと玄関《げんかん》ホールにたどり着《つ》き、樫《かし》の扉《とびら》のかんぬきをはずし、蝶番《ちょうつがい》がきしんだ音《おと》を立《た》てないよう、そうっと扉《とびら》を細《ほそ》く開《あ》けて、そのすきまを通《とお》り、二人《ふたり》は月明《つきあ》かりに照《て》らされた校庭《こうてい》に踏《ふ》み出《だ》した。

「ウン、そうだ」

黒々《くろぐろ》と広《ひろ》がる草《くさ》むらを大股《おおまた》で横切《よこぎ》りながら、ロンが出《だ》し抜《ぬ》けに言《い》った。

「森《もり》まで行《い》っても跡《あと》をつけるものが見《み》つからないかもしれない。あのクモは森《もり》なんかに行《い》かなかったかもしれない。だいたいそっちの方向《ほうこう》に向《む》かって移動《いどう》していたように見《み》えたことはたしかだけど、でも……」

ロンの声《こえ》がそうであってほしいというふうにだんだん小《ちい》さくなっていった。

ハグリッドの小屋《こや》にたどり着《つ》いた。真《ま》っ暗《くら》な窓《まど》がいかにももの悲《がな》しくさびしかった。ハリーが入口《いりぐち》の戸《と》を開《あ》けると、二人《ふたり》の姿《すがた》を見《み》つけたファングが狂《くる》ったように喜《よろこ》んだ。ウォン、ウォンと太《ふと》くとどろくような声《こえ》で鳴《な》かれたら、城中《しろじゅう》の人間《にんげん》が起《お》きてしまうのではないかと気《き》が気《き》でなく、二人《ふたり》は急《いそ》いで暖炉《だんろ》の上《うえ》の缶《かん》から、糖蜜《とうみつ》ヌガーを取《と》り出《だ》し、ファングに食《た》べさせた――ファングの上下《じょうげ》の歯《は》がしっかりくっついた。

ハリーは透明《とうめい》マントをハグリッドのテーブルの上《うえ》に置《お》いた。真《ま》っ暗《くら》な森《もり》の中《なか》では必要《ひつよう》がない。

「ファング、おいで。散歩《さんぽ》に行《い》くよ」ハリーは、自分《じぶん》のふとももをたたいて合図《あいず》した。ファングは喜《よろこ》んで跳《と》びはねながら二人《ふたり》について小屋《こや》を出《で》て、森《もり》の入口《いりぐち》までダッシュし、楓《かえで》の大木《たいぼく》の下《した》で片《かた》足《あし》を上《あ》げ、用《よう》をたした。

ハリーが杖《つえ》を取《と》り出《だ》し「ルーモス！　光《ひかり》よ！」と唱《とな》えると、杖《つえ》の先《さき》に小《ちい》さな灯《あか》りがともった。森《もり》の小道《こみち》にクモの通《とお》った跡《あと》があるかどうかを探《さが》すのに、やっと間《ま》に合《あ》うぐらいの灯《あか》りだ。

「いい考《かんが》えだ」ロンが言《い》った。

「僕《ぼく》もつければいいんだけど、でも、僕《ぼく》のは――爆発《ばくはつ》したりするかもしれないし……」

ハリーはロンの肩《かた》をトントンとたたき、草《くさ》むらを指差《ゆびさ》した。はぐれグモが二匹《ひき》、急《いそ》いで杖灯《つえあか》りの光《ひかり》を逃《のが》れ、木《き》の影《かげ》に隠《かく》れるところだった。

「オーケー」

もう逃《のが》れようがないと覚悟《かくご》したかのように、ロンはため息《いき》をついた。

「いいよ。行《い》こう」

二人《ふたり》は森《もり》の中《なか》へと入《はい》っていった。ファングは、木《き》の根《ね》や落《お》ち葉《ば》をクンクンかぎながら、二人《ふたり》の周《まわ》りを跳《は》ね回《まわ》ってついてきた。クモの群《む》れがザワザワと小道《こみち》を移動《いどう》する足取《あしど》りを、二人《ふたり》はハリーの杖《つえ》の灯《あか》りを頼《たよ》りに追《お》った。小枝《こえだ》の折《お》れる音《おと》、木《こ》の葉《は》のこすれ合《あ》う音《おと》のほかに何《なに》か聞《き》こえはしないかと、耳《みみ》をそばだて、二人《ふたり》はだまって歩《ある》き続《つづ》けた。約《やく》二十分《ぷん》ほど歩《ある》いたろうか、やがて、木々《きぎ》がいっそう深々《ふかぶか》としげり、空《そら》の星《ほし》さえ見《み》えなくなり、闇《やみ》のとばりに光《ひかり》を放《はな》つのはハリーの杖《つえ》だけになった。その時《とき》、クモの群《む》れが小道《こみち》からそれるのが見《み》えた。

ハリーは立《た》ち止《ど》まり、クモがどこへ行《い》くのかを見《み》ようとしたが、杖灯《つえあか》りの小《ちい》さな輪《わ》の外《そと》は一寸《いっすん》先《さき》も見《み》えない暗闇《くらやみ》だった。こんなに森《もり》の奥《おく》まで入《はい》り込《こ》んだことはなかった。前回森《ぜんかいもり》に入《はい》ったとき、「道《みち》をそれるなよ」とハグリッドに忠告《ちゅうこく》されたことを、ありありと思《おも》い出《だ》した。しかし、ハグリッドは、今《いま》や遠《とお》く離《はな》れたところにいる――たぶんアズカバンの独房《どくぼう》に、つくねんと座《すわ》っているのだろう。そのハグリッドが、今度《こんど》はクモの跡《あと》を追《お》えと言《い》ったのだ。

何《なに》か湿《しめ》った物《もの》がハリーの手《て》に触《ふ》れた。ハリーは思《おも》わず飛《と》びずさって、ロンの足《あし》を踏《ふ》んづけてしまった。――ファングの鼻面《はなづら》だった。

「どうする？」杖《つえ》の灯《あか》りを受《う》けて、やっとロンの目《め》だとわかる物《もの》に向《む》かって、ハリーが聞《き》いた。

「ここまで来《き》てしまったんだもの」とロンが答《こた》えた。

二人《ふたり》はクモのすばやい影《かげ》を追《お》いかけて、森《もり》のしげみの中《なか》に入《はい》り込《こ》んだ。もう速《はや》くは動《うご》けない。行《い》く手《て》をさえぎる木《き》の根《ね》や切《き》り株《かぶ》も、ほとんど見《み》えない真《ま》っ暗闇《くらやみ》だ。ファングの熱《あつ》い息《いき》が、ハリーの手《て》にかかるのを感《かん》じた。二人《ふたり》は何度《なんど》か立《た》ち止《ど》まって、ハリーがかがみ込《こ》み、杖灯《つえあか》りに照《て》らされたクモの群《む》れを確認《かくにん》しなければならなかった。

少《すく》なくとも三十分《ぷん》ほどは歩《ある》いたろう。ローブが低《ひく》く突《つ》き出《だ》した枝《えだ》やとげに何度《なんど》も引《ひ》っかかった。しばらくすると、相変《あいか》わらずうっそうとしたしげみだったが、地面《じめん》が下《くだ》り坂《ざか》になっているのに気《き》づいた。

ふいに、ファングが大《おお》きくほえる声《こえ》がこだまし、ハリーもロンも跳《と》び上《あ》がった。

「何《なん》だ？」ロンは大声《おおごえ》を上《あ》げ、真《ま》っ暗闇《くらやみ》を見回《みまわ》し、ハリーのひじをしっかりつかんだ。

「むこうで何《なに》かが動《うご》いている」ハリーは息《いき》をひそめた。「シーッ……何《なに》か大《おお》きい物《もの》だ」

耳《みみ》を澄《す》ました。右《みぎ》のほう、少《すこ》し離《はな》れたところで、何《なに》か大《おお》きな物《もの》が、枝《えだ》をバキバキ折《お》りながら木《こ》立《だち》の間《あいだ》に道《みち》をつけて進《すす》んでくる。

「もうダメだ」ロンが思《おも》わず声《こえ》をもらした。「もうダメ、もうダメ、ダメ――」

「シーッ！」ハリーが必死《ひっし》で止《と》めた。「君《きみ》の声《こえ》が聞《き》こえてしまう」

「僕《ぼく》の声《こえ》？」ロンがとてつもなく上《うわ》ずった声《こえ》を出《だ》した。

「とっくに聞《き》こえてるよ。ファングの声《こえ》が！」

恐怖《きょうふ》に凍《こお》りついて立《た》ちすくみ、ただ待《ま》つだけの二人《ふたり》の目玉《めだま》に、闇《やみ》が重苦《おもくる》しくのしかかった。

ゴロゴロという奇妙《きみょう》な音《おと》がしたかと思《おも》うと、急《きゅう》に静《しず》かになった。

「何《なに》をしているんだろう？」とハリー。

「飛《と》びかかる準備《じゅんび》だろう」とロン。

震《ふる》えながら、金縛《かなしば》りにあったように、二人《ふたり》は待《ま》ち続《つづ》けた。

「行《い》っちゃったのかな？」とハリー。

「さあ――」

突然右《とつぜんみぎ》のほうにカッと閃光《せんこう》が走《はし》った。暗闇《くらやみ》の中《なか》でのまぶしい光《ひかり》に、二人《ふたり》は反射的《はんしゃてき》に手《て》をかざして目《め》を覆《おお》った。ファングはキャンと鳴《な》いて逃《に》げようとしたが、とげにからまってますますキャンキャン鳴《な》いた。

「ハリー！」ロンが大声《おおごえ》で呼《よ》んだ。緊張《きんちょう》が取《と》れて、ロンの声《こえ》の調子《ちょうし》が変《か》わった。

「僕《ぼく》たちの車《くるま》だ！」

「えっ？」

「行《い》こう！」

ハリーはまごまごとロンのあとについて、すべったり、転《ころ》んだりしながら光《ひかり》のほうに向《む》かった。まもなく開《ひら》けた場所《ばしょ》に出《で》た。

ウィーズリー氏《し》の車《くるま》だ。誰《だれ》も乗《の》っていない。深《ふか》い木《き》のしげみに囲《かこ》まれ、木《き》の枝《えだ》が屋根《やね》のように重《かさ》なり合《あ》う下《した》で、ヘッドライトをギラつかせている。ロンが口《くち》をあんぐり開《あ》けて近《ちか》づくと、車《くるま》はゆっくりと、まるで大《おお》きなトルコ石色《いしいろ》の犬《いぬ》が、飼《か》い主《ぬし》に挨拶《あいさつ》するようにすり寄《よ》ってきた。

「こいつ、ずっとここにいたんだ！」ロンが車《くるま》の周《まわ》りを歩《ある》きながらうれしそうに言《い》った。

「ごらんよ。森《もり》の中《なか》で野生化《やせいか》しちゃってる……」

車《くるま》の泥《どろ》よけは傷《きず》だらけで泥《どろ》んこだった。勝手《かって》に森《もり》の中《なか》をゴロゴロ動《うご》き回《まわ》っていたようだ。ファングは車《くるま》がお気《き》に召《め》さないようだ。すねっ子《こ》のようにハリーにぴったりくっついている。ファングが震《ふる》えているのが伝《つた》わってきた。ようやく呼吸《こきゅう》も落《お》ち着《つ》いてきたハリーは、杖《つえ》をローブの中《なか》に収《おさ》めた。

「僕《ぼく》たち、こいつに襲《おそ》われると思《おも》ったんだ！」ロンは車《くるま》に寄《よ》りかかり、やさしくたたいた。

「おまえがどこに行《い》っちゃったのかって、ずっと気《き》にしてたよ！」

ハリーはクモの通《とお》った跡《あと》はないかと、ヘッドライトで照《て》らされた地面《じめん》をまぶしそうに目《め》を細《ほそ》めて見回《みまわ》した。しかしクモの群《む》れは、ギラギラする明《あ》かりから急《いそ》いで逃《に》げ去《さ》ってしまっていた。

「見失《みうしな》っちゃった」ハリーが言《い》った。「さあ、探《さが》しに行《い》かなくちゃ」

ロンは何《なに》も言《い》わなかった。身動《みうご》きもしなかった。ハリーのすぐ後《うし》ろ、地面《じめん》から二、三メートル上《うえ》の一点《いってん》に、目《め》がくぎづけになっている。顔《かお》が恐怖《きょうふ》で土気色《つちけいろ》だ。

振《ふ》り返《かえ》る間《ま》もなかった。カシャッカシャッと大《おお》きな音《おと》がしたかと思《おも》うと、何《なに》か長《なが》くて毛《け》むくじゃらなものが、ハリーの体《からだ》をわしづかみにして持《も》ち上《あ》げた。ハリーは逆《さか》さまに宙吊《ちゅうづ》りになった。恐怖《きょうふ》にとらわれ、もがきながらも、ハリーはまた別《べつ》のカシャッカシャッという音《おと》を聞《き》いた。ロンの足《あし》が宙《ちゅう》に浮《う》くのが見《み》え、ファングがクィンクィン、ワォンワォン鳴《な》きわめいているのが聞《き》こえた。――次《つぎ》の瞬間《しゅんかん》、ハリーは暗《くら》い木立《こだち》の中《なか》にサッと運《はこ》び込《こ》まれた。

逆《さか》さ吊《づ》りのまま、ハリーは自分《じぶん》を捕《と》らえているものを見《み》た。六本《ぽん》の恐《おそ》ろしく長《なが》い、毛《け》むくじゃらの肢《あし》が、ザックザックと突《つ》き進《すす》み、その前《まえ》の二本《ほん》の肢《あし》でハリーをがっちり挟《はさ》み、その上《うえ》に黒光《くろびか》りする一対《いっつい》のはさみがあった。後《うし》ろに、もう一匹《ぴき》同《おな》じ生《い》き物《もの》の気配《けはい》がする。ロンを運《はこ》んでいるにちがいない。森《もり》の奥《おく》へ奥《おく》へと行進《こうしん》していく。ファングが三匹《びき》めの怪物《かいぶつ》から逃《のが》れようと、キャンキャン鳴《な》きながら、ジタバタもがいているのが聞《き》こえた。ハリーは叫《さけ》びたくても叫《さけ》べなかった。あの空《あ》き地《ち》の車《くるま》のところに、声《こえ》を置《お》き忘《わす》れてきたらしい。

どのぐらいの間《あいだ》、怪物《かいぶつ》に挟《はさ》まれていたのだろうか、真《ま》っ暗闇《くらやみ》が突然《とつぜん》薄明《うすあか》るくなり、地面《じめん》を覆《おお》う木《こ》の葉《は》の上《うえ》に、クモがうじゃうじゃいるのが見《み》えた。首《くび》をひねって見《み》ると、だだっ広《ひろ》いくぼ地《ち》の縁《ふち》にたどり着《つ》いたのが見《み》える。木《き》を切《き》り払《はら》ったくぼ地《ち》の中《なか》を星明《ほしあ》かりが照《て》らし出《だ》し、ハリーがこれまでに目《め》にしたことがない、世《よ》にも恐《おそ》ろしい光景《こうけい》が飛《と》び込《こ》んできた。

蜘蛛《くも》だ。木《き》の葉《は》の上《うえ》にうじゃうじゃしている細《こま》かいクモとはモノがちがう。馬車馬《ばしゃうま》のような、八《や》つ目《め》の、八本肢《はっぽんあし》の、黒々《くろぐろ》とした、毛《け》むくじゃらの、巨大《きょだい》な蜘蛛《くも》が数匹《すうひき》。ハリーを運《はこ》んできたその巨大蜘蛛《きょだいぐも》の見本《みほん》のようなのが、くぼ地《ち》のど真《ま》ん中《なか》にある靄《もや》のようなドーム形《がた》の蜘蛛《くも》の巣《す》に向《む》かって、急《きゅう》な傾斜《けいしゃ》をすべり下《お》りた。仲間《なかま》の巨大蜘蛛《きょだいぐも》が、獲物《えもの》を見《み》て興奮《こうふん》し、はさみをガチャつかせながら、その周《まわ》りに集結《しゅうけつ》した。

巨大蜘蛛《きょだいぐも》がはさみを放《はな》し、ハリーは四《よ》つんばいになって地面《じめん》に落《お》ちた。ロンもファングも隣《となり》にドサッと落《お》ちてきた。ファングはもう鳴《な》くことさえできず、だまってその場《ば》にすくみ上《あ》がっていた。ロンはハリーの気持《きも》ちをそっくり顔《かお》で表現《ひょうげん》していた。声《こえ》にならない悲鳴《ひめい》を上《あ》げ、口《くち》が大《おお》きく叫《さけ》び声《ごえ》の形《かたち》に開《ひら》いている。目《め》は飛《と》び出《だ》していた。

ふと気《き》がつくと、ハリーを捕《つか》まえていた蜘蛛《くも》が何《なに》か話《はな》している。一言《ひとこと》しゃべるたびにはさみをガチャガチャいわせるので、話《はな》しているということにさえ、なかなか気《き》づかなかった。

「アラゴグ！」と呼《よ》んでいる。「アラゴグ！」

靄《もや》のような蜘蛛《くも》の巣《す》のドームの真《ま》ん中《なか》から、小型《こがた》の象《ぞう》ほどもある蜘蛛《くも》がゆらりと現《あらわ》れた。胴体《どうたい》と肢《あし》を覆《おお》う黒《くろ》い毛《け》に白《しろ》い物《もの》がまじり、はさみのついた醜《みにく》い頭《あたま》に、八つの白濁《はくだく》した目《め》があった。――盲《めし》いている。

「何《なん》の用《よう》だ？」はさみを激《はげ》しく鳴《な》らしながら、盲目《もうもく》の蜘蛛《くも》が言《い》った。

「人間《にんげん》です」ハリーを捕《つか》まえた巨大蜘蛛《きょだいぐも》が答《こた》えた。

「ハグリッドか？」アラゴグが近《ちか》づいてきた。八つのにごった目《め》がうつろに動《うご》いている。

「知《し》らない人間《にんげん》です」ロンを運《はこ》んだ蜘蛛《くも》が、カシャカシャ言《い》った。

「殺《ころ》せ」アラゴグはいらいらとはさみを鳴《な》らした。「眠《ねむ》っていたのに……」

「僕《ぼく》たち、ハグリッドの友達《ともだち》です」ハリーが叫《さけ》んだ。心臓《しんぞう》が胸《むね》から飛《と》び上《あ》がって、のど元《もと》で脈《みゃく》を打《う》っているようだった。

カシャッカシャッカシャッ――くぼ地《ち》の中《なか》の巨大蜘蛛《きょだいぐも》のはさみがいっせいに鳴《な》った。

アラゴグが立《た》ち止《ど》まった。

「ハグリッドは一度《いちど》もこのくぼ地《ち》に人《ひと》をよこしたことはない」ゆっくりとアラゴグが言《い》った。

「ハグリッドが大変《たいへん》なんです」

息《いき》を切《き》らしながらハリーが言《い》った。

「それで、僕《ぼく》たちが来《き》たんです」

「大変《たいへん》？」

年老《としお》いた巨大蜘蛛《きょだいぐも》のはさみの音《おと》が気《き》づかわしげなのを、ハリーは聞《き》き取《と》ったように思《おも》った。

「しかし、なぜおまえをよこした？」

ハリーは立《た》ち上《あ》がろうとしたが、やめにした。とうてい足《あし》が立《た》たない。そこで、地《じ》べたにはったまま、できるだけ落《お》ち着《つ》いて話《はな》した。

「学校《がっこう》のみんなは、ハグリッドがけしかけて――か、怪《かい》――何物《なにもの》かに、学生《がくせい》を襲《おそ》わせたと思《おも》っているんです。ハグリッドを逮捕《たいほ》して、アズカバンに送《おく》りました」

アラゴグは怒《いか》り狂《くる》ってはさみを鳴《な》らした。蜘蛛《くも》の群《む》れがそれに従《したが》い、くぼ地中《ちじゅう》に音《おと》がこだました。ちょうど拍手喝采《はくしゅかっさい》のようだったが、普通《ふつう》の拍手《はくしゅ》なら、ハリーも恐怖《きょうふ》で吐《は》き気《け》をもよおすことはなかったろう。

「しかし、それは昔《むかし》の話《はなし》だ」アラゴグはいらだった。

「何年《なんねん》も何年《なんねん》も前《まえ》のことだ。よく覚《おぼ》えている。それでハグリッドは退学《たいがく》させられた。みんながわしのことを、いわゆる『秘密《ひみつ》の部屋《へや》』に住《す》む怪物《かいぶつ》だと信《しん》じ込《こ》んだ。ハグリッドが『部屋《へや》』を開《あ》けて、わしを自由《じゆう》にしたのだと考《かんが》えた」

「それじゃ、あなたは……あなたが『秘密《ひみつ》の部屋《へや》』から出《で》てきたのではないのですか？」

ハリーは、額《ひたい》に冷《ひ》や汗《あせ》が流《なが》れるのがわかった。

「わしが！」アラゴグは怒《いか》りではさみを打《う》ち鳴《な》らした。

「わしはこの城《しろ》で生《う》まれたのではない。遠《とお》いところからやってきた。まだ卵《たまご》だったわしを、旅人《たびびと》がハグリッドに与《あた》えた。ハグリッドはまだ少年《しょうねん》だったが、わしの面倒《めんどう》を見《み》てくれた。城《しろ》の物置《ものおき》に隠《かく》し、食事《しょくじ》の残《のこ》り物《もの》を集《あつ》めて食《た》べさせてくれた。ハグリッドはわしの親友《しんゆう》だ。いいやつだ。わしが見《み》つかってしまい、女《おんな》の子《こ》を殺《ころ》した罪《つみ》を着《き》せられたとき、ハグリッドはわしを護《まも》ってくれた。そのとき以来《いらい》、わしはこの森《もり》にすみ続《つづ》けている。ハグリッドは今《いま》でもときどき訪《たず》ねてきてくれる。妻《つま》も探《さが》してきてくれた。モサグを。見《み》ろ。わしらの家族《かぞく》はこんなに大《おお》きくなった。みんなハグリッドのおかげだ……」

ハリーはありったけの勇気《ゆうき》をしぼり出《だ》した。

「それじゃ、一度《いちど》も——誰《だれ》も襲《おそ》ったことはないのですか？」

「一度《いちど》もない」年老《としお》いた蜘蛛《くも》はしわがれ声《こえ》を出《だ》した。

「襲《おそ》うのはわしの本能《ほんのう》だ。しかし、ハグリッドの名誉《めいよ》のために、わしはけっして人間《にんげん》を傷《きず》つけはしなかった。殺《ころ》された女《おんな》の子《こ》の死体《したい》は、トイレで発見《はっけん》された。わしは自分《じぶん》の育《そだ》った物置《ものおき》の中以外《なかいがい》、城《しろ》のほかの場所《ばしょ》はどこも見《み》たことがない。わしらの仲間《なかま》は、暗《くら》くて静《しず》かなところを好《この》む……」

「それなら……いったい何《なに》が女《おんな》の子《こ》を殺《ころ》したのか知《し》りませんか？　何物《なにもの》であれ、そいつは今戻《いまもど》ってきて、またみんなを襲《おそ》って——」

カシャカシャという大《おお》きな音《おと》と、何本《なんぼん》もの長《なが》い肢《あし》が怒《いか》りでこすれ合《あ》うザワザワという音《おと》が湧《わ》き起《お》こり、言葉《ことば》が途中《とちゅう》でかき消《け》された。大《おお》きな黒《くろ》いものがハリーを囲《かこ》んでガサゴソと動《うご》いた。

「城《しろ》にすむその物《もの》は」アラゴグが答《こた》えた。

「わしら蜘蛛《くも》の仲間《なかま》が何《なに》よりも恐《おそ》れる、太古《たいこ》の生《い》き物《もの》だ。その怪物《かいぶつ》が、城《しろ》の中《なか》を動《うご》き回《まわ》っている気配《けはい》を感《かん》じたとき、わしを外《そと》に出《だ》してくれと、ハグリッドにどんなに必死《ひっし》で頼《たの》んだか、よく覚《おぼ》えている」

「いったいその生《い》き物《もの》は？」ハリーは急《せ》き込《こ》んで尋《たず》ねた。

また大《おお》きなカシャカシャとザワザワが湧《わ》いた。蜘蛛《くも》がさらに詰《つ》め寄《よ》ってきたようだ。

「わしらはその生き物《もの》の話《はなし》をしない！」アラゴグが激《はげ》しく言《い》った。「わしらはその名前《なまえ》さえ口《くち》にしない！　ハグリッドに何度《なんど》も聞《き》かれたが、わしはその恐《おそ》ろしい生《い》き物《もの》の名前《なまえ》を、けっしてハグリッドに教《おし》えはしなかった」

ハリーはそれ以上《いじょう》追及《ついきゅう》しなかった。巨大蜘蛛《きょだいぐも》が、四方八方《しほうはっぽう》から詰《つ》め寄《よ》ってきている。今《いま》はダメだ。アラゴグは話《はな》すのにつかれた様子《ようす》だった。ゆっくりとまた蜘蛛《くも》の巣《す》のドームへと戻《もど》っていった。しかし仲間《なかま》の蜘蛛《くも》は、じりっじりっと少《すこ》しずつ二人《ふたり》に詰《つ》め寄《よ》ってくる。

「それじゃ、僕《ぼく》たちは帰《かえ》ります」木《こ》の葉《は》をガサゴソいわせる音《おと》を背後《はいご》に聞《き》きながら、ハリーは、アラゴグに絶望的《ぜつぼうてき》な声《こえ》で呼《よ》びかけた。

「帰《かえ》る？」アラゴグがゆっくりと言《い》った。「それはなるまい……」

「でも――でも――」

「わしの命令《めいれい》で、娘《むすめ》や息子《むすこ》たちはハグリッドを傷《きず》つけはしない。しかし、わしらのまっただ中《なか》にのこのこ進《すす》んで迷《まよ》い込《こ》んできた新鮮《しんせん》な肉《にく》を、おあずけにはできまい。さらば、ハグリッドの友人《ゆうじん》よ」

ハリーは、体《からだ》を回転《かいてん》させて上《うえ》を見《み》た。ほんの数十《すうじっ》センチ上《うえ》にそびえ立《た》つ蜘蛛《くも》の壁《かべ》が、はさみをガチャつかせ、醜《みにく》い黒《くろ》い頭《あたま》にたくさんの目《め》をギラつかせている……。

杖《つえ》に手《て》をかけながらも、ハリーにはむだな抵抗《ていこう》とわかっていた。多勢《たぜい》に無勢《ぶぜい》だ。それでも戦《たたか》って死《し》ぬ覚悟《かくご》で立《た》ち上《あ》がろうとしたその時《とき》、高《たか》らかな長《なが》い音《おと》とともに、くぼ地《ち》にまばゆい光《ひかり》が射《さ》し込《こ》んだ。

ウィーズリー氏《し》の車《くるま》が、荒々《あらあら》しく斜面《しゃめん》を走《はし》り下《お》りてくる。ヘッドライトを輝《かがや》かせ、クラクションを高々《たかだか》と鳴《な》らし、蜘蛛《くも》をなぎ倒《たお》し――何匹《なんびき》かは仰向《あおむ》けにひっくり返《かえ》され、何本《なんぼん》もの長《なが》い肢《あし》を空《くう》に泳《およ》がせていた。車《くるま》はハリーとロンの前《まえ》でキキーッと停《と》まり、ドアがパッと開《ひら》いた。

「ファングを！」

ハリーは、前《まえ》の座席《ざせき》に飛《と》び込《こ》みながら叫《さけ》んだ。ロンは、ボアハウンドの胴《どう》のあたりをむんずと抱《だ》きかかえ、キャンキャン鳴《な》いているのを、後《うし》ろの座席《ざせき》に放《ほう》り込《こ》んだ。ドアがバタンと閉《し》まり、ロンがアクセルにさわりもしないのに、車《くるま》はロンの助《たす》けも借《か》りず、エンジンをうならせ、またまた蜘蛛《くも》を引《ひ》き倒《たお》しながら発進《はっしん》した。車《くるま》は坂《さか》を猛《もう》スピードでかけ上《あ》がり、くぼ地《ち》を抜《ぬ》け出《だ》し、まもなく森《もり》の中《なか》へと突《つ》っ込《こ》んだ。車《くるま》は勝手《かって》に走《はし》った。太《ふと》い木《き》の枝《えだ》が窓《まど》をたたきはしたが、車《くるま》はどうやら自分《じぶん》の知《し》っている道《みち》らしく、巧《たく》みに空間《くうかん》の広《ひろ》くあいているところを通《とお》った。

ハリーは隣《となり》のロンを見《み》た。まだ口《くち》は開《ひら》きっぱなしで、声《こえ》にならない叫《さけ》びの形《かたち》のままだったが、目《め》はもう飛《と》び出《だ》してはいなかった。

「大丈夫《だいじょうぶ》かい？」

ロンはまっすぐ前《まえ》を見《み》つめたまま、口《くち》がきけない。

森《もり》の下生《したば》えをなぎ倒《たお》しながら車《くるま》は突進《とっしん》した。ファングは後《うし》ろの席《せき》で大声《おおごえ》でほえている。大《おお》きな樫《かし》の木《き》の脇《わき》を無理《むり》やりすり抜《ぬ》けるとき、ハリーの目《め》の前《まえ》で、サイドミラーがポッキリ折《お》れた。ガタガタと騒々《そうぞう》しいデコボコの十分間《ぷんかん》が過《す》ぎたころ、木立《こだち》がややまばらになり、しげみの間《あいだ》からハリーは、再《ふたた》び空《そら》を垣間見《かいまみ》ることができた。

車《くるま》が急停車《きゅうていしゃ》し、二人《ふたり》はフロントガラスにぶつかりそうになった。森《もり》の入口《いりぐち》にたどり着《つ》いたのだ。ファングは早《はや》く出《で》たくて窓《まど》に飛《と》びつき、ハリーがドアを開《あ》けてやると、しっぽを巻《ま》いたまま、一目散《いちもくさん》にハグリッドの小屋《こや》を目指《めざ》して、木立《こだち》の中《なか》をダッシュしていった。ハリーも車《くるま》を降《お》りた。それから一分《ぷん》ぐらいたって、ロンがようやく手足《てあし》の感覚《かんかく》を取《と》り戻《もど》したらしく、まだ首《くび》が硬直《こうちょく》して前《まえ》を向《む》いたままだったが、降《お》りてきた。ハリーが感謝《かんしゃ》を込《こ》めて車《くるま》をなでると、車《くるま》はまた森《もり》の中《なか》へとバックしていき、やがて姿《すがた》が見《み》えなくなった。

ハリーは透明《とうめい》マントを取《と》りにハグリッドの小屋《こや》に戻《もど》った。ファングは寝床《ねどこ》のバスケットで毛布《もうふ》をかぶって震《ふる》えていた。小屋《こや》の外《そと》に出《で》ると、ロンがかぼちゃ畑《はたけ》でゲーゲー吐《は》いていた。

「クモの跡《あと》をつけろだって」

ロンはそでで口《くち》をふきながら弱々《よわよわ》しく言《い》った。

「ハグリッドを許《ゆる》さないぞ。僕《ぼく》たち、生《い》きてるのが不思議《ふしぎ》だよ」

「きっと、アラゴグなら自分《じぶん》の友達《ともだち》を傷《きず》つけないと思《おも》ったんだよ」ハリーが言《い》った。

「だからハグリッドってダメなんだ！」ロンが小屋《こや》の壁《かべ》をドンドンたたきながら言《い》った。

「怪物《かいぶつ》はどうしたって怪物《かいぶつ》なのに、みんなが、怪物《かいぶつ》を悪者《わるもの》にしてしまったんだと考《かんが》えてる。そのつけがどうなったか！　アズカバンの独房《どくぼう》だ！」

ロンは今《いま》になってガタガタと震《ふる》えが止《と》まらなくなっていた。

「僕《ぼく》たちをあんなところに追《お》いやって、いったい何《なん》の意味《いみ》があった？　何《なに》がわかった？　教《おし》えてもらいたいよ」

「ハグリッドが『秘密《ひみつ》の部屋《へや》』を開《あ》けたんじゃないってことだ」

ハリーはマントをロンにかけてやり、腕《うで》を取《と》って、歩《ある》くようにうながしながら言《い》った。

「ハグリッドは無実《むじつ》だった」

ロンはフンと大《おお》きく鼻《はな》を鳴《な》らした。アラゴグを物置《ものおき》の中《なか》で孵《かえ》すなんて、どこが「無実《むじつ》」なもんか、と言《い》いたげだ。

城《しろ》がだんだん近《ちか》くに見《み》えてきた。ハリーは透明《とうめい》マントを引《ひ》っ張《ぱ》って足先《あしさき》まですっぽり隠《かく》し、それから、きしむ扉《とびら》をそっと半開《はんびら》きにした。玄関《げんかん》ホールをこっそりと横切《よこぎ》り、大理石《だいりせき》の階段《かいだん》を上《のぼ》り、見張《みは》り番《ばん》が目《め》を光《ひか》らせている廊下《ろうか》を息《いき》を殺《ころ》して通《とお》り過《す》ぎて、ようやく安全地帯《あんぜんちたい》のグリフィンドールの談話室《だんわしつ》にたどり着《つ》いた。暖炉《だんろ》の火《ひ》は燃《も》え尽《つ》き、灰《はい》になった残《のこ》り火《び》が、わずかに赤《あか》みを帯《お》びていた。二人《ふたり》はマントを脱《ぬ》ぎ、曲《ま》がりくねった階段《かいだん》を上《のぼ》って寝室《しんしつ》に向《む》かった。

ロンは服《ふく》も脱《ぬ》がずにベッドに倒《たお》れ込《こ》んだ。しかしハリーはあまり眠《ねむ》くなかった。四本柱《ほんばしら》つきのベッドの端《はし》に腰《こし》かけ、アラゴグが言《い》ったことを一生懸命《いっしょうけんめい》考えた。

城《しろ》のどこかにひそむ怪物《かいぶつ》は、ヴォルデモートを怪物《かいぶつ》にしたようなものかもしれない——。ほかの怪物《かいぶつ》でさえ、その名前《なまえ》を口《くち》にしたがらない。しかし、ハリーもロンもそれが何《なん》なのか、襲《おそ》った者《もの》をどんな方法《ほうほう》で石《いし》にするのか、結局《けっきょく》のところ皆目《かいもく》わからない。ハグリッドでさえ「秘密《ひみつ》の部屋《へや》」に何《なに》がいたのか知《し》ってはいなかった。

ハリーはベッドの上《うえ》に足《あし》を投《な》げ出《だ》し、枕《まくら》にもたれて、寮塔《りょうとう》の窓《まど》から、自分《じぶん》の上《うえ》に射《さ》し込《こ》む月明《つきあ》かりを眺《なが》めた。

ほかに何《なに》をしたらよいのかわからない。八方《はっぽう》ふさがりだ。リドルはまちがった人間《にんげん》を捕《つか》まえた。スリザリンの継承者《けいしょうしゃ》は逃《のが》れ去《さ》り、今度《こんど》「部屋《へや》」を開《あ》けたのが、はたしてその人物《じんぶつ》なのか、それともほかの誰《だれ》かなのか、わからずじまいだ。もう誰《だれ》も尋《たず》ねるべき人《ひと》はいない。ハリーは横《よこ》になったまま、アラゴグの言《い》ったことをまた考《かんが》えた。

とろとろと眠《ねむ》くなりかけたとき、最後《さいご》の望《のぞ》みとも思《おも》える考《かんが》えがひらめいた。ハリーは、ハッと身《み》を起《お》こした。

「ロン」暗闇《くらやみ》の中《なか》でハリーは声《こえ》をひそめて呼《よ》んだ。「ロン！」

ロンはファングのようにキャンと言《い》って目《め》を覚《さ》まし、きょろきょろとあたりを見回《みまわ》した。そしてハリーに目《め》をとめた。

「ロン――死《し》んだ女《おんな》の子《こ》だけど。アラゴグはトイレで見《み》つかったって言《い》ってた」

ハリーは部屋《へや》の隅《すみ》から聞《き》こえてくる、ネビルの高《たか》いびきも気《き》にせず言葉《ことば》を続《つづ》けた。

「その子《こ》がそれから一度《いちど》もトイレを離《はな》れなかったとしたら？　まだそこにいるとしたら？」

ロンが目《め》をこすり、月明《つきあ》かりの中《なか》で眉根《まゆね》を寄《よ》せた。そして、ピンときた。

「**もしかして――まさか『嘆《なげ》きのマートル』？**」

第《だい》16章《しょう》　秘密《ひみつ》の部屋《へや》

「僕《ぼく》たち、あのトイレに何度《なんど》も入《はい》ってたんだぜ。その間《あいだ》、マートルはたった小部屋《こべや》三つしか離《はな》れていなかったんだ」

ロンは翌日《よくじつ》の朝食《ちょうしょく》の席《せき》で悔《くや》しそうに言《い》った。

「あの時《とき》なら聞《き》けたのに、今《いま》じゃやなぁ……」

クモを探《さが》すことさえ簡単《かんたん》にはできなかったのだから、ましてや先生《せんせい》の目《め》を盗《ぬす》んで女子《じょし》トイレにもぐり込《こ》むなど、特《とく》に、最初《さいしょ》の犠牲者《ぎせいしゃ》が出《で》た場所《ばしょ》のすぐ脇《わき》の女子《じょし》トイレだし、とても無理《むり》だった。ところが、その日最初《ひさいしょ》の授業《じゅぎょう》、「変身術《へんしんじゅつ》」で起《お》きた出来事《できごと》のおかげで、数週間《すうしゅうかん》ぶりに「秘密《ひみつ》の部屋《へや》」など頭《あたま》から吹《ふ》っ飛《と》んだ。授業《じゅぎょう》が始《はじ》まって十分《ぷん》もたったころ、マクゴナガル先生《せんせい》が、一週《しゅう》間後《かんご》の六月一日《がつついたち》から期末試験《きまつしけん》が始《はじ》まると発表《はっぴょう》したのだ。

「試験《しけん》？」シェーマス・フィネガンが叫《さけ》んだ。「こんな時《とき》にまだ試験《しけん》があるんですか？」

ハリーの後《うし》ろでバーンと大《おお》きな音《おと》がした。ネビル・ロングボトムが杖《つえ》を取《と》り落《お》とし、自分《じぶん》の机《つくえ》の脚《あし》を一本消《ぼんけ》してしまった音《おと》だった。マクゴナガル先生《せんせい》は、杖《つえ》の一振《ひとふ》りで脚《あし》を元《もと》どおりにし、シェーマスの方《ほう》に向《む》きなおってしかめっ面《つら》をした。

「こんな時《とき》でさえ学校《がっこう》を閉鎖《へいさ》しないのは、みなさんが教育《きょういく》を受《う》けるためです」

先生《せんせい》は厳《きび》しく言《い》った。

「ですから、試験《しけん》はいつものように行《おこな》います。みなさん、しっかり復習《ふくしゅう》なさっていることと思《おも》いますが」

しっかり復習《ふくしゅう》！　城《しろ》がこんな状態《じょうたい》なのに、試験《しけん》があるとはハリーは考《かんが》えてもみなかった。教《きょう》室中《しつじゅう》が不満《ふまん》たらたらの声《こえ》であふれ、マクゴナガル先生《せんせい》はますます怖《こわ》いしかめっ面《つら》をした。

「ダンブルドア校長《こうちょう》のお言《い》いつけです。学校《がっこう》はできるだけ普通《ふつう》どおりにやっていきます。つまり、私《わたくし》が指摘《してき》するまでもありませんが、この一年間《ねんかん》に、みなさんがどれだけ学《まな》んだかをたしかめるということです」

ハリーは、これからスリッパに変身《へんしん》させるはずの二羽《わ》の白《しろ》ウサギを見下《みお》ろした。——今年《ことし》一年《ねん》何《なに》を学《まな》んだのだろう？　試験《しけん》に役立《やくだ》ちそうなことは、何《なに》一つ思《おも》い出《だ》せないような気《き》がした。ロンはと見《み》ると、禁《きん》じられた森《もり》に行《い》ってそこに住《す》むようにと、たった今《いま》、命令《めいれい》されたような顔《かお》をしている。

「こんなもんで試験《しけん》が受《う》けられると思《おも》うか？」

ロンは、ちょうどピーピー大《おお》きな音《おと》を立《た》てはじめた自分《じぶん》の杖《つえ》を持《も》ち上《あ》げて、ハリーに問《と》いかけた。

「よい知《し》らせです」

最初《さいしょ》のテストの三日前《みっかまえ》、朝食《ちょうしょく》の席《せき》で、マクゴナガル先生《せんせい》がまた発表《はっぴょう》することがあると言《い》った。

とたんに、シーンとなるどころか、大広間《おおひろま》は蜂《はち》の巣《す》をつついたようになった。

「ダンブルドアが戻《もど》ってくるんだ！」何人《なんにん》かが歓声《かんせい》を上《あ》げた。

「スリザリンの継承者《けいしょうしゃ》を捕《つか》まえたんですね！」

レイブンクローの女子学生《じょしがくせい》が、黄色《きいろ》い声《こえ》を上《あ》げた。

「クィディッチの試合《しあい》が再開《さいかい》されるんだ！」ウッドが興奮《こうふん》してウオーッという声《こえ》を出《だ》した。

やっとガヤガヤが静《しず》まったとき、先生《せんせい》が発表《はっぴょう》した。

「スプラウト先生《せんせい》のお話《はなし》では、とうとうマンドレイクが収穫《しゅうかく》できるとのことです。今夜《こんや》、石《いし》にされた人《ひと》たちを蘇生《そせい》させることができるでしょう。言《い》うまでもありませんが、そのうちの誰《だれ》か一人《ひとり》が、誰《だれ》に、または何《なに》に襲《おそ》われたのか話《はな》してくれるかもしれません。私《わたくし》は、この恐《おそ》ろしい一年《ねん》が、犯人逮捕《はんにんたいほ》で終《お》わりを迎《むか》えることができるのではないかと、期待《きたい》しています」

歓声《かんせい》が爆発《ばくはつ》した。ハリーがスリザリンのテーブルのほうを見《み》ると、当然《とうぜん》のことながらドラコ・マルフォイは喜《よろこ》んではいなかった。逆《ぎゃく》にロンは、ここしばらく見《み》せたことがなかったような、うれしそうな顔《かお》をしている。

「それじゃ、マートルに聞《き》きそびれたこともどうでもよくなった！　目《め》を覚《さ》ましたら、たぶんハーマイオニーが全部《ぜんぶ》答《こた》えを出《だ》してくれるよ！　でもね、あと三日《みっか》で試験《しけん》が始《はじ》まるって聞《き》いたら、きっとあいつあわてふためくぜ。復習《ふくしゅう》してないんだからな。試験《しけん》が終《お》わるまで、今《いま》のままそっとしておいたほうが親切《しんせつ》じゃないかな」

その時《とき》、ジニー・ウィーズリーがやってきて、ロンの隣《となり》に座《すわ》った。緊張《きんちょう》して落《お》ち着《つ》かない様子《ようす》だ。ひざの上《うえ》で手《て》をもじもじさせているのにハリーは気《き》がついた。

「どうした？」ロンがオートミールのおかわりをしながら聞《き》いた。

ジニーはだまっている。グリフィンドールのテーブルを端《はし》から端《はし》まで眺《なが》めながら、おびえた表《ひょう》情《じょう》をしている。どこかで見《み》た表情《ひょうじょう》だとハリーは思《おも》ったが、誰《だれ》の顔《かお》か思《おも》い出《だ》せない。

「言《い》っちまえよ」ロンがジニーを見《み》つめながらうながした。

ハリーは突然《とつぜん》、ジニーの表情《ひょうじょう》が誰《だれ》に似《に》ているか思《おも》い出《だ》した。椅子《いす》に座《すわ》って、前後《ぜんご》に体《からだ》を揺《ゆ》するしぐさがドビーそっくりだ。言《い》ってはいけないことをもらそうかどうか、ためらっているときのドビーだ。

「あたし、言《い》わなければいけないことがあるの」ジニーはハリーのほうを見《み》ないようにしながらボソボソ言《い》った。

「何《なん》なの？」ハリーが聞《き》いた。

ジニーは何《なん》と言《い》っていいのか言葉《ことば》が見《み》つからない様子《ようす》だ。

「いったい**何《なん》だよ？**」とロン。

ジニーは口《くち》を開《ひら》いた。が、声《こえ》が出《で》てこない。ハリーは少《すこ》し前《まえ》かがみになって、ロンとジニーだけに聞《き》こえるような小声《こごえ》で言《い》った。

「『秘密《ひみつ》の部屋《へや》』に関《かん》することなの？　何《なに》か見《み》たの？　誰《だれ》かおかしなそぶりをしているの？」

ジニーはすうっと深呼吸《しんこきゅう》した。その瞬間《しゅんかん》、折悪《おりあ》しく、パーシー・ウィーズリーがげっそりつかれきった顔《かお》で現《あらわ》れた。

「ジニー、食《た》べ終《お》わったのなら、僕《ぼく》がその席《せき》に座《すわ》るよ。腹《はら》ペコだ。巡回見回《じゅんかいみまわ》りが、今終《いまお》わったばかりなんだ」

ジニーは椅子《いす》に電流《でんりゅう》が走《はし》ったかのように飛《と》び上《あ》がって、パーシーのほうをおびえた目《め》でちらっと見《み》るなり、そそくさと立《た》ち去《さ》った。パーシーは腰《こし》を下《お》ろし、テーブルの真《ま》ん中《なか》にあったマグカップをガバッとつかんだ。

「パーシー！」ロンが怒《おこ》った。「ジニーが何《なに》か大切《たいせつ》なことを話《はな》そうとしたところだったのに！」

紅茶《こうちゃ》を飲《の》んでいる途中《とちゅう》でパーシーはむせ込《こ》んだ。

「どんなことだった？」パーシーが咳込《せきこ》みながら聞《き》いた。

「僕《ぼく》が何《なに》かおかしな物《もの》を見《み》たのかって聞《き》いたら、何《なに》か言《い》いかけて――」

「ああ――それ――それは『秘密《ひみつ》の部屋《へや》』には関係《かんけい》ない」パーシーはすぐに言《い》った。

「なんでそう言《い》える？」ロンの眉《まゆ》が吊《つ》り上《あ》がった。

「うん、あ、どうしても知《し》りたいなら、ジニーが、あ、この間《あいだ》、僕《ぼく》とばったり出《で》くわして、その時僕《ときぼく》が――うん、何《なん》でもない――要《よう》するにだ、あの子《こ》は僕《ぼく》が何《なに》かをするのを見《み》たわけだ。それで、僕《ぼく》が、その、あの子《こ》に誰《だれ》にも言《い》うなって頼《たの》んだんだ。あの子《こ》は約束《やくそく》を守《まも》ると思《おも》ったのに。たいしたことじゃないんだ。ほんと。ただ、できれば……」

ハリーは、パーシーがこんなにおろおろするのを初《はじ》めて見《み》た。

「いったい何《なに》をしてたんだ？　パーシー」ロンがニヤニヤした。

「さあ、吐《は》けよ。笑《わら》わないから」

パーシーはニコリともしなかった。

「ハリー、パンを取《と》ってくれないか。腹《はら》ペコだ」

明日《あす》になれば、自分《じぶん》たちが何《なに》もしなくても、すべての謎《なぞ》が解《と》けるだろうとハリーは思《おも》ったが、マートルと話《はな》す機会《きかい》があるなら逃《のが》すつもりはなかった――そして、うれしいことに、その機会《きかい》がやってきた。午前《ごぜん》の授業《じゅぎょう》も半《なか》ば終《お》わり、次《つぎ》の「魔法史《まほうし》」の教室《きょうしつ》まで引率《いんそつ》していたのがギルデロイ・ロックハートだった。

ロックハートはこれまで何度《なんど》も「危険《きけん》は去《さ》った」と宣言《せんげん》し、そのたびに、たちまちそれがまちがいだと証明《しょうめい》されてきたのだが、今回《こんかい》は自信満々《じしんまんまん》で、生徒《せいと》を安全《あんぜん》に送《おく》り届《とど》けるためにわざわざ廊《ろう》下《か》を引率《いんそつ》していくのは、まったくのむだだと思《おも》っているようだった。髪《かみ》もいつものような輝《かがや》きがなく、五階《かい》の見回《みまわ》りで一晩中《ひとばんじゅう》起《お》きていた様子《ようす》だった。

「私《わたくし》の言《い》うことをよく聞《き》いておきなさい」

生徒《せいと》を廊下《ろうか》の曲《ま》がり角《かど》まで引率《いんそつ》してきたロックハートが言《い》った。

「哀《あわ》れにも石《いし》にされた人《ひと》たちが最初《さいしょ》に口《くち》にする言葉《ことば》は『ハグリッドだった』です。まったく、マクゴナガル先生《せんせい》がまだこんな警戒措置《けいかいそち》が必要《ひつよう》だと考《かんが》えていらっしゃるのには、驚《おどろ》きますね」

「そのとおりです、先生《せんせい》」ハリーがそう言《い》ったので、ロンは驚《おどろ》いて教科書《きょうかしょ》を取《と》り落《お》とした。

「どうも、ハリー」ハッフルパフ生《せい》が、長《なが》い列《れつ》を作《つく》って通《とお》り過《す》ぎるのをやり過《す》ごしながら、ロックハートが優雅《ゆうが》に言《い》った。

「つまり、私《わたくし》たち先生《せんせい》というものは、いろいろやらなければならないことがありましてね。生徒《せいと》を送《おく》ってクラスに連《つ》れていったり、一晩中《ひとばんじゅう》見張《みは》りに立《た》ったりする以外《いがい》にも手一杯《ていっぱい》ですよ」

「そのとおりです」ロンがピンと来《き》てうまくつないだ。

「先生《せんせい》、引率《いんそつ》はここまでにしてはいかがですか。あと一つだけ廊下《ろうか》を渡《わた》ればいいんですから」

「実《じつ》は、ウィーズリー君《くん》、私《わたくし》もそうしようかと思《おも》う。戻《もど》って次《つぎ》の授業《じゅぎょう》の準備《じゅんび》をしないといけないんでね」

そしてロックハートは足早《あしばや》に行《い》ってしまった。

「授業《じゅぎょう》の準備《じゅんび》が聞《き》いてあきれる」ロンがフンと言《い》った。「髪《かみ》をカールしに、どうせそんなとこだ」

グリフィンドール生《せい》を先《さき》に行《い》かせ、二人《ふたり》は脇《わき》の通路《つうろ》をかけ下《お》りて嘆《なげ》きのマートルのトイレへと急《いそ》いだ。しかし、計略《けいりゃく》がうまく行《い》ったことを、互《たが》いにたたえ合《あ》っていたその時《とき》……。

「ポッター！　ウィーズリー！　何《なに》をしているのですか？」

マクゴナガル先生《せんせい》が、これ以上固《いじょうかた》くは結《むす》べまいと思《おも》うほど固《かた》く唇《くちびる》を真一文字《まいちもんじ》に結《むす》んで立《た》っていた。

「僕《ぼく》たち——僕《ぼく》たち——」ロンがもごもご言《い》った。「僕《ぼく》たち、あの——様子《ようす》を見《み》に——」

「ハーマイオニーの」とハリーが受《う》けた。ロンもマクゴナガル先生《せんせい》もハリーを見《み》つめた。

「先生《せんせい》、もうずいぶん長《なが》いことハーマイオニーに会《あ》っていません」

ハリーはロンの足《あし》を踏《ふ》んづけながら急《いそ》いでつけ加《くわ》えた。

「だから、僕《ぼく》たち、こっそり医務室《いむしつ》に忍《しの》び込《こ》んで、それで、ハーマイオニーにマンドレイクがもうすぐ採《と》れるから、だから、あの、心配《しんぱい》しないようにって、そう言《い》おうと思《おも》ったんです」

マクゴナガル先生《せんせい》はハリーから目《め》を離《はな》さなかった。一瞬《いっしゅん》、ハリーは先生《せんせい》の雷《かみなり》が落《お》ちるかと思《おも》った。しかし、先生《せんせい》の声《こえ》は奇妙《きみょう》にかすれていた。

「そうでしょうとも」

ハリーは先生《せんせい》の油断《ゆだん》のない目《め》に、涙《なみだ》がキラリと光《ひか》るのを見《み》つけて驚《おどろ》いた。

「そうでしょうとも。襲《おそ》われた人《ひと》たちの友達《ともだち》が、一番《いちばん》つらい思《おも》いをしてきたことでしょう……よくわかりました。ポッター、もちろん、いいですとも。ミス・グレンジャーのお見舞《みま》いを許可《きょか》します。ビンズ先生《せんせい》には、私《わたくし》からあなたたちの欠席《けっせき》のことをお知《し》らせしておきましょう。マダム・ポンフリーには、私《わたくし》から許可《きょか》が出《で》たと言《い》いなさい」

ハリーとロンは、罰則《ばっそく》を与《あた》えられなかったことに半信半疑《はんしんはんぎ》のまま、その場《ば》を立《た》ち去《さ》った。角《かど》を曲《ま》がったとき、マクゴナガル先生《せんせい》が鼻《はな》をかむ音《おと》が、はっきり聞《き》こえた。

「あれは、君《きみ》の作《つく》り話《ばなし》の中《なか》でも最高《さいこう》けっさくだったぜ」ロンが熱《ねっ》を込《こ》めて言《い》った。

こうなれば、医務室《いむしつ》に行《い》って、マダム・ポンフリーに「マクゴナガル先生《せんせい》から許可《きょか》をもらって、ハーマイオニーの見舞《みま》いにきた」と言《い》うほかはない。

マダム・ポンフリーは二人《ふたり》を中《なか》に入《い》れたが、しぶしぶだった。

「石《いし》になった人《ひと》に話《はな》しかけても何《なん》にもならないでしょう」と言《い》われながら、ハーマイオニーのそばの椅子《いす》に座《すわ》ってみると、二人《ふたり》とも「まったくだ」と納得《なっとく》した。見舞客《みまいきゃく》が来《き》ていることに、ハーマイオニーが全然気《ぜんぜんき》づいていないのは明《あき》らかだった。ベッド脇《わき》の小机《こづくえ》に「心配《しんぱい》するな」と話《はな》しかけても、効果《こうか》は同《おな》じかもしれない。

「でも、ハーマイオニーが自分《じぶん》を襲《おそ》ったやつをほんとうに見《み》たと思《おも》うかい？」

ロンが、ハーマイオニーの硬直《こうちょく》した顔《かお》を悲《かな》しげに見《み》ながら言《い》った。

「だって、そいつがこっそり忍《しの》び寄《よ》って襲《おそ》ったのだったら、誰《だれ》も見《み》ちゃいないだろう……」

ハリーはハーマイオニーの顔《かお》を見《み》てはいなかった。右手《みぎて》のほうに興味《きょうみ》を持《も》った。かがみ込《こ》んでよく見《み》ると、毛布《もうふ》の上《うえ》で固《かた》く結《むす》んだ右手《みぎて》の拳《こぶし》に、くしゃくしゃになった紙切《かみき》れを握《にぎ》りしめている。

マダム・ポンフリーがそのあたりにいないことを確認《かくにん》してから、ハリーはロンに、そのことを教《おし》えた。

「なんとか取《と》り出《だ》してみて」ロンは、椅子《いす》を動《うご》かしてハリーがマダム・ポンフリーの目《め》に触《ふ》れないようにさえぎりながら、ささやいた。

簡単《かんたん》にはいかない。ハーマイオニーの手《て》が紙切《かみき》れをガッチリ握《にぎ》りしめているので、ハリーは紙《かみ》を破《やぶ》いてしまいそうだった。ロンを見張《みは》りに立《た》て、ハリーは引《ひ》っ張《ぱ》ったり、ひねったり、緊張《きんちょう》の数分《すうふん》のあと、やっと紙《かみ》を引《ひ》っ張《ぱ》り出《だ》した。

図書館《としょかん》の、とても古《ふる》い本《ほん》のページがちぎり取《と》られていた。ハリーはしわを伸《の》ばすのももどかしく、ロンもかがみ込《こ》んで一緒《いっしょ》に読《よ》んだ。


我《われ》らが世界《せかい》を徘徊《はいかい》する多《おお》くの怪獣《かいじゅう》、怪物《かいぶつ》の中《なか》でも、最《もっと》も珍《めずら》しく、最《もっと》も破壊的《はかいてき》であるという点《てん》で、バジリスクの右《みぎ》に出《で》るものはない。『毒蛇《どくへび》の王《おう》』とも呼《よ》ばれる。この蛇《へび》は巨大《きょだい》に成長《せいちょう》することがあり、何百年《なんびゃくねん》も生《い》き長《なが》らえることがある。鶏《にわとり》の卵《たまご》から生《う》まれ、ヒキガエルの腹《はら》の下《した》で孵化《ふか》される。殺《ころ》しの方法《ほうほう》は実《じつ》に驚《おどろ》くべきもので、毒牙《どくが》による殺傷《さっしょう》とは別《べつ》に、バジリスクの一《ひと》にらみは致命的《ちめいてき》である。その眼《まなこ》からの光線《こうせん》に捕《とら》われた者《もの》は即死《そくし》する。クモが逃《に》げ出《だ》すのはバジリスクが来《く》る前触《まえぶ》れである。なぜならバジリスクはクモの宿命《しゅくめい》の天敵《てんてき》だからである。バジリスクにとって致命的《ちめいてき》なのは雄鶏《おんどり》が時《とき》をつくる声《こえ》で、唯一《ゆいいつ》それからは逃《に》げ出《だ》す。

この下《した》に、ハリーには見覚《みおぼ》えのあるハーマイオニーの筆跡《ひっせき》で、一言《ひとこと》だけ書《か》かれていた。

「パイプ」

まるでハリーの頭《あたま》の中《なか》で、誰《だれ》かが電灯《でんとう》をパチンとつけたようだった。

「ロン」ハリーが声《こえ》をひそめて言《い》った。「これだ。これが答《こた》えだ。『秘密《ひみつ》の部屋《へや》』の怪物《かいぶつ》はバジリスク――巨大《きょだい》な毒蛇《どくへび》だ！　だから僕《ぼく》があちこちでその声《こえ》を聞《き》いたんだ。ほかの人《ひと》には聞《き》こえなかったのに。僕《ぼく》は蛇語《へびご》がわかるからなんだ……」

ハリーは周《まわ》りのベッドを見回《みまわ》した。

「バジリスクは視線《しせん》で人《ひと》を殺《ころ》す。でも誰《だれ》も死《し》んではいない――それは、誰《だれ》も直接目《ちょくせつめ》を見《み》ていないからなんだ。コリンはカメラを通《とお》して見《み》た。バジリスクが中《なか》のフィルムを焼《や》き切《き》ったけど、コリンは石《いし》になっただけだ。ジャスティン――ジャスティンはほとんど首無《くびな》しニックを通《とお》して見《み》たにちがいない！　ニックはまともに光線《こうせん》を浴《あ》びたけど、二回《かい》は死《し》ねない……。ハーマイオニーとレイブンクローの監督生《かんとくせい》が見《み》つかったとき、そばに鏡《かがみ》が落《お》ちていた。ハーマイオニーは、怪物《かいぶつ》がバジリスクだってきっと気《き》づいたんだ。絶対《ぜったい》まちがいないと思《おも》うけど、最初《さいしょ》に出会《であ》った女子学生《じょしがくせい》に、どこか角《かど》を曲《ま》がるときには、まず最初《さいしょ》に鏡《かがみ》を見《み》るようにって、きっと忠告《ちゅうこく》したんだ！　そしてその学生《がくせい》が鏡《かがみ》を取《と》り出《だ》して——そしたら——」

ロンは口《くち》をポカンと開《あ》けていた。

「それじゃ、ミセス・ノリスは？」ロンが小声《こごえ》で急《せ》き込《こ》んで聞《き》いた。

ハリーは考《かんが》え込《こ》んだ。ハロウィーンの夜《よる》の場面《ばめん》を頭《あたま》に描《えが》いてみた。

「水《みず》だ……」ハリーがゆっくりと答《こた》えた。「嘆《なげ》きのマートルのトイレから水《みず》があふれてた。ミセス・ノリスは水《みず》に映《うつ》った姿《すがた》を見《み》ただけなんだ……」

手《て》に持《も》った紙切《かみき》れに、ハリーはもう一度《いちど》、食《く》い入《い》るように目《め》を通《とお》した。読《よ》めば読《よ》むほどつじつまが合《あ》ってくる。

「致命的《ちめいてき》なのは、雄鶏《おんどり》が時《とき》をつくる声《こえ》」ハリーは読《よ》み上《あ》げた。

「ハグリッドの雄鶏《おんどり》が殺《ころ》された！『秘密《ひみつ》の部屋《へや》』が開《ひら》かれたからには『スリザリンの継承者《けいしょうしゃ》』は城《しろ》の周辺《しゅうへん》に雄鶏《おんどり》はいてほしくない。『クモが逃《に》げ出《だ》すのは前触《まえぶ》れ！』何《なに》もかもぴったりだ！」

「だけど、バジリスクはどうやって城《しろ》の中《なか》を動《うご》き回《まわ》っていたんだろう？」ロンはつぶやいた。

「とんでもない大蛇《だいじゃ》だし……誰《だれ》かに見《み》つかりそうな……」

「パイプだ」ハリーが言《い》った。「パイプだよ……ロン、やつは水道《すいどう》の配管《はいかん》を使《つか》ってたんだ。僕《ぼく》には壁《かべ》の中《なか》からあの声《こえ》が聞《き》こえてた」

ロンは突如《とつじょ》ハリーの腕《うで》をつかんだ。

「『秘密《ひみつ》の部屋《へや》』への入口《いりぐち》だ！」ロンの声《こえ》がかすれている。「もしトイレの中《なか》だったら？　もし、あの——」

「——嘆《なげ》きのマートルのトイレだったら！」とハリーが続《つづ》けた。

信《しん》じられないような話《はなし》だった。体中《からだじゅう》を興奮《こうふん》が走《はし》り、二人《ふたり》はそこにじっと座《すわ》っていた。

「……ということは」ハリーが口《くち》を開《ひら》いた。

「この学校《がっこう》で蛇語《へびご》を話《はな》せるのは、僕《ぼく》だけじゃないはずだ。『スリザリンの継承者《けいしょうしゃ》』も話《はな》せる。そうやってバジリスクを操《あやつ》ってきたんだ」

「これからどうする？」ロンの目《め》が輝《かがや》いている。「すぐにマクゴナガルのところへ行《い》こうか？」

「職員室《しょくいんしつ》へ行《い》こう」ハリーがはじけるように立《た》ち上《あ》がった。「あと十分《ぷん》で、マクゴナガル先生《せんせい》が戻《もど》ってくるはずだ。まもなく休《やす》み時間《じかん》だ」

二人《ふたり》は階段《かいだん》を下《お》りた。どこかの廊下《ろうか》でぐずぐずしているところを、また見《み》つかったりしないよう、まっすぐに誰《だれ》もいない職員室《しょくいんしつ》に行《い》った。広《ひろ》い壁《かべ》を羽目板飾《はめいたかざ》りにした部屋《へや》には、黒《くろ》っぽい木《き》の椅子《いす》がたくさんあった。ハリーとロンは興奮《こうふん》で座《すわ》る気《き》になれず、室内《しつない》を往《い》ったり来《き》たりして待《ま》った。

ところが休《やす》み時間《じかん》のベルが鳴《な》らない。かわりに、マクゴナガル先生《せんせい》の声《こえ》が魔法《まほう》で拡声《かくせい》され、廊《ろう》下《か》に響《ひび》き渡《わた》った。

「生徒《せいと》は全員《ぜんいん》、それぞれの寮《りょう》にすぐに戻《もど》りなさい。教師《きょうし》は全員《ぜんいん》、職員室《しょくいんしつ》に大至急《だいしきゅう》お集《あつ》まりください」

ハリーはくるっと振《ふ》り向《む》き、ロンと目《め》を見合《みあ》わせた。

「また襲《おそ》われたのか？　今《いま》になって？」

「どうしよう？」ロンが愕然《がくぜん》として言《い》った。「寮《りょう》に戻《もど》ろうか？」

「いや」ハリーはすばやく周《まわ》りを見回《みまわ》した。左側《ひだりがわ》に、やぼったい洋服《ようふく》かけがあって、先生方《せんせいがた》のマントがぎっしり詰《つ》まっていた。

「さあ、この中《なか》に。いったい何《なに》が起《お》こったのか聞《き》こう。それから僕《ぼく》たちの発見《はっけん》したことを話《はな》すんだ」

二人《ふたり》はその中《なか》に隠《かく》れて、頭《あたま》の上《うえ》を何百人《なんびゃくにん》もの人《ひと》が、ガタガタと移動《いどう》する音《おと》を聞《き》いていた。やがて職員室《しょくいんしつ》のドアがバタンと開《ひら》いた。かび臭《くさ》いマントのひだの間《あいだ》からのぞくと、先生方《せんせいがた》が次々《つぎつぎ》と部屋《へや》に入《はい》ってくるのが見《み》えた。当惑《とうわく》した顔《かお》、おびえきった顔《かお》。やがて、マクゴナガル先生《せんせい》がやってきた。

「とうとう起《お》こってしまいました」

しんと静《しず》まった職員室《しょくいんしつ》でマクゴナガル先生《せんせい》が話《はな》しだした。

「生徒《せいと》が一人《ひとり》、怪物《かいぶつ》に連《つ》れ去《さ》られました。『秘密《ひみつ》の部屋《へや》』そのものの中《なか》へです」

フリットウィック先生《せんせい》が思《おも》わず悲鳴《ひめい》を上《あ》げた。スプラウト先生《せんせい》は口《くち》を手《て》で覆《おお》った。

スネイプは椅子《いす》の背《せ》をギュッと握《にぎ》りしめ、「なぜそんなにはっきり言《い》えるのかな？」と聞《き》いた。

「『スリザリンの継承者《けいしょうしゃ》』がまた伝言《でんごん》を書《か》き残《のこ》しました」

マクゴナガル先生《せんせい》は蒼白《そうはく》な顔《かお》で答《こた》えた。

「最初《さいしょ》に残《のこ》された文字《もじ》のすぐ下《した》にです。――彼女《かのじょ》の白骨《はっこつ》は永遠《えいえん》に『秘密《ひみつ》の部屋《へや》』に横《よこ》たわるであろう――」

フリットウィック先生《せんせい》はワッと泣《な》きだした。

「誰《だれ》ですか？」腰《こし》が抜《ぬ》けたように、椅子《いす》にへたり込《こ》んだマダム・フーチが聞《き》いた。「どの子《こ》ですか？」

「ジニー・ウィーズリー」マクゴナガル先生《せんせい》が言《い》った。

ハリーは隣《となり》で、ロンが声《こえ》もなくへなへなと崩《くず》れ落《お》ちるのを感《かん》じた。

「全校生徒《ぜんこうせいと》を明日《あす》、帰宅《きたく》させなければなりません」マクゴナガル先生《せんせい》だ。「ホグワーツはこれでおしまいです。ダンブルドアはいつもおっしゃっていた……」

職員室《しょくいんしつ》のドアがもう一度《いちど》バタンと開《ひら》いた。一瞬《いっしゅん》ドキリとして、ハリーはダンブルドアにちがいないと思《おも》った。しかし、それはロックハートだった。ニッコリほほえんでいるではないか。

「大変失礼《たいへんしつれい》しました——ついうとうとと——何《なに》か聞《き》き逃《のが》してしまいましたか？」

先生方《せんせいがた》が、どう見《み》ても憎《にく》しみとしか言《い》えない目《め》つきでロックハートを見《み》ていることにも気《き》づかないらしい。スネイプが一歩進《ぽすす》み出《で》た。

「なんと、適任者《てきにんしゃ》が」スネイプが言《い》った。「まさに適任《てきにん》だ。ロックハート、女子学生《じょしがくせい》が怪物《かいぶつ》に拉致《らち》された。『秘密《ひみつ》の部屋《へや》』そのものに連《つ》れ去《さ》られた。いよいよあなたの出番《でばん》が来《き》ましたぞ」

ロックハートの血《ち》の気《け》が引《ひ》いた。

「そのとおりだわ、ギルデロイ」スプラウト先生《せんせい》が口《くち》を挟《はさ》んだ。「昨夜《さくや》でしたね、たしか、『秘密《ひみつ》の部屋《へや》』への入口《いりぐち》がどこにあるか、とっくに知《し》っているとおっしゃったのは？」

「私《わたくし》は——その、私《わたくし》は——」ロックハートはわけのわからない言葉《ことば》を口走《くちばし》った。

「そうですとも。『部屋《へや》』の中《なか》に何《なに》がいるか知《し》っていると、自信《じしん》たっぷりに私《わたし》に話《はな》しませんでしたか？」フリットウィック先生《せんせい》が口《くち》を挟《はさ》んだ。

「い、言《い》いましたか？　覚《おぼ》えていませんが……」

「我輩《わがはい》はたしかに覚《おぼ》えておりますぞ。ハグリッドが捕《つか》まる前《まえ》に、自分《じぶん》が怪物《かいぶつ》と対決《たいけつ》するチャンスがなかったのは、残念《ざんねん》だとかおっしゃいましたな」スネイプが言《い》った。「何《なに》もかも不手際《ふてぎわ》だった、最初《さいしょ》から、自分《じぶん》の好《す》きなようにやらせてもらうべきだったとか？」

ロックハートは、石《いし》のように非情《ひじょう》な先生方《せんせいがた》の顔《かお》を見《み》つめた。

「私《わたくし》は……何《なに》もそんな……あなたの誤解《ごかい》では……」

「それでは、ギルデロイ、あなたにお任《まか》せしましょう」

マクゴナガル先生《せんせい》が言《い》った。

「今夜《こんや》こそ絶好《ぜっこう》のチャンスでしょう。誰《だれ》にもあなたのじゃまをさせはしませんとも。お一人《ひとり》で怪《かい》物《ぶつ》と取《と》り組《く》むことができますよ。お望《のぞ》みどおり、お好《す》きなように」

ロックハートは絶望的《ぜつぼうてき》な目《め》で周《まわ》りをじいっと見《み》つめていたが、誰《だれ》も助《たす》け舟《ぶね》を出《だ》さなかった。今《いま》のロックハートはハンサムからはほど遠《とお》かった。唇《くちびる》はわなわな震《ふる》え、歯《は》を輝《かがや》かせたいつものニッコリが消《き》えた顔《かお》は、うらなりびょうたんのようだった。

「よ、よろしい」ロックハートが言《い》った。「へ、部屋《へや》に戻《もど》って、し――支度《したく》をします」

ロックハートが出《で》ていった。

「さてと」マクゴナガル先生《せんせい》は鼻《はな》の穴《あな》をふくらませて言《い》った。「これでやっかい払《ばら》いができました。寮監《りょうかん》の先生方《せんせいがた》は寮《りょう》に戻《もど》り、生徒《せいと》に何《なに》が起《お》こったかを知《し》らせてください。明日《あす》一番《いちばん》のホグワーツ特急《とっきゅう》で生徒《せいと》を帰宅《きたく》させる、とおっしゃってください。ほかの先生方《せんせいがた》は、生徒《せいと》が一人《ひとり》たりとも寮《りょう》の外《そと》に残《のこ》っていないよう見回《みまわ》ってください」

先生《せんせい》たちは立《た》ち上《あ》がり、一人《ひとり》また一人《ひとり》と出《で》ていった。

その日《ひ》は、ハリーの生涯《しょうがい》で最悪《さいあく》の日《ひ》だったかもしれない。ロン、フレッド、ジョージたちとグリフィンドールの談話室《だんわしつ》の片隅《かたすみ》に腰《こし》かけ、互《たが》いに押《お》しだまっていた。パーシーはそこにはいなかった。ウィーズリーおじさん、おばさんにふくろう便《びん》を飛《と》ばしにいったあと、自分《じぶん》の部屋《へや》に閉《と》じこもってしまった。

午後《ごご》の時間《じかん》がこんなに長《なが》かったことはいまだかつてなく、これほど混《こ》み合《あ》っているグリフィンドールの談話室《だんわしつ》がこんなに静《しず》かだったことも、いまだかつてなかった。日没近《にちぼつちか》く、フレッドとジョージは、そこにじっとしていることがたまらなくなって、寝室《しんしつ》に上《あ》がっていった。

「ジニーは何《なに》か知《し》っていたんだよ、ハリー」

職員室《しょくいんしつ》の洋服《ようふく》かけに隠《かく》れて以来《いらい》、初《はじ》めてロンが口《くち》をきいた。

「だから連《つ》れていかれたんだ。パーシーのバカバカしい何《なに》かの話《はなし》じゃなかったんだ。何《なに》か『秘密《ひみつ》の部屋《へや》』に関《かん》することを見《み》つけたんだ。きっとそのせいでジニーは――」

ロンは激《はげ》しく目《め》をこすった。

「だって、ジニーは純血《じゅんけつ》だ。ほかに理由《りゆう》があるはずがない」

ハリーは夕日《ゆうひ》を眺《なが》めた。地平線《ちへいせん》の下《した》に血《ち》のように赤《あか》い太陽《たいよう》が沈《しず》んでいく――最悪《さいあく》だ。こんなに落《お》ち込《こ》んだことはない。何《なに》かできないのか……何《なん》でもいい――。

「ハリー」ロンが話《はな》しかけた。「ほんのわずかでも可能性《かのうせい》があるだろうか。つまり――ジニーがまだ――」

ハリーは何《なん》と答《こた》えてよいかわからなかった。ジニーがまだ生《い》きているとはとうてい思《おも》えない。

「そうだ！　ロックハートに会《あ》いにいくべきじゃないかな？」ロンが言《い》った。「僕《ぼく》たちの知《し》っていることを教《おし》えてやるんだ。ロックハートはなんとかして『秘密《ひみつ》の部屋《へや》』に入《はい》ろうとしているんだ。それがどこにあるか、僕《ぼく》たちの考《かんが》えを話《はな》して、バジリスクがそこにいるって教《おし》えよう」

ほかにいい考《かんが》えも思《おも》いつかなかったし、とにかく何《なに》かしたいという思《おも》いで、ハリーは、ロンの考《かんが》えに賛成《さんせい》した。談話室《だんわしつ》にいたグリフィンドール生《せい》は、すっかり落《お》ち込《こ》み、ウィーズリー兄弟《きょうだい》が気《き》の毒《どく》で何《なに》も言《い》えず、二人《ふたり》が立《た》ち上《あ》がっても止《と》めようとしなかったし、二人《ふたり》が談話室《だんわしつ》を横切《よこぎ》り、肖像画《しょうぞうが》の出入口《でいりぐち》から出《で》ていくのを、誰《だれ》も止《と》めはしなかった。

ロックハートの部屋《へや》に向《む》かって歩《ある》くうちに、あたりが闇《やみ》に包《つつ》まれはじめた。ロックハートの部屋《へや》の中《なか》は取《と》り込《こ》み中《ちゅう》らしい。カリカリ、ゴツンゴツンに加《くわ》えてあわただしい足音《あしおと》が聞《き》こえた。

ハリーがノックすると、中《なか》が急《きゅう》に静《しず》かになった。それからドアがほんの少《すこ》しだけ開《ひら》き、ロックハートの目《め》がのぞいた。

「あぁ……ポッター君《くん》……ウィーズリー君《くん》……」ドアがまたほんのわずか開《ひら》いた。

「私《わたくし》は今《いま》、少々《しょうしょう》取《と》り込《こ》み中《ちゅう》なので、急《いそ》いでくれると……」

「先生《せんせい》、僕《ぼく》たち、お知《し》らせしたいことがあるんです」とハリーが言《い》った。

「先生《せんせい》のお役《やく》に立《た》つと思《おも》うんです」

「あー――いや――今《いま》はあまり都合《つごう》が――」やっと見《み》える程度《ていど》のロックハートの横顔《よこがお》が、非常《ひじょう》に迷惑《めいわく》そうだった。

「つまり――いや――いいでしょう」

ロックハートはドアを開《あ》け、二人《ふたり》は中《なか》に入《はい》った。

部屋《へや》の中《なか》はほとんどすべて取《と》り片《かた》づけられていた。床《ゆか》には大《おお》きなトランクが二個《こ》置《お》いてあり、片方《かたほう》にはローブが、翡翠色《ひすいいろ》、藤色《ふじいろ》、群青色《ぐんじょういろ》など、あわてててたたんで突《つ》っ込《こ》んであり、もう片方《かたほう》には本《ほん》がごちゃまぜに放《ほう》り込《こ》まれていた。壁《かべ》いっぱいに飾《かざ》られていた写真《しゃしん》は、今《いま》や机《つくえ》の上《うえ》にいくつか置《お》かれた箱《はこ》に押《お》し込《こ》まれていた。

「どこかへいらっしゃるのですか？」ハリーが聞《き》いた。

「うー、あー、そう」ロックハートはドアの裏側《うらがわ》から等身大《とうしんだい》の自分《じぶん》のポスターをはぎ取《と》り、丸《まる》めながらしゃべった。

「緊急《きんきゅう》に呼《よ》び出《だ》されて……しかたなく……行《い》かなければ……」

「僕《ぼく》の妹《いもうと》はどうなるんですか？」ロンが愕然《がくぜん》として言《い》った。

「そう、そのことだが――まったく気《き》の毒《どく》なことだ」ロックハートは二人《ふたり》の目《め》を見《み》ないようにし、引《ひ》き出《だ》しをぐいと開《あ》け、中《なか》の物《もの》をひっくり返《かえ》してバッグに入《い》れながら言《い》った。

「誰《だれ》よりも私《わたし》が一番残念《いちばんざんねん》に思《おも》っている――」

「『闇《やみ》の魔術《まじゅつ》に対《たい》する防衛術《ぼうえいじゅつ》』の先生《せんせい》じゃありませんか！」ハリーが言《い》った。「こんな時《とき》にここから出《で》ていけないでしょう！　これほどの闇《やみ》の魔術《まじゅつ》がここで起《お》こっているというのに！」

「いや、しかしですね……私《わたくし》がこの仕事《しごと》を引《ひ》き受《う》けたときは……」

ロックハートは今度《こんど》はソックスをローブの上《うえ》に積《つ》み上《あ》げながら、もそもそ言《い》った。

「職務内容《しょくむないよう》には何《なに》も……こんなことは予想《よそう》だに……」

「先生《せんせい》、**逃《に》げ出《だ》す**っておっしゃるんですか？」

ハリーは信《しん》じられなかった。

「本《ほん》に書《か》いてあるように、あんなにいろいろなことをなさった先生《せんせい》が？」

「本《ほん》は誤解《ごかい》を招《まね》く」ロックハートは微妙《びみょう》な言《い》い方《かた》をした。

「ご自分《じぶん》が書《か》かれたのに！」ハリーが叫《さけ》んだ。

「まあまあ坊《ぼう》や」ロックハートが背筋《せすじ》を伸《の》ばし、顔《かお》をしかめてハリーを見《み》た。

「ちょっと考《かんが》えればわかることだ。私《わたくし》の本《ほん》があんなに売《う》れるのは、中《なか》に書《か》かれていることを全部**私《わたくし》**がやったと思《おも》うからでね。もしアルメニアの醜《みにく》い年寄《としよ》りの魔法戦士《まほうせんし》の話《はなし》だったら、たとえ狼《おおかみ》男《おとこ》から村《むら》を救《すく》ったのがその人《ひと》でも、本《ほん》は半分《はんぶん》も売《う》れなかったはずです。本人《ほんにん》が表紙《ひょうし》を飾《かざ》ったら、とても見《み》られたものじゃない。ファッション感覚《かんかく》ゼロだ。バンドンの泣《な》き妖怪《ようかい》を追《お》い払《はら》った魔女《まじょ》は、あごが毛《け》だらけだった。要《よう》するに、そんなものですよ……」

「それじゃ、先生《せんせい》はほかのたくさんの人《ひと》たちのやった仕事《しごと》を、自分《じぶん》の手柄《てがら》になさったんですか？」

ハリーはとても信《しん》じる気《き》になれなかった。

「ハリーよ、ハリー」

ロックハートはじれったそうに首《くび》を振《ふ》った。

「そんなに単純《たんじゅん》なものではない。仕事《しごと》はしましたよ。まずそういう人《ひと》たちを探《さが》し出《だ》す。どうやって仕事《しごと》をやり遂《と》げたのかを聞《き》き出《だ》す。それから『忘却術《ぼうきゃくじゅつ》』をかける。するとその人《ひと》たちは自分《じぶん》がやった仕事《しごと》のことを忘《わす》れる。私《わたくし》に自慢《じまん》できるものがあるとすれば、『忘却術《ぼうきゃくじゅつ》』ですね。ハリー、大変《たいへん》な仕事《しごと》ですよ。本《ほん》にサインをしたり、広告写真《こうこくしゃしん》を撮《と》ったりすればすむわけではないんですよ。有名《ゆうめい》になりたければ、うまずたゆまず、長《なが》くつらい道《みち》のりを歩《あゆ》む覚悟《かくご》がいる」

ロックハートはトランクを全部《ぜんぶ》バチンとしめ、鍵《かぎ》をかけた。

「さてと。これで全部《ぜんぶ》でしょう。いや、一つだけ残《のこ》っている」

ロックハートは杖《つえ》を取《と》り出《だ》し、二人《ふたり》に向《む》けた。

「坊《ぼっ》ちゃんたちには気《き》の毒《どく》ですがね、『忘却術《ぼうきゃくじゅつ》』をかけさせてもらいますよ。私《わたくし》の秘密《ひみつ》をペラペラそこら中《じゅう》でしゃべったりされたら、もう本《ほん》が一冊《さつ》も売《う》れなくなりますからね……」

ハリーは自分《じぶん》の杖《つえ》に手《て》をかけた。間一髪《かんいっぱつ》、ロックハートの杖《つえ》が振《ふ》り上《あ》げられる直前《ちょくぜん》に、ハリーが大声《おおごえ》で叫《さけ》んだ。

「エクスペリアームス！　武器《ぶき》よ去《さ》れ！」

ロックハートは後《うし》ろに吹《ふ》っ飛《と》んで、トランクに足《あし》をすくわれ、その上《うえ》に倒《たお》れた。杖《つえ》は高々《たかだか》と空《くう》中《ちゅう》に弧《こ》を描《えが》き、それをロンがキャッチし、窓《まど》から外《そと》に放《ほう》り投《な》げた。

「スネイプ先生《せんせい》にこの術《じゅつ》を教《おし》えさせたのが、まちがいでしたね」

ハリーは、ロックハートのトランクを脇《わき》のほうにけとばしながら、激《はげ》しい口調《くちょう》で言《い》った。ロックハートは、また弱々《よわよわ》しい表情《ひょうじょう》に戻《もど》ってハリーを見上《みあ》げていた。ハリーは、ロックハートに杖《つえ》を突《つ》きつけたままだった。

「私《わたくし》に何《なに》をしろと言《い》うのかね？」

ロックハートが力《ちから》なく言《い》った。

「『秘密《ひみつ》の部屋《へや》』がどこにあるかも知《し》らない。私《わたくし》には何《なに》もできない」

「運《うん》のいい人《ひと》だ」ハリーは杖《つえ》を突《つ》きつけてロックハートを立《た》たせながら言《い》った。「僕《ぼく》たちはそのありかを知《し》っていると思《おも》う。その上、中《なか》に何《なに》がいるかもね。さあ、行《い》こう」

ロックハートを追《お》い立《た》てるようにして部屋《へや》を出《で》て、一番近《いちばんちか》い階段《かいだん》を下《お》り、例《れい》の壁《かべ》の文字《もじ》が闇《やみ》の中《なか》に光《ひか》る暗《くら》い廊下《ろうか》を通《とお》り、三人《にん》は嘆《なげ》きのマートルの女子《じょし》トイレの入口《いりぐち》にたどり着《つ》いた。

まずロックハートを先《さき》に入《はい》らせた。ロックハートが震《ふる》えているのを、ハリーはいい気味《きみ》だと思《おも》った。

嘆《なげ》きのマートルは、一番奥《いちばんおく》の小部屋《こべや》のトイレの水《みず》タンクの上《うえ》に座《すわ》っていた。

「あら、あんただったの」ハリーを見《み》るなりマートルが言《い》った。「今度《こんど》は何《なん》の用《よう》？」

「君《きみ》が死《し》んだときの様子《ようす》を聞《き》きたいんだ」

マートルの顔《かお》つきがたちまち変《か》わった。こんなに誇《ほこ》らしく、うれしい質問《しつもん》をされたことがないという顔《かお》をした。

「オオオオウ、怖《こわ》かったわ」

マートルはたっぷり味《あじ》わうように言《い》った。

「まさにここだったの。この小部屋《こべや》で死《し》んだのよ。よく覚《おぼ》えてるわ。オリーブ・ホーンビーがわたしのめがねのことをからかったものだから、ここに隠《かく》れたの。鍵《かぎ》を掛《か》けて泣《な》いていたら、誰《だれ》かが入《はい》ってきたわ。何《なに》か変《へん》なことを言《い》ってた。外国語《がいこくご》だった、と思《おも》うわ。とにかく、いやだったのは、しゃべってるのが男子《だんし》だったってこと。だから、出《で》ていけ、男子《だんし》トイレを使《つか》えって言《い》うつもりで、鍵《かぎ》を開《あ》けて、そしたら——」

マートルはえらそうにそっくり返《かえ》って、顔《かお》を輝《かがや》かせた。

「死《し》んだの」

「どうやって？」ハリーが聞《き》いた。

「わからない」

マートルがヒソヒソ声《こえ》になった。

「覚《おぼ》えてるのは大《おお》きな黄色《きいろ》い目玉《めだま》が二つ。体全体《からだぜんたい》がギュッと金縛《かなしば》りにあったみたいで、それから
ふーっと浮《う》いて……」

マートルは夢見《ゆめみ》るようにハリーを見《み》た。

「そして、また戻《もど》ってきたの。だって、オリーブ・ホーンビーに取《と》り憑《つ》いてやるって固《かた》く決《き》めてたから。あぁ、オリーブったら、わたしのめがねを笑《わら》ったこと後悔《こうかい》してたわ」

「その目玉《めだま》、正確《せいかく》にいうとどこで見《み》たの？」とハリーが聞《き》いた。

「あのあたり」マートルは小部屋《こべや》の前《まえ》の、手洗《てあら》い台《だい》のあたりを漠然《ばくぜん》と指差《ゆびさ》した。

ハリーとロンは急《いそ》いで手洗《てあら》い台《だい》に近寄《ちかよ》った。ロックハートは顔中《かおじゅう》に恐怖《きょうふ》の色《いろ》を浮《う》かべて、ずっと後《うし》ろのほうに下《さ》がっていた。

普通《ふつう》の手洗《てあら》い台《だい》と変《か》わらないように見《み》えた。二人《ふたり》は隅々《すみずみ》まで調《しら》べた。内側《うちがわ》、外側《そとがわ》、下《した》のパイプのはてまで。そして、ハリーの目《め》に入《はい》ったのは――銅製《どうせい》の蛇口《じゃぐち》の脇《わき》のところに、引《ひ》っかいたような小《ちい》さな蛇《へび》の形《かたち》が彫《ほ》ってある。

「その蛇口《じゃぐち》、壊《こわ》れっぱなしよ」ハリーが蛇口《じゃぐち》をひねろうとすると、マートルが機嫌《きげん》よく言《い》った。

「ハリー、何《なに》か言《い》ってみろよ。何《なに》かを蛇語《へびご》で」ロンが言《い》った。

「でも――」ハリーは必死《ひっし》で考《かんが》えた。なんとか蛇語《へびご》が話《はな》せたのは、本物《ほんもの》の蛇《へび》に向《む》かっているときだけだった。小《ちい》さな彫《ほ》り物《もの》をじっと見《み》つめて、ハリーはそれが本物《ほんもの》であると想像《そうぞう》してみた。

「開《ひら》け」

ロンの顔《かお》を見《み》ると、首《くび》を横《よこ》に振《ふ》っている。

「普通《ふつう》の言葉《ことば》だよ」

ハリーはもう一度《いちど》蛇《へび》を見《み》た。本物《ほんもの》の蛇《へび》だと思《おも》い込《こ》もうとした。首《くび》を動《うご》かしてみると、ろうそくの明《あ》かりで、彫《ほ》り物《もの》が動《うご》いているように見《み》えた。

「**開《ひら》け**」もう一度《いちど》言《い》った。

言《い》ったはずの言葉《ことば》は聞《き》こえてこなかった。かわりに奇妙《きみょう》なシューシューという音《おと》が、口《くち》から出《で》た。そして、蛇口《じゃぐち》がまばゆい白《しろ》い光《ひかり》を放《はな》ち、回《まわ》りはじめた。次《つぎ》の瞬間《しゅんかん》、手洗《てあら》い台《だい》が動《うご》きだした。手洗《てあら》い台《だい》が沈《しず》み込《こ》み、見《み》る見《み》る消《き》え去《さ》ったあとに、太《ふと》いパイプがむき出《だ》しになった。大人一人《おとなひとり》がすべり込《こ》めるほどの太《ふと》さだ。

ハリーはロンが息《いき》をのむ声《こえ》で、再《ふたた》び目《め》を上《あ》げた。何《なに》をすべきか、もうハリーの心《こころ》は決《き》まっていた。

「僕《ぼく》はここを降《お》りて行《い》く」ハリーが言《い》った。

行《い》かないではいられない。「秘密《ひみつ》の部屋《へや》」への入口《いりぐち》が見《み》つかった以上《いじょう》、ほんのわずかな、かすかな可能性《かのうせい》でも、ジニーがまだ生《い》きているかもしれない以上《いじょう》、行《い》かなければ。

「僕《ぼく》も行《い》く」ロンが言《い》った。

一瞬《いっしゅん》の空白《くうはく》があった。

「さて、私《わたし》はほとんど必要《ひつよう》ないようですね」ロックハートが、得意《とくい》のスマイルの残《ざん》がいのような笑《わら》いを浮《う》かべた。「私《わたし》はこれで——」

ロックハートがドアの取《と》っ手《て》に手《て》をかけたが、ロンとハリーが、同時《どうじ》に杖《つえ》をロックハートに向《む》けた。

「先《さき》に降《お》りるんだ」ロンがすごんだ。

顔面蒼白《がんめんそうはく》で杖《つえ》もなく、ロックハートはパイプの入口《いりぐち》に近《ちか》づいた。

「君《きみ》たち」ロックハートは弱々《よわよわ》しい声《こえ》で言《い》った。「ねえ、君《きみ》たち、それが何《なん》の役《やく》に立《た》つと言《い》うんだね？」

ハリーはロックハートの背中《せなか》を杖《つえ》でこづいた。ロックハートは両足《りょうあし》をパイプにすべり込《こ》ませた。

「ほんとうに何《なん》の役《やく》にも――」

ロックハートがまた言《い》いかけたが、ロンが押《お》したので、ロックハートはすべり落《お》ちて見《み》えなくなった。すぐあとにハリーが続《つづ》いた。ゆっくりとパイプの中《なか》に入《はい》り込《こ》み、それから手《て》を放《はな》した。ちょうど、はてしのない、ぬるぬるした暗《くら》いすべり台《だい》を急降下《きゅうこうか》していくようだった。あちこちで四方八方《しほうはっぽう》に枝分《えだわ》かれしているパイプが見《み》えたが、自分《じぶん》たちが降《お》りていくパイプより太《ふと》い物《もの》はなかった。そのパイプは曲《ま》がりくねりながら、下《した》に向《む》かって急勾配《きゅうこうばい》で続《つづ》いている。ハリーは学校《がっこう》の下《した》を深《ふか》く、地下牢《ちかろう》よりもいっそう深《ふか》く落《お》ちていくのがわかった。あとから来《く》るロンがカーブを通《とお》るたびにドスンドスンと軽《かる》くぶつかる音《おと》を立《た》てるのが聞《き》こえた。

底《そこ》に着陸《ちゃくりく》したらどうなるのだろうと、ハリーが不安《ふあん》に思《おも》いはじめたその時《とき》、パイプが平《たい》らになり、出口《でぐち》から放《ほう》り出《だ》され、ドスッと湿《しめ》った音《おと》を立《た》てて、暗《くら》い石《いし》のトンネルのじめじめした床《ゆか》に落《お》ちた。トンネルは立《た》ち上《あ》がるに充分《じゅうぶん》な高《たか》さだった。ロックハートが少《すこ》し離《はな》れたところで、全身《ぜんしん》べとべとになって、ゴーストのように白《しろ》い顔《かお》をして立《た》ち上《あ》がるところだった。ロンもヒューッと降《お》りてきたので、ハリーはパイプの出口《でぐち》の脇《わき》によけた。

「学校《がっこう》の何《なん》キロもずうっと下《した》のほうにちがいない」ハリーの声《こえ》がトンネルの闇《やみ》に反響《はんきょう》した。

「湖《みずうみ》の下《した》だよ。たぶん」暗《くら》いぬるぬるした壁《かべ》を目《め》を細《ほそ》めて見回《みまわ》しながら、ロンが言《い》った。

三人《にん》とも、目《め》の前《まえ》に続《つづ》く闇《やみ》をじっと見《み》つめた。

「ルーモス！　光《ひかり》よ！」ハリーが杖《つえ》に向《む》かってつぶやくと、杖《つえ》に灯《あか》りがともった。

「行《い》こう」ハリーがあとの二人《ふたり》に声《こえ》をかけ、三人《にん》は歩《ある》きだした。足音《あしおと》が、湿《しめ》った床《ゆか》にピシャッピシャッと大《おお》きく響《ひび》いた。

トンネルは真《ま》っ暗《くら》で、目《め》と鼻《はな》の先《さき》しか見《み》えない。杖灯《つえあか》りで湿《しめ》っぽい壁《かべ》に映《うつ》る三人《にん》の影《かげ》が、おどろおどろしかった。

「みんな、いいかい」そろそろと前進《ぜんしん》しながら、ハリーが低《ひく》い声《こえ》で言《い》った。「何《なに》かが動《うご》く気配《けはい》を感《かん》じたら、すぐ目《め》をつぶるんだ……」

しかし、トンネルは墓場《はかば》のように静《しず》まり返《かえ》っていた。最初《さいしょ》に耳慣《みみな》れない音《おと》を聞《き》いたのは、ロンが何《なに》かを踏《ふ》んづけたバリンという大《おお》きな音《おと》で、それはネズミの頭《ず》がいこつだった。ハリーが杖《つえ》を床《ゆか》に近《ちか》づけてよく見《み》ると、小《ちい》さな動物《どうぶつ》の骨《ほね》がそこら中《じゅう》に散《ち》らばっていた。ジニーが見《み》つかったとき、どんな姿《すがた》になっているのだろう……そんな思《おも》いを必死《ひっし》で振《ふ》り払《はら》いながら、ハリーは暗《くら》いトンネルのカーブを、先頭《せんとう》に立《た》って曲《ま》がった。

「ハリー、あそこに何《なに》かある……」

ロンの声《こえ》がかすれ、ハリーの肩《かた》をギュッとつかんだ。三人《にん》は凍《こお》りついたように立《た》ち止《ど》まって、行《い》く手《て》を見《み》つめた。トンネルをふさぐように、何《なに》か大《おお》きくて曲線《きょくせん》を描《えが》いた物《もの》があった。りんかくだけがかろうじて見《み》える。その物《もの》はじっと動《うご》かない。

「眠《ねむ》っているのかもしれない」

ハリーは息《いき》をひそめ、後《うし》ろの二人《ふたり》をちらりと振《ふ》り返《かえ》った。ロックハートは両手《りょうて》でしっかりと目《め》を押《お》さえていた。ハリーはまた前方《ぜんぽう》を見《み》た。心臓《しんぞう》の鼓動《こどう》が痛《いた》いほど速《はや》くなった。

ゆっくりと、ぎりぎり物《もの》が見《み》える程度《ていど》に、できるかぎり目《め》を細《ほそ》くし、ハリーは杖《つえ》を高《たか》く掲《かか》げて、その物体《ぶったい》にじりじりと近寄《ちかよ》った。

杖灯《つえあか》りが照《て》らし出《だ》したのは、巨大《きょだい》な蛇《へび》の抜《ぬ》け殻《がら》だった。毒々《どくどく》しい鮮《あざ》やかな緑色《みどりいろ》の皮《かわ》が、トンネルの床《ゆか》にとぐろを巻《ま》いて横《よこ》たわっている。脱皮《だっぴ》した蛇《へび》はゆうに六メートルはあるにちがいない。

「なんてこった」ロンが力《ちから》なく言《い》った。

後《うし》ろのほうで急《きゅう》に何《なに》かが動《うご》いた。ギルデロイ・ロックハートが腰《こし》を抜《ぬ》かしていた。

「立《た》て」ロンが、ロックハートに杖《つえ》を向《む》け、きつい口調《くちょう》で言《い》った。ロックハートは立《た》ち上《あ》がり——ロンに跳《と》びかかって床《ゆか》になぐり倒《たお》した。

ハリーが前《まえ》に飛《と》び出《だ》したが、間《ま》に合《あ》わなかった。ロックハートは肩《かた》で息《いき》をしながら立《た》ち上《あ》がった。ロンの杖《つえ》を握《にぎ》り、輝《かがや》くようなスマイルが戻《もど》っている。

「坊《ぼう》やたち、お遊《あそ》びはこれでおしまいだ！　私《わたし》はこの皮《かわ》を少《すこ》し学校《がっこう》に持《も》って帰《かえ》り、女《おんな》の子《こ》を救《すく》うには遅過《おそす》ぎたとみんなに言《い》おう。君《きみ》たち二人《ふたり》はズタズタになった無残《むざん》な死《し》がいを見《み》て、哀《あわ》れにも精神《せいしん》に異常《いじょう》をきたしたと言《い》おう。さあ、記憶《きおく》に別《わか》れを告《つ》げるがいい！」

ロックハートはスペロテープで張《は》りつけたロンの杖《つえ》を頭上《ずじょう》にかざし、一声叫《ひとこえさけ》んだ。

「オブリビエイト！　忘《わす》れよ！」

杖《つえ》は小型爆弾並《こがたばくだんな》みに爆発《ばくはつ》した。トンネルの天井《てんじょう》から、大《おお》きな塊《かたまり》が、雷《かみなり》のようなごう音《おん》を上《あ》げてバラバラと崩《くず》れ落《お》ちてきた。ハリーは、両手《りょうて》ですばやく頭《あたま》を覆《おお》い、とぐろを巻《ま》いた蛇《へび》の抜《ぬ》け殻《がら》ですべりながら逃《に》げた。次《つぎ》の瞬間《しゅんかん》、岩《いわ》の塊《かたまり》が固《かた》い壁《かべ》のようにたちふさがっているのをじっと見《み》ながら、ハリーはたった一人《ひとり》でそこに立《た》っていた。

「ローン！」ハリーは叫《さけ》んだ。「大丈夫《だいじょうぶ》か？　ロン！」

「ここだよ！」ロンの声《こえ》は崩《くず》れ落《お》ちた岩石《がんせき》の裏側《うらがわ》からぼんやりと聞《き》こえた。

「僕《ぼく》は大丈夫《だいじょうぶ》だ。でもこっちのバカはダメだ――杖《つえ》で吹《ふ》っ飛《と》ばされた」

ドンと鈍《にぶ》い音《おと》に続《つづ》いて「アイタッ！」と言《い》う大《おお》きな声《こえ》が聞《き》こえた。ロンがロックハートのむこうずねをけとばしたような音《おと》だった。

「さあ、どうする？」ロンの困《こま》り果《は》てた声《こえ》がした。「こっちからは行《い》けないよ。何年《なんねん》もかかってしまう……」

ハリーはトンネルの天井《てんじょう》を見上《みあ》げた。巨大《きょだい》な割《わ》れ目《め》ができている。ハリーはこれまで、こんな岩石《がんせき》の山《やま》のような大《おお》きな物《もの》を、魔法《まほう》で砕《くだ》いてみたことがなかった。初《はじ》めてそれに挑戦《ちょうせん》するのには、タイミングがよいとは言《い》えない――トンネル全体《ぜんたい》が崩《くず》れたらどうする？

岩《いわ》のむこうから、また「ドン」が聞《き》こえ、「アイタッ！」が聞《き》こえた――時間《じかん》がむだに過《す》ぎていく。ジニーが「秘密《ひみつ》の部屋《へや》」に連《つ》れ去《さ》られてから何時間《なんじかん》もたっている――ハリーには道《みち》は一つしかないことがわかっていた。

「そこで待《ま》ってて」ハリーはロンに呼《よ》びかけた。

「ロックハートと一緒《いっしょ》に待《ま》っていて。僕《ぼく》が先《さき》に進《すす》む。一時間《じかん》たって戻《もど》らなかったら……」

物言《ものい》いたげな沈黙《ちんもく》があった。

「僕《ぼく》は少《すこ》しでもここの岩《いわ》を取《と》り崩《くず》してみるよ」ロンは、懸命《けんめい》に落《お》ち着《つ》いた声《こえ》を出《だ》そうとしているようだった。

「そうすれば君《きみ》が――帰《かえ》りにここを通《とお》れる。だからハリー――」

「それじゃ、またあとでね」

ハリーは震《ふる》える声《こえ》に、なんとか自信《じしん》をたたきこむように言《い》った。そして、ハリーはたった一人《ひとり》、巨大《きょだい》な蛇《へび》の皮《かわ》を越《こ》えて先《さき》に進《すす》んだ。

ロンが力《ちから》を振《ふ》りしぼって、岩石《がんせき》を動《うご》かそうとしている音《おと》もやがて遠《とお》くなり、聞《き》こえなくなった。トンネルはくねくねと何度《なんど》も曲《ま》がった。体中《からだじゅう》の神経《しんけい》がきりきりと不快《ふかい》に痛《いた》んだ。ハリーはトンネルの終《お》わりが来《く》ればよいと思《おも》いながらも、その時《とき》に何《なに》が見《み》つかるかを思《おも》うと、恐《おそ》ろしくもあった。またもう一つの曲《ま》がり角《かど》をそっと曲《ま》がったとたん、ついに前方《ぜんぽう》に固《かた》い壁《かべ》が見《み》えた。二匹《ひき》の蛇《へび》がからみ合《あ》った彫刻《ちょうこく》がほどこしてあり、蛇《へび》の目《め》には輝《かがや》く大粒《おおつぶ》のエメラルドがはめ込《こ》んであった。

ハリーは近《ちか》づいていった。のどがカラカラだ。今度《こんど》は石《いし》の蛇《へび》を本物《ほんもの》だと思《おも》い込《こ》む必要《ひつよう》はなかった。蛇《へび》の目《め》が妙《みょう》に生《い》き生《い》きしている。

何《なに》をすべきか、ハリーには想像《そうぞう》がついた。咳払《せきばら》いをした。するとエメラルドの目《め》がチラチラと輝《かがや》いたようだった。

「**開《ひら》け**」低《ひく》く幽《かす》かなシューシューという音《おと》だった。

壁《かべ》が二つに裂《さ》け、からみ合《あ》っていた蛇《へび》が分《わ》かれ、両側《りょうがわ》の壁《かべ》が、するするとすべるように見《み》えなくなった。ハリーは頭《あたま》のてっぺんから足《あし》のつま先《さき》まで震《ふる》えながらその中《なか》に入《はい》っていった。

第《だい》17章《しょう》　スリザリンの継承者《けいしょうしゃ》

ハリーは細長《ほそなが》く奥《おく》へと延《の》びる、薄明《うすあ》かりの部屋《へや》の端《はし》に立《た》っていた。またしても蛇《へび》がからみ合《あ》う彫刻《ちょうこく》をほどこした石《いし》の柱《はしら》が、上《うえ》へ上《うえ》へとそびえ、暗闇《くらやみ》に吸《す》い込《こ》まれて見《み》えない天井《てんじょう》を支《ささ》え、あやしい緑《みどり》がかった幽明《ゆうめい》の間《あいだ》に、黒々《くろぐろ》とした影《かげ》を落《お》としていた。

早鐘《はやがね》のように鳴《な》る胸《むね》を押《お》さえ、ハリーは凍《こお》るような静《しず》けさに耳《みみ》をすませていた——バジリスクは、柱《はしら》の影《かげ》の暗《くら》い片隅《かたすみ》にひそんでいるのだろうか？　ジニーはどこにいるのだろう？

杖《つえ》を取《と》り出《だ》し、ハリーは左右《さゆう》一対《いっつい》になった蛇《へび》の柱《はしら》の間《あいだ》を前進《ぜんしん》した。一歩《ぽ》一歩《ぽ》そっと踏《ふ》み出《だ》す足《あし》音《おと》が、薄暗《うすぐら》い壁《かべ》に反響《はんきょう》した。目《め》を細《ほそ》めて、わずかな動《うご》きでもあればすぐに閉《と》じられるようにした。彫《ほ》り物《もの》の蛇《へび》のうつろな眼窩《がんか》が、ハリーの姿《すがた》をずっと追《お》っているような気《き》がする。一度《いちど》ならず、蛇《へび》の目《め》がぎろりと動《うご》いたような気《き》がして、胃《い》がザワザワした。

最後《さいご》の一対《いっつい》の柱《はしら》のところまで来《く》ると、部屋《へや》の天井《てんじょう》に届《とど》くほど高《たか》くそびえる石像《せきぞう》が、壁《かべ》を背《せ》に立《た》っているのが目《め》に入《はい》った。

巨大《きょだい》な石像《せきぞう》の顔《かお》を、ハリーは首《くび》を伸《の》ばして見上《みあ》げた。年老《としお》いた猿《さる》のような顔《かお》に、細長《ほそなが》いあごひげが、その魔法使《まほうつか》いの流《なが》れるような石《いし》のローブのすそのあたりまで延《の》び、その下《した》に灰色《はいいろ》の巨大《きょだい》な足《あし》が二本《ほん》、なめらかな床《ゆか》を踏《ふ》みしめている。そして、足《あし》の間《あいだ》に、燃《も》えるような赤毛《あかげ》の、黒《くろ》いローブの小《ちい》さな姿《すがた》が、うつぶせに横《よこ》たわっていた。

「ジニー！」小声《こごえ》で叫《さけ》び、ハリーはその姿《すがた》のそばにかけ寄《よ》り、ひざをついて名《な》を呼《よ》んだ。

「ジニー！　死《し》んじゃだめだ！　お願《ねが》いだから生《い》きていて！」

ハリーは杖《つえ》を脇《わき》に投《な》げ捨《す》て、ジニーの肩《かた》をしっかりつかんで仰向《あおむ》けにした。ジニーの顔《かお》は大理《だいり》石《せき》のように白《しろ》く冷《つめ》たく、目《め》は固《かた》く閉《と》じられていたが、石《いし》にされてはいなかった。しかし、それならジニーはもう……。

「ジニー、お願《ねが》いだ。目《め》を覚《さ》まして」

ハリーはジニーを揺《ゆ》さぶり、必死《ひっし》でつぶやいた。ジニーの頭《あたま》はだらりと虚《むな》しくたれ、ぐらぐらと揺《ゆ》すられるままに動《うご》いた。

「その子《こ》は目《め》を覚《さ》ましはしない」

物静《ものしず》かな声《こえ》がした。

ハリーはぎくりとして、ひざをついたまま振《ふ》り返《かえ》った。

背《せ》の高《たか》い、黒髪《くろかみ》の少年《しょうねん》が、すぐそばの柱《はしら》にもたれてこちらを見《み》ていた。まるで曇《くも》りガラスのむこうにいるかのように、りんかくが奇妙《きみょう》にぼやけている。しかし、紛《まぎ》れもなくあの人物《じんぶつ》だ。

「トム――トム・リドル？」

ハリーの顔《かお》から目《め》を離《はな》さず、リドルはうなずいた。

「目《め》を覚《さ》まさないって、どういうこと？」

ハリーは絶望的《ぜつぼうてき》になった。

「ジニーはまさか――まさか――？」

「その子《こ》はまだ生《い》きている。しかし、かろうじてだ」

ハリーはリドルをじっと見《み》つめた。トム・リドルがホグワーツにいたのは五十年前《ねんまえ》だ。それなのに、リドルがそこに立《た》っている。薄気味《うすきみ》の悪《わる》いぼんやりした光《ひかり》が、その姿《すがた》の周《まわ》りに漂《ただよ》っている。十六歳《さい》のまま、一日《にち》も日《ひ》がたっていないかのように。

「君《きみ》はゴーストなの？」ハリーはわけがわからなかった。

「記憶《きおく》だよ」リドルが静《しず》かに言《い》った。「日記《にっき》の中《なか》に、五十年間残《ねんかんのこ》されていた記憶《きおく》だ」

リドルは、石像《せきぞう》の巨大《きょだい》な足《あし》の指《ゆび》のあたりの床《ゆか》を指差《ゆびさ》した。ハリーが嘆《なげ》きのマートルのトイレで見《み》つけた小《ちい》さな黒《くろ》い日記《にっき》が、開《ひら》かれたまま置《お》いてあった。一瞬《いっしゅん》、ハリーはいったいどうしてここにあるんだろうと不思議《ふしぎ》に思《おも》ったが――いや、もっと緊急《きんきゅう》にしなければならないことがある。

「トム、助《たす》けてくれないか」ハリーはジニーの頭《あたま》をもう一度《いちど》持《も》ち上《あ》げながら言《い》った。

「ここからジニーを運《はこ》び出《だ》さなけりゃ。バジリスクがいるんだ……。どこにいるかはわからないけど、今《いま》にも出《で》てくるかもしれない。お願《ねが》い、手伝《てつだ》って……」

リドルは動《うご》かない。ハリーは汗《あせ》だくになって、やっとジニーの体《からだ》を半分床《はんぶんゆか》から持《も》ち上《あ》げ、杖《つえ》を拾《ひろ》うのにもう一度体《いちどからだ》をかがめた。

杖《つえ》がない。

「君《きみ》、知《し》らないかな、僕《ぼく》の――」

ハリーが見上《みあ》げると、リドルはまだハリーを見《み》つめていた――すらりとした指《ゆび》でハリーの杖《つえ》をくるくるもてあそんでいる。

「ありがとう」ハリーは手《て》を、杖《つえ》のほうに伸《の》ばした。

リドルが口元《くちもと》をキュッと上《あ》げてほほえんだ。じっとハリーを見《み》つめ続《つづ》けたまま、所在《しょざい》なげに杖《つえ》をくるくる回《まわ》し続《つづ》けている。

「聞《き》いてるのか」ハリーは急《せ》き立《た》てるように言《い》った。ぐったりしているジニーの重《おも》みで、ひざががくりとなりそうだった。

「ここを出《で》なきゃいけないんだよ！　もしもバジリスクが来《き》たら……」

「呼《よ》ばれるまでは、来《き》やしない」リドルが落《お》ち着《つ》き払《はら》って言《い》った。

ハリーはジニーをまた床《ゆか》に下《お》ろした。もう支《ささ》えていることができなかった。

「何《なん》だって？　さあ、杖《つえ》をよこしてよ。必要《ひつよう》になるかもしれないんだ」

リドルのほほえみがますます広《ひろ》がった。

「君《きみ》には必要《ひつよう》にはならないよ」

ハリーはリドルをじっと見《み》た。

「どういうこと？　必要《ひつよう》にはならないって？」

「僕《ぼく》はこの時《とき》をずっと待《ま》っていたんだ。ハリー・ポッター。君《きみ》に会《あ》えるチャンスをね。君《きみ》と話《はな》すのをね」

「いいかげんにしてくれ」ハリーはいよいよがまんできなくなった。

「君《きみ》にはわかっていないようだ。今《いま》、僕《ぼく》たちは『秘密《ひみつ》の部屋《へや》』の中《なか》にいるんだよ。話《はなし》ならあとでできる」

「今《いま》、話《はな》すんだよ」

リドルは相変《あいか》わらず笑《わら》いを浮《う》かべたまま、ハリーの杖《つえ》をポケットにしまい込《こ》んだ。

ハリーは驚《おどろ》いてリドルを見《み》た。たしかに、何《なに》かおかしなことが起《お》こっている。

「ジニーはどうしてこんなふうになったの？」ハリーがゆっくりと切《き》り出《だ》した。

「そう、それはおもしろい質問《しつもん》だ」リドルが愛想《あいそ》よく言《い》った。

「しかも話《はな》せば長《なが》くなる。ジニー・ウィーズリーがこんなふうになったほんとうの原因《げんいん》は、誰《だれ》なのかわからない目《め》に見《み》えない人物《じんぶつ》に心《こころ》を開《ひら》き、自分《じぶん》の秘密《ひみつ》を洗《あら》いざらい打《う》ち明《あ》けたことだ」

「言《い》っていることがわからないけど？」

「あの日記《にっき》は、僕《ぼく》の日記《にっき》だ。ジニーのおチビさんは、何《なん》か月《げつ》も何《なん》か月《げつ》もその日記《にっき》にバカバカしい心配事《しんぱいごと》や悩《なや》み事《ごと》を書《か》き続《つづ》けた。兄《にい》さんたちがからかう、お下《さ》がりの本《ほん》やローブで学校《がっこう》に行《い》かなきゃならない、それに――」リドルの目《め》がキラッと光《ひか》った。「有名《ゆうめい》な、すてきな、偉大《いだい》なハリー・ポッターが、自分《じぶん》のことを好《す》いてくれることは絶対《ぜったい》にないだろうとか……」

こうして話《はな》しながらも、リドルの目《め》は、一瞬《いっしゅん》もハリーの顔《かお》から離《はな》れなかった。むさぼるような視線《しせん》だった。

「十一歳《さい》の小娘《こむすめ》のたわいない悩《なや》み事《ごと》を聞《き》いてあげるのは、まったくうんざりだったよ」

リドルの話《はなし》は続《つづ》く。

「でも僕《ぼく》はしんぼう強《づよ》く返事《へんじ》を書《か》いた。同情《どうじょう》してあげたし、親切《しんせつ》にもしてあげた。ジニーはもう夢中《むちゅう》になった。『トム、あなたほどあたしのことをわかってくれる人《ひと》はいないわ……何《なん》でも打《う》ち明《あ》けられるこの日記《にっき》があってどんなにうれしいか……まるでポケットの中《なか》に入《い》れて運《はこ》べる友達《ともだち》がいるみたい……』」

リドルは声《こえ》を上《あ》げて笑《わら》った。似《に》つかわしくない、冷《つめ》たいかん高《だか》い笑《わら》いだった。ハリーは背筋《せすじ》がゾクッとした。

「自分《じぶん》で言《い》うのもどうかと思《おも》うけれど、ハリー、僕《ぼく》は必要《ひつよう》となれば、いつでも誰《だれ》でもひきつけることができた。だからジニーは、僕《ぼく》に心《こころ》を打《う》ち明《あ》けることで、自分《じぶん》の魂《たましい》を僕《ぼく》に注《そそ》ぎ込《こ》んだのだ。ジニーの魂《たましい》、それこそ僕《ぼく》の欲《ほ》しいものだった。僕《ぼく》はジニーの心《こころ》の深層《しんそう》の恐《おそ》れ、暗《くら》い秘密《ひみつ》を餌食《えじき》にして、だんだん強《つよ》くなった。ウィーズリーのおチビちゃんとは比較《ひかく》にならないぐらい強力《きょうりょく》になった。充分《じゅうぶん》に力《ちから》が満《み》ちたとき、僕《ぼく》の秘密《ひみつ》をチビに少《すこ》しだけ与《あた》え、僕《ぼく》の魂《たましい》をおチビちゃんに注《そそ》ぎ込《こ》みはじめた……」

「それはどういうこと?」ハリーはのどがカラカラだった。

「まだ気《き》づかないのかい? ハリー・ポッター?」リドルの口調《くちょう》はやわらかだ。

「ジニー・ウィーズリーが『秘密《ひみつ》の部屋《へや》』を開《あ》けた。学校《がっこう》の雄鶏《おんどり》をしめ殺《ころ》したのも、壁《かべ》に脅迫《きょうはく》の文字《もじ》を書《か》きなぐったのもジニー。『スリザリンの蛇《へび》』を四人《にん》の『穢《けが》れた血《ち》』や『できそこない《スクイブ》』の飼《か》い猫《ねこ》に仕掛《しか》けたのもジニーだ」

「まさか」ハリーはつぶやいた。

「そのまさかだ」リドルは落《お》ち着《つ》き払《はら》っていた。

「ただし、ジニーは初《はじ》めのうち、自分《じぶん》がやっていることをまったく自覚《じかく》していなかった。おかげで、なかなかおもしろかった。しばらくして日記《にっき》に何《なに》を書《か》きはじめたか、君《きみ》に読《よ》ませてやりたかったよ……前《まえ》よりずっとおもしろくなった……。『親愛《しんあい》なるトム――』」

ハリーの愕然《がくぜん》とした顔《かお》を眺《なが》めながら、リドルは空《そら》で、読《よ》み上《あ》げはじめた。

「あたし、記憶喪失《きおくそうしつ》になったみたい。ローブが鶏《にわとり》の羽根《はね》だらけなのに、どうしてそうなったのかわからないの。ねえ、トム、ハロウィーンの夜《よる》、自分《じぶん》が何《なに》をしたか覚《おぼ》えてないの。でも、猫《ねこ》が襲《おそ》われて、あたしのローブの前《まえ》にペンキがべっとりついてたの。ねえ、トム、パーシーがあたしの顔色《かおいろ》がよくないって、なんだか様子《ようす》がおかしいって、しょっちゅうそう言《い》うの。きっとあたしを疑《うたぐ》ってるんだわ……。今日《きょう》もまた一人《ひとり》襲《おそ》われたのに、あたし、自分《じぶん》がどこにいたか覚《おぼ》えてないの。トム、どうしたらいいの？　あたし、どうかしちゃったんじゃないかしら……。トム、きっとみんなを襲《おそ》ってるのは、あたしなんだわ！」

ハリーは、爪《つめ》が手《て》のひらに食《く》い込《こ》むほどギュッと拳《こぶし》を握《にぎ》りしめた。

「バカなジニーのチビが日記《にっき》を信用《しんよう》しなくなるまでに、ずいぶん時間《じかん》がかかった。しかし、とうとう変《へん》だと疑《うたが》いはじめ、捨《す》てようとした。そこへ、ハリー、君《きみ》が登場《とうじょう》した。君《きみ》が日記《にっき》を見《み》つけたんだ。僕《ぼく》は最高《さいこう》にうれしかったよ。こともあろうに、君《きみ》が拾《ひろ》ってくれた。僕《ぼく》が会《あ》いたいと思《おも》っていた君《きみ》が……」

「それじゃ、どうして僕《ぼく》に会《あ》いたかったんだ？」

怒《いか》りが体中《からだじゅう》をかけめぐり、声《こえ》を落《お》ち着《つ》かせることさえ難《むずか》しかった。

「そうだな。ジニーが、ハリー、君《きみ》のことをいろいろ聞《き》かせてくれたからね。君《きみ》のすばらしい経《けい》歴《れき》をだ」

リドルの目《め》が、ハリーの額《ひたい》の稲妻形《いなずまがた》の傷《きず》のあたりをなめるように見《み》た。むさぼるような表情《ひょうじょう》がいっそうあらわになった。

「君《きみ》のことをもっと知《し》らなければ、できれば会《あ》って、話《はなし》をしなければならないと、僕《ぼく》にはわかっていた。だから君《きみ》を信用《しんよう》させるため、あのウドの大木《たいぼく》のハグリッドを捕《つか》まえた有名《ゆうめい》な場面《ばめん》を見《み》せてやろうと決《き》めた」

「ハグリッドは僕《ぼく》の友達《ともだち》だ」ハリーの声《こえ》はついにわなわなと震《ふる》えだした。

「それなのに、君《きみ》はハグリッドをはめたんだ。そうだろう？　僕《ぼく》は君《きみ》が勘《かん》ちがいしただけだと思《おも》っていたのに……」

リドルはまたかん高《だか》い笑《わら》い声《ごえ》をあげた。

「ハリー、僕《ぼく》の言《い》うことを信《しん》じるか、ハグリッドを信《しん》じるか、二つに一つだった。アーマンド・ディペットじいさんが、それをどういうふうに取《と》ったか、わかるだろう。一人《ひとり》はトム・リドルという、貧《まず》しいが優秀《ゆうしゅう》な生徒《せいと》。孤児《こじ》だが勇敢《ゆうかん》そのものの監督生《かんとくせい》で模範生《もはんせい》。もう一人《ひとり》は、図体《ずうたい》ばかりでかくてドジなハグリッド。一週間《しゅうかん》おきに問題《もんだい》を起《お》こす生徒《せいと》だ。狼人間《おおかみにんげん》の仔《こ》をベッドの下《した》で育《そだ》てようとしたり、こっそり抜《ぬ》け出《だ》して禁《きん》じられた森《もり》に行《い》ってトロールとすもうを取《と》ったり。しかし、あんまり計画《けいかく》どおりに運《はこ》んだので、張本人《ちょうほんにん》の僕《ぼく》が驚《おどろ》いたことは認《みと》めるよ。誰《だれ》か一人《ひとり》ぐらい、ハグリッドが『スリザリンの継承者《けいしょうしゃ》』ではありえないと気《き》づくにちがいないと思《おも》っていた。この僕《ぼく》でさえ、『秘密《ひみつ》の部屋《へや》』について、できるかぎりのことを探《さぐ》り出《だ》し、秘密《ひみつ》の入口《いりぐち》を発見《はっけん》するまでに五年《ねん》もかかったんだ……ハグリッドにそんな脳《のう》みそがあるか！　そんな力《ちから》があるか！」

「たった一人《ひとり》、変身術《へんしんじゅつ》のダンブルドア先生《せんせい》だけが、ハグリッドは無実《むじつ》だと考《かんが》えたらしい。ハグリッドを学校《がっこう》に置《お》き、家畜番《かちくばん》、森番《もりばん》として訓練《くんれん》するようにディペットを説得《せっとく》した。そう、たぶんダンブルドアには察《さっ》しがついていたんだ。ほかの先生方《せんせいがた》はみな僕《ぼく》がお気《き》に入《い》りだったが、ダンブルドアだけはちがっていたようだ」

「きっとダンブルドアは、君《きみ》のことをとっくにお見透《みとお》しだったんだ」

ハリーはギュッと歯《は》を食《く》いしばった。

「そうだな。ハグリッドが退学《たいがく》になってから、ダンブルドアは、たしかに僕《ぼく》をしつこく監視《かんし》するようになった」

リドルはこともなげに言《い》った。

「僕《ぼく》の在学中《ざいがくちゅう》に『秘密《ひみつ》の部屋《へや》』を再《ふたた》び開《あ》けるのは危険《きけん》だと、僕《ぼく》にはわかっていた。しかし、探索《たんさく》についやした長《なが》い年月《ねんげつ》をむだにするつもりはない。日記《にっき》を残《のこ》して、十六歳《さい》の自分《じぶん》をその中《なか》に保存《ほぞん》しようと決心《けっしん》した。いつか、時《とき》がめぐってくれば、誰《だれ》かに僕《ぼく》の足跡《そくせき》を追《お》わせて、サラザール・スリザリンの、崇高《すうこう》な仕事《しごと》を成《な》しとげることができるだろうと」

「君《きみ》はそれを成《な》しとげてはいないじゃないか」ハリーは勝《か》ち誇《ほこ》ったように言《い》った。

「今度《こんど》は誰《だれ》も死《し》んではいない。猫《ねこ》一匹《ぴき》たりとも。あと数時間《すうじかん》すればマンドレイク薬《やく》ができ上《あ》がり、石《いし》にされた者《もの》は、みんな無事《ぶじ》、元《もと》に戻《もど》るんだ」

「まだ言《い》ってなかったかな？」リドルが静《しず》かに言《い》った。「『穢《けが》れた血《ち》』の連中《れんちゅう》を殺《ころ》すことは、もう僕《ぼく》にとってはどうでもいいことだって。この数《すう》か月間《げつかん》、僕《ぼく》の新《あたら》しいねらいは――君《きみ》だった」

ハリーは目《め》を見張《みは》ってリドルを見《み》た。

「それからしばらくして、僕《ぼく》の日記《にっき》をまた開《ひら》いて書《か》き込《こ》んだのが、君《きみ》ではなくジニーだった。僕《ぼく》はどんなに怒《おこ》ったか。ジニーは君《きみ》が日記《にっき》を持《も》っているのを見《み》て、パニック状態《じょうたい》になった――君《きみ》が日記《にっき》の使《つか》い方《かた》を見《み》つけてしまったら？　僕《ぼく》が君《きみ》に、ジニーの秘密《ひみつ》を全部《ぜんぶ》しゃべってしまうかもしれない。もっと悪《わる》いことに、もし僕《ぼく》が君《きみ》に、鶏《にわとり》をしめ殺《ころ》した犯人《はんにん》を教《おし》えたらどうしよう？――そこで、バカな小娘《こむすめ》は、君《きみ》たちの寝室《しんしつ》に誰《だれ》もいなくなるのを見《み》はからって、日記《にっき》を取《と》り戻《もど》しに行《い》った。しかし、僕《ぼく》には自分《じぶん》が何《なに》をすべきかがわかっていた。君《きみ》がスリザリンの継承者《けいしょうしゃ》の手《て》がかりを確実《かくじつ》に追跡《ついせき》していると、僕《ぼく》にははっきりわかっていた。ジニーから君《きみ》のことをいろいろ聞《き》かされていたから、君《きみ》ならどんなことをしてでも謎《なぞ》を解《と》くだろうと僕《ぼく》にはわかっていた――君《きみ》の仲良《なかよ》しの一人《ひとり》が襲《おそ》われたのだからなおさらだ。それに、君《きみ》が蛇語《へびご》を話《はな》すというので、学校中《がっこうじゅう》が大《おお》騒《さわ》ぎだと、ジニーが教《おし》えてくれた……」

「そこで僕《ぼく》は、ジニーに自分《じぶん》の遺書《いしょ》を壁《かべ》に書《か》かせ、ここに下《お》りてきて待《ま》つように仕向《しむ》けた。ジニーは泣《な》いたりわめいたり、まったく退屈《たいくつ》でうんざりだったよ。しかし、この子の命《いのち》はもうあまり残《のこ》されてはいない。あまりにも日記《にっき》に注《そそ》ぎ込《こ》んでしまった。つまりこの僕《ぼく》に。僕《ぼく》は、おかげでついに日記《にっき》を抜《ぬ》け出《だ》すまでになった。ジニーがここに来《き》てからずっと、君《きみ》が現《あらわ》れるのを待《ま》っていた。君《きみ》が来《く》ることはわかっていたよ。ハリー・ポッター、僕《ぼく》は君《きみ》にいろいろ聞《き》きたいことがある」

「何《なに》を？」ハリーは拳《こぶし》を固《かた》く握《にぎ》ったまま、吐《は》き捨《す》てるように言《い》った。

「そうだな」リドルは愛想《あいそ》よく微笑《びしょう》しながら言《い》った。「これといって特別《とくべつ》な魔力《まりょく》も持《も》たない赤《あか》ん坊《ぼう》が、不世出《ふせいしゅつ》の偉大《いだい》な魔法使《まほうつか》いをどうやって破《やぶ》った？　ヴォルデモート卿《きょう》の力《ちから》が打《う》ち砕《くだ》かれたのに、君《きみ》のほうは、たった一つの傷痕《きずあと》だけで逃《のが》れたのはなぜなのだ？」

むさぼるような目《め》に、奇妙《きみょう》な赤《あか》い光《ひかり》がチラチラと漂《ただよ》っている。

「僕《ぼく》がなぜ逃《のが》れたのか、どうして君《きみ》が気《き》にするんだ？」

ハリーは慎重《しんちょう》に言《い》った。

「ヴォルデモートは君《きみ》よりあとに出《で》てきた人《ひと》だろう」

「ヴォルデモートは」リドルの声《こえ》は静《しず》かだ。「僕《ぼく》の過去《かこ》であり、現在《げんざい》であり、未来《みらい》なのだ……、ハリー・ポッターよ」

ポケットからハリーの杖《つえ》を取《と》り出《だ》し、リドルは空中《くうちゅう》に文字《もじ》を書《か》いた。三つの名前《なまえ》が揺《ゆ》らめきながら淡《あわ》く光《ひか》った。

TOM MARVOLO RIDDLE（トム・マールヴォロ・リドル）

もう一度《いちど》杖《つえ》を一振《ひとふ》りした。名前《なまえ》の文字《もじ》が並《なら》び方《かた》を変《か》えた。

I《アイ》 AM《アム》 LORD《ロード》 VOLDEMORT《ヴォルデモート》（俺様《おれさま》はヴォルデモート卿《きょう》だ）

「わかったね？」リドルがささやいた。

「この名前《なまえ》はホグワーツ在学中《ざいがくちゅう》にすでに使《つか》っていた。もちろん親《した》しい友人《ゆうじん》にしか明《あ》かしていないが。汚《けが》らわしいマグルの父親《ちちおや》の姓《せい》を、僕《ぼく》がいつまでも使《つか》うと思《おも》うかい？　母方《ははかた》の血筋《ちすじ》にサラザール・スリザリンその人《ひと》の血《ち》が流《なが》れているこの僕《ぼく》が？　汚《きたな》らしい俗《ぞく》なマグルの名前《なまえ》を、僕《ぼく》が生《う》まれる前《まえ》に、魔女《まじょ》だというだけで母《はは》を捨《す》てたやつの名前《なまえ》を、僕《ぼく》がそのまま使《つか》うと思《おも》うかい？　ハリー、ノーだ。僕《ぼく》は自分《じぶん》の名前《なまえ》を自分《じぶん》でつけた。ある日《ひ》必《かなら》ずや魔法界《まほうかい》のすべてが口《くち》にすることを恐《おそ》れる名前《なまえ》を。その日《ひ》が来《く》ることを僕《ぼく》は知《し》っていた。僕《ぼく》が世界一偉大《せかいいちいだい》な魔法使《まほうつか》いになるその日《ひ》が！」

ハリーは脳《のう》が停止《ていし》したような気《き》がした。まひしたような頭《あたま》でリドルを見《み》つめた。この孤児《こじ》の少《しょう》年《ねん》がやがて大人《おとな》になり、ハリーの両親《りょうしん》を、そしてほかの多《おお》くの魔法使《まほうつか》いを殺《ころ》したのだ。

しばらくして、ハリーはやっと口《くち》を開《ひら》いた。

「ちがうな」静《しず》かな声《こえ》に万感《ばんかん》の憎《にく》しみがこもっていた。

「何《なに》が？」リドルが切《き》り返《かえ》した。

「君《きみ》は世界一偉大《せかいいちいだい》な魔法使《まほうつか》いじゃない」

ハリーは息《いき》を荒《あら》らげていた。

「君《きみ》をがっかりさせて気《き》の毒《どく》だけど、世界一偉大《せかいいちいだい》な魔法使《まほうつか》いはアルバス・ダンブルドアだ。みんながそう言《い》っている。君《きみ》が強大《きょうだい》だったときでさえ、ホグワーツを乗《の》っ取《と》ることはおろか、手出《てだ》しさえできなかった。ダンブルドアは、君《きみ》が在学中《ざいがくちゅう》は君《きみ》のことをお見通《みとお》しだったし、君《きみ》がどこに隠《かく》れていようと、いまだに君《きみ》はダンブルドアを恐《おそ》れている」

ほほえみが消《き》え、リドルの顔《かお》が醜悪《しゅうあく》になった。

「ダンブルドアは、単《たん》なる**記憶**《きおく》に過《す》ぎない僕《ぼく》によって追放《ついほう》され、この城《しろ》からいなくなった！」

リドルはすごみをきかせた。

「ダンブルドアは、君《きみ》の思《おも》っているほど、遠《とお》くに行《い》ってはいないぞ！」ハリーが言《い》い返《かえ》した。リドルを恐《こわ》がらせるために、とっさに思《おも》いついた言葉《ことば》だった。本当《ほんとう》にそうだと確信《かくしん》しているというよりは、そうあってほしいと願《ねが》っていた。

リドルは口《くち》を開《ひら》いたが、その顔《かお》が凍《こお》りついた。

どこからともなく音楽《おんがく》が聞《き》こえてきたのだ。リドルはくるりと振《ふ》り返《かえ》り、がらんとした部屋《へや》をずっと奥《おく》まで見渡《みわた》した。音楽《おんがく》はだんだん大《おお》きくなった。あやしい、背筋《せすじ》がぞくぞくするような、この世《よ》のものとも思《おも》えない旋律《せんりつ》だった。ハリーの毛《け》はザワッと逆立《さかだ》ち、心臓《しんぞう》が二倍《ばい》の大《おお》きさにふくれ上《あ》がったような気《き》がした。やがてその旋律《せんりつ》が高《たか》まり、ハリーの胸《むね》の中《なか》でろっ骨《こつ》を震《ふる》わせるように感《かん》じたとき、すぐそばの柱《はしら》の頂上《ちょうじょう》から炎《ほのお》が燃《も》え上《あ》がった。

白鳥《はくちょう》ほどの大《おお》きさの深紅《しんく》の鳥《とり》が、ドーム形《がた》の天井《てんじょう》に、その不思議《ふしぎ》な旋律《せんりつ》を響《ひび》かせながら姿《すがた》を現《あらわ》した。孔雀《くじゃく》の羽《はね》のように長《なが》い金色《きんいろ》の尾羽《おばね》を輝《かがや》かせ、まばゆい金色《きんいろ》の爪《つめ》にボロボロの包《つつ》みをつかんでいる。

一瞬《いっしゅん》の後《のち》、鳥《とり》はハリーのほうにまっすぐに飛《と》んできて、運《はこ》んできたボロボロのものをハリーの足元《あしもと》に落《お》とし、その肩《かた》にずしりと止《と》まった。大《おお》きな羽《はね》をたたんで、肩《かた》に止《と》まっている鳥《とり》を、ハリーは見上《みあ》げた。長《なが》く鋭《するど》い金色《きんいろ》のくちばしに、真《ま》っ黒《くろ》な丸《まる》い目《め》が見《み》えた。

鳥《とり》は歌《うた》うのをやめ、ハリーのほおにじっとその温《あたた》かな体《からだ》を寄《よ》せてしっかりとリドルを見《み》すえた。

「不死鳥《ふしちょう》だな……」リドルは鋭《するど》い目《め》で鳥《とり》をにらみ返《かえ》した。

「**フォークスか？**」

ハリーはそっとつぶやいた。すると金色《きんいろ》の爪《つめ》が、肩《かた》を優《やさ》しくギュッとつかむのを感《かん》じた。

「そして、**それは**――」リドルがフォークスの落《お》としたぼろに目《め》をやった。

「それは古《ふる》い『組分《くみわ》け帽子《ぼうし》』だ」

そのとおりだった。継《つ》ぎはぎだらけでほつれた薄汚《うすぎたな》い帽子《ぼうし》は、ハリーの足元《あしもと》でピクリともしなかった。

リドルがまた笑《わら》いはじめた。その高笑《たかわら》いが暗《くら》い部屋《へや》にガンガン反響《はんきょう》し、まるで十人《にん》のリドルが一度《いちど》に笑《わら》っているようだった。

「ダンブルドアが送《おく》ってきた護衛《ごえい》はそんなものか！　歌《うた》い鳥《どり》に古帽子《ふるぼうし》じゃないか！　ハリー・ポッター、さぞかし心強《こころづよ》いだろう？　もう安心《あんしん》だと思《おも》うか？」

ハリーは答《こた》えなかった。フォークスや組分《くみわ》け帽子《ぼうし》が、何《なん》の役《やく》に立《た》つのかはわからなかったが、もうハリーはひとりぼっちではなかった。リドルが笑《わら》いやむのを待《ま》つうちに、ふつふつと勇気《ゆうき》がたぎってきた。

「ハリー、本題《ほんだい》に入《はい》ろうか」リドルは余裕《よゆう》たっぷりに笑《え》みを浮《う》かべている。

「二回《かい》も——君《きみ》の過去《かこ》に、僕《ぼく》にとっては未来《みらい》にだが——僕《ぼく》たちは出会《であ》った。そして二回《かい》とも僕《ぼく》は君《きみ》を殺《ころ》しそこねた。君《きみ》はどうやって生《い》き残《のこ》った？　すべて聞《き》かせてもらおうか」

そしてリドルは静《しず》かにつけ加《くわ》えた。

「長《なが》く話《はな》せば、君《きみ》はそれだけ長《なが》く生《い》きていられることになる」

ハリーはすばやく考《かんが》えをめぐらし、勝《か》つ見込《みこ》みを計算《けいさん》した。リドルは杖《つえ》を持《も》っている。ハリーにはフォークスと組分《くみわ》け帽子《ぼうし》があるが、どちらも決闘《けっとう》の役《やく》に立《た》つとは思《おも》えない。完全《かんぜん》に不利《ふり》だ。しかし、リドルがそうしてそこに立《た》っているうちに、ジニーの命《いのち》はますますすり減《へ》っていく……。

その一方《いっぽう》、リドルのりんかくがよりはっきり、そしてくっきりしてきたことにハリーは突然気《とつぜんき》がついた——自分《じぶん》とリドルとの一騎打《いっきう》ちになるなら、一刻《いっこく》も早《はや》いほうがいい——。

「君《きみ》が僕《ぼく》を襲《おそ》ったとき、どうして君《きみ》が力《ちから》を失《うしな》ったのか、誰《だれ》にもわからない」

ハリーは唐突《とうとつ》に話《はな》しはじめた。

「僕自身《ぼくじしん》もわからない。でも、なぜ君《きみ》が僕《ぼく》を殺《ころ》せなかったか、僕《ぼく》にはわかる。母《はは》が、僕《ぼく》をかばって死《し》んだからだ。母《はは》は普通《ふつう》の、マグル生《う》まれの母《はは》だ」

ハリーは、怒《いか》りをおさえつけるのにわなわな震《ふる》えていた。

「君《きみ》が僕《ぼく》を殺《ころ》すのを、母《はは》が食《く》い止《と》めたんだ。僕《ぼく》はほんとうの君《きみ》を見《み》たぞ。去年《きょねん》のことだ。落《お》ちぶれた残《ざん》がいだ。かろうじて生《い》きている。君《きみ》の力《ちから》のなれのはてだ。君《きみ》は逃《に》げ隠《かく》れしている。醜《みにく》い！汚《けが》らわしい！」

リドルの顔《かお》がゆがんだ。それから無理《むり》やり、ぞっとするような笑顔《えがお》を取《と》りつくろった。

「そうか。母親《ははおや》が君《きみ》を救《すく》うために死《し》んだ。なるほど。それは呪《のろ》いに対《たい》する強力《きょうりょく》な反対呪文《はんたいじゅもん》だ。わかったぞ――結局《けっきょく》君自身《きみじしん》には特別《とくべつ》な物《もの》は何《なに》もないわけだ。実《じつ》は何《なに》かあるのかと思《おも》っていたのだ。ハリー・ポッター、なにしろ僕《ぼく》たちには不思議《ふしぎ》と似《に》たところがある。君《きみ》も気《き》づいただろう。二人《ふたり》とも純血《じゅんけつ》ではなく、孤児《こじ》で、マグルに育《そだ》てられた。偉大《いだい》なるスリザリン様《さま》ご自身《じしん》以来《いらい》、ホグワーツに入学《にゅうがく》した生徒《せいと》の中《なか》で蛇語《へびご》を話《はな》せるのは、たった二人《ふたり》だけだろう。見《み》た目《め》もどこか似《に》ている……。しかし、僕《ぼく》の手《て》から逃《のが》れられたのは、結局《けっきょく》、幸運《こううん》だったからにすぎないのか。それだけわかれば充分《じゅうぶん》だ」

ハリーは今《いま》にもリドルが杖《つえ》を振《ふ》り上《あ》げるだろうと、体《からだ》を固《かた》くした。しかし、リドルのゆがんだ笑《わら》いはまたもや広《ひろ》がった。

「さて、ハリー。すこしもんでやろう。サラザール・スリザリンの継承者《けいしょうしゃ》、ヴォルデモート卿《きょう》の力《ちから》と、ダンブルドアがくださった精一杯《せいいっぱい》の武器《ぶき》を持《も》った、有名《ゆうめい》なハリー・ポッターとのお手合《てあ》わせを願《ねが》おうか」

リドルはフォークスと組分《くみわ》け帽子《ぼうし》をからかうように、ちらっと見《み》てその場《ば》を離《はな》れた。ハリーは感覚《かんかく》のなくなった両足《りょうあし》に恐怖《きょうふ》が広《ひろ》がっていくのを感《かん》じながら、リドルを見《み》つめた。リドルは一対《いっつい》の高《たか》い柱《はしら》の間《あいだ》で立《た》ち止《ど》まり、ずっと上《うえ》のほうで、半分暗闇《はんぶんくらやみ》に覆《おお》われているスリザリンの石像《せきぞう》の顔《かお》を見上《みあ》げた。横《よこ》に大《おお》きく口《くち》を開《ひら》くと、シューシューという音《おと》がもれた——ハリーにはリドルが何《なに》を言《い》っているのかわかった。

「**スリザリンよ。ホグワーツ四強《よんきょう》の中《なか》で最強《さいきょう》の者《もの》よ。我《われ》に話《はな》したまえ**」

ハリーは向《む》きを変《か》えて石像《せきぞう》を見上《みあ》げた。フォークスもハリーの肩《かた》の上《うえ》で揺《ゆ》れた。

スリザリンの巨大《きょだい》な石《いし》の顔《かお》が動《うご》いている。恐怖《きょうふ》に打《う》ちのめされながら、ハリーは石像《せきぞう》の口《くち》がだんだん広《ひろ》がっていき、ついに大《おお》きな黒《くろ》い穴《あな》になるのを見《み》ていた。

何《なに》かが、石像《せきぞう》の口《くち》の中《なか》でうごめいていた。何《なに》かが、奥《おく》のほうからずるずるとはい出《だ》してきた。

ハリーは「秘密《ひみつ》の部屋《へや》」の暗《くら》い壁《かべ》にぶつかるまで、あとずさりした。目《め》を固《かた》く閉《と》じたとき、フォークスが飛《と》び立《た》ち、翼《つばさ》がほおをこするのを感《かん》じた。ハリーは「僕《ぼく》を一人《ひとり》にしないで！」と叫《さけ》びたかった。しかし、蛇《へび》の王《おう》の前《まえ》で、不死鳥《ふしちょう》に勝《か》ち目《め》などあるだろうか？

何《なに》か巨大《きょだい》なものが部屋《へや》の石《いし》の床《ゆか》に落《お》ち、床《ゆか》の振動《しんどう》が伝《つた》わってきた。何《なに》が起《お》こっているのか、ハリーにはわかっていた。感覚《かんかく》でわかる。巨大《きょだい》な蛇《へび》がとぐろを解《と》きながらスリザリンの口《くち》から出《で》てくるのが目《め》に見《み》えるような気《き》がした。リドルの低《ひく》いシューッという声《こえ》が聞《き》こえてきた。

「**あいつを殺《ころ》せ**」

バジリスクがハリーに近《ちか》づいてくる。ほこりっぽい床《ゆか》をずるっずるっとずっしりした胴体《どうたい》をすべらせる音《おと》が聞《き》こえた。ハリーは目《め》をしっかり閉《と》じたまま、手《て》を伸《の》ばし、手探《てさぐ》りで横《よこ》に走《はし》って逃《に》げようとした。リドルの笑《わら》う声《こえ》がする……。

ハリーはつまずき、石《いし》の床《ゆか》でしたたかに顔《かお》を打《う》ち、口《くち》の中《なか》で血《ち》の味《あじ》がした。毒蛇《どくへび》はすぐそばまで来《き》ている。近《ちか》づく音《おと》が聞《き》こえる。

ハリーの真上《まうえ》で破裂《はれつ》するようなシャーッシャーッという大《おお》きな音《おと》がした。何《なに》か重《おも》いものがハリーにぶつかり、その強烈《きょうれつ》な衝撃《しょうげき》でハリーは壁《かべ》に打《う》ちつけられた。今《いま》にも毒牙《どくが》が体《からだ》にズブリと突《つ》き刺《さ》さるかと覚悟《かくご》したとき、ハリーの耳《みみ》に荒《あ》れ狂《くる》うシューシューという音《おと》と、のた打《う》ち回《まわ》って、柱《はしら》をたたきつける音《おと》が聞《き》こえた。

もうがまんできなかった。ハリーはできるだけ細《ほそ》く目《め》を開《あ》け、何《なに》が起《お》こっているのか見《み》ようとした。

巨大《きょだい》な蛇《へび》だ。テラテラと毒々《どくどく》しい緑色《みどりいろ》の、樫《かし》の木《き》のように太《ふと》い胴体《どうたい》を、高々《たかだか》と宙《ちゅう》にくねらせ、その巨大《きょだい》な鎌首《かまくび》は酔《よ》ったように柱《はしら》と柱《はしら》の間《あいだ》をぬって動《うご》き回《まわ》っていた。ハリーは身震《みぶる》いし、蛇《へび》がこちらを見《み》たら、すぐに目《め》をつぶろうと身構《みがま》えた。その時《とき》、ハリーは何《なに》が蛇《へび》の気《き》をそらせていたのかを見《み》た。

フォークスが、蛇《へび》の鎌首《かまくび》の周《まわ》りを飛《と》び回《まわ》り、バジリスクはサーベルのように長《なが》く鋭《するど》い毒牙《どくが》で激《はげ》しく何度《なんど》も空《くう》をかんでいた。

フォークスが急降下《きゅうこうか》した。長《なが》い金色《きんいろ》のくちばしが何《なに》かにズブリと突《つ》き刺《さ》さり、急《きゅう》に見《み》えなくなった。そのとたん、どす黒《ぐろ》い血《ち》が噴《ふ》き出《だ》しボタボタと床《ゆか》に降《ふ》り注《そそ》いだ。毒蛇《どくへび》の尾《お》がのたうち、危《あや》うくハリーを打《う》ちそうになった。目《め》を閉《と》じる間《ま》もなく蛇《へび》はこちらを振《ふ》り向《む》いた。ハリーは真《ま》正面《しょうめん》から蛇《へび》の頭《あたま》を——そして、その目《め》を見《み》た。大《おお》きな黄色《きいろ》い球《たま》のような目《め》は、両眼《りょうがん》とも不死鳥《ふしちょう》につぶされていた。おびただしい血《ち》が床《ゆか》に流《なが》れ、バジリスクは苦痛《くつう》にのたうち回《まわ》っていた。

「**ちがう！**」リドルが叫《さけ》ぶ声《こえ》が聞《き》こえた。「**鳥《とり》にかまうな！　ほっておけ！　小僧《こぞう》は後《うし》ろだ！　臭《にお》いでわかるだろう！　殺《ころ》せ！**」

盲目《もうもく》の蛇《へび》は混乱《こんらん》して、ふらふらしてはいたが、まだ危険《きけん》だった。フォークスが蛇《へび》の頭上《ずじょう》を輪《わ》を描《えが》きながら飛《と》び、不思議《ふしぎ》な旋律《せんりつ》を歌《うた》いながら、バジリスクのうろこで覆《おお》われた鼻面《はなづら》をあちこちつついた。バジリスクのつぶれた目《め》からは、ドクドクと血《ち》が流《なが》れ続《つづ》けていた。

「助《たす》けて。助《たす》けて。誰《だれ》か、誰《だれ》か！」ハリーは夢中《むちゅう》で口走《くちばし》った。バジリスクの尾《お》が、また大《おお》きく一振《ひとふ》りして床《ゆか》の上《うえ》を掃《は》いた。ハリーが身《み》をかわしたその時《とき》、何《なに》かやわらかいものがハリーの顔《かお》に当《あ》たった。

バジリスクの尾《お》が、組分《くみわ》け帽子《ぼうし》を吹《ふ》き飛《と》ばしてハリーの腕《うで》に放《ほう》ってよこしたのだ。ハリーはそれをしっかりつかんだ。もうこれしか残《のこ》されていない。最後《さいご》の頼《たの》みの綱《つな》だ。ハリーは「帽子《ぼうし》」をぐいっとかぶり、床《ゆか》にぴったりと身《み》を伏《ふ》せた。その頭上《ずじょう》を掃《は》くように、バジリスクの尾《お》がまた通《とお》り過《す》ぎた。

「助《たす》けて……助《たす》けて……」

帽子《ぼうし》の中《なか》でしっかりと目《め》を閉《と》じ、ハリーは祈《いの》った。

「お願《ねが》い、助《たす》けて」

答《こた》えはなかった。しかし、誰《だれ》かの見《み》えない手《て》がギュッとしぼったかのように、帽子《ぼうし》が縮《ちぢ》んだ。固《かた》くてずしりと重《おも》いものがハリーの頭《あたま》のてっぺんに落《お》ちてきた。ハリーは危《あや》うく気《き》を失《うしな》いそうになり、目《め》から火花《ひばな》を飛《と》ばしながら、帽子《ぼうし》のてっぺんをつかんでぐいっと脱《ぬ》いだ。長《なが》くて固《かた》い何《なに》かが手《て》に触《ふ》れた。

帽子《ぼうし》の中《なか》から、まばゆい光《ひかり》を放《はな》つ銀《ぎん》の剣《つるぎ》が出《で》てきた。柄《つか》には卵《たまご》ほどもあるルビーがいくつも輝《かがや》いている。

「**小僧《こぞう》を殺《ころ》せ！　鳥《とり》にかまうな！　小僧《こぞう》はすぐ後《うし》ろだ！　臭《にお》いだ――かぎだせ！**」

ハリーはすっくと立《た》って身構《みがま》えた。バジリスクは胴体《どうたい》をハリーのほうにひねりながら柱《はしら》をたたきつけ、とぐろをくねらせながら鎌首《かまくび》をもたげた。バジリスクの頭《あたま》がハリー目《め》がけて落《お》ちてくる。巨大《きょだい》な両眼《りょうがん》から血《ち》を流《なが》しているのが見《み》える。丸《まる》ごとハリーを飲《の》み込《こ》むほど大《おお》きく口《くち》をカッと開《あ》けているのが見《み》える。ずらりと並《なら》んだ、ハリーの剣《つるぎ》ほど長《なが》い鋭《するど》い牙《きば》が、ぬめぬめと毒々《どくどく》しく光《ひか》って……。

バジリスクがやみくもにハリーに襲《おそ》いかかってきた。ハリーは危《あや》うくかわし、蛇《へび》は壁《かべ》にぶつかった。再《ふたた》び襲《おそ》ってきた。今度《こんど》は、裂《さ》けた舌先《したさき》がハリーの脇腹《わきばら》に打《う》ち当《あ》たった。ハリーは諸手《もろて》で剣《つるぎ》を、高々《たかだか》と掲《かか》げた。

三度目《どめ》の攻撃《こうげき》は、狙《ねら》いたがわず、まともにハリーをとらえていた。ハリーは全体重《ぜんたいじゅう》を剣《つるぎ》に乗《の》せ、剣《つるぎ》のつばまで届《とど》くほど深《ふか》く、毒蛇《どくへび》の口《くち》にズブリと突《つ》き刺《さ》した。

生暖《なまあたた》かい血《ち》がハリーの両腕《りょううで》をどっぷりとぬらしたとたん、ひじのすぐ上《うえ》に焼《や》けつくような痛《いた》みが走《はし》った。長《なが》い毒牙《どくが》が一本《ぽん》、ハリーの腕《うで》に突《つ》き刺《さ》さり、徐々《じょじょ》に深《ふか》く食《く》い込《こ》んでいくところだった。バジリスクはドッと横《よこ》ざまに倒《たお》れ、毒牙《どくが》はハリーの腕《うで》に刺《さ》さったまま折《お》れた。毒蛇《どくへび》は床《ゆか》に伸《の》びてヒクヒクとけいれんしていた。

ハリーは壁《かべ》にもたれたまま、ずるずると崩《くず》れ落《お》ちた。体中《からだじゅう》に毒《どく》をまき散《ち》らしている牙《きば》をしっかりつかみ、力《ちから》のかぎりぐいっと引《ひ》き抜《ぬ》いた。しかし、もう遅過《おそす》ぎることはわかっていた。傷口《きずぐち》からずきずきと、灼熱《しゃくねつ》の痛《いた》みがゆっくり、しかし確実《かくじつ》に広《ひろ》がっていった。牙《きば》を捨《す》て、ローブが自《じ》分《ぶん》の血《ち》で染《そ》まっていくのを見《み》つめたときから、もうハリーの目《め》はかすみはじめていた。「秘密《ひみつ》の部屋《へや》」がぼんやりした暗色《あんしょく》の渦《うず》の中《なか》に消《き》え去《さ》りつつあった。

真紅《しんく》の影《かげ》がすっと横切《よこぎ》った。そしてハリーのかたわらでカタカタと静《しず》かな爪《つめ》の音《おと》が聞《き》こえた。

「フォークス」ハリーはもつれる舌《した》でつぶやいた。

「君《きみ》はすばらしかったよ、フォークス」

毒蛇《どくへび》の牙《きば》が貫《つらぬ》いた腕《うで》の傷《きず》に、フォークスがその美《うつく》しい頭《かしら》を預《あず》けるのをハリーは感《かん》じた。

足音《あしおと》が響《ひび》くのが聞《き》こえ、ハリーの前《まえ》に暗《くら》い影《かげ》が立《た》った。

「ハリー・ポッター、君《きみ》は死《し》んだ」上《うえ》のほうからリドルの声《こえ》がした。

「死《し》んだ。ダンブルドアの鳥《とり》にさえそれがわかるらしい。鳥《とり》が何《なに》をしているか、見《み》えるかい？泣《な》いているよ」

ハリーは瞬《まばた》きした。フォークスの頭《かしら》が一瞬《いっしゅん》はっきり見《み》え、すぐまたぼやけた。真珠《しんじゅ》のような涙《なみだ》がポロポロと、そのつややかな羽毛《うもう》を伝《つた》って滴《したた》り落《お》ちていた。

「ハリー・ポッター、僕《ぼく》はここに座《すわ》って、君《きみ》の臨終《りんじゅう》を見物《けんぶつ》させてもらおう。ゆっくりやってくれ。僕《ぼく》は急《いそ》ぎはしない」

ハリーは眠《ねむ》かった。周《まわ》りのものがすべてくるくると回《まわ》っているようだった。

「これで有名《ゆうめい》なハリー・ポッターもおしまいだ」遠《とお》くのほうでリドルの声《こえ》がする。

「たった一人《ひとり》、『秘密《ひみつ》の部屋《へや》』で、友人《ゆうじん》にも見捨《みす》てられ、愚《おろ》かにも挑戦《ちょうせん》した闇《やみ》の帝王《ていおう》に、ついに敗北《はいぼく》して。もうすぐ、『穢《けが》れた血《ち》』の恋《こい》しい母親《ははおや》の元《もと》に戻《もど》れるよ、ハリー……。君《きみ》の命《いのち》を、十二年延《ねんの》ばしただけだった母親《ははおや》に……。しかし、ヴォルデモート卿《きょう》は結局《けっきょく》君《きみ》の息《いき》の根《ね》を止《と》めた。そうなることは、君《きみ》もわかっていたはずだ」

――これが死《し》ぬということなら、そんなに悪《わる》くない――ハリーは思《おも》った。痛《いた》みさえ薄《うす》らいでいく……。

――しかし、これが死《し》ぬということなのか？ ――真《ま》っ暗闇《くらやみ》になるどころか、「秘密《ひみつ》の部屋《へや》」がまたはっきりと見《み》えだした。ハリーは頭《あたま》を振《ふ》ってみた。フォークスがそこにいた。ハリーの腕《うで》にその頭《かしら》を休《やす》めたままだ。傷口《きずぐち》の周《まわ》りが、ぐるりと真珠《しんじゅ》のような涙《なみだ》で覆《おお》われていた――しかも、その傷《きず》さえ消《き》えている。

「鳥《とり》め、どけ」突然《とつぜん》リドルの声《こえ》がした。

「そいつから離《はな》れろ。聞《き》こえないのか。どけ！」

ハリーが頭《あたま》を起《お》こすと、リドルがハリーの杖《つえ》をフォークスに向《む》けていた。鉄砲《てっぽう》のようなバーンという音《おと》がして、フォークスは金色《きんいろ》と真紅《しんく》の輪《わ》を描《えが》きながら、再《ふたた》び舞《ま》い上《あ》がった。

「不死鳥《ふしちょう》の涙《なみだ》……」リドルが、ハリーの腕《うで》をじっと見《み》つめながら低《ひく》い声《こえ》で言《い》った。

「そうだ……いやしの力《ちから》……忘《わす》れていた……」リドルはハリーの顔《かお》をじっと見《み》た。

「しかし、結果《けっか》は同《おな》じだ。むしろこのほうがいい。一対《たい》一だ。ハリー・ポッター……二人《ふたり》だけの勝負《しょうぶ》だ……」

リドルが杖《つえ》を振《ふ》り上《あ》げた。

すると、激《はげ》しい羽音《はおと》とともに、フォークスが頭上《ずじょう》に舞《ま》い戻《もど》って、ハリーのひざに何《なに》かをポトリと落《お》とした――日記《にっき》だ。

ほんの一瞬《いっしゅん》、ハリーも杖《つえ》を振《ふ》り上《あ》げたままのリドルも、日記《にっき》を見《み》つめた。そして、何《なに》も考《かんが》えず、ためらいもせず、まるで初《はじ》めからそうするつもりだったかのように、ハリーはそばに落《お》ちていたバジリスクの牙《きば》をつかみ、日記帳《にっきちょう》の真芯《ましん》にズブリと突《つ》き立《た》てた。

恐《おそ》ろしい、耳《みみ》をつんざくような悲鳴《ひめい》が長々《ながなが》と響《ひび》いた。日記帳《にっきちょう》からインクが激流《げきりゅう》のようにほとばしり、ハリーの手《て》の上《うえ》を流《なが》れ、床《ゆか》を浸《ひた》した。リドルは身《み》をよじり、もだえ、悲鳴《ひめい》を上《あ》げながらのたうち回《まわ》って……消《き》えた。

ハリーの杖《つえ》が床《ゆか》に落《お》ちてカタカタと音《おと》をたて、そして静寂《せいじゃく》が訪《おとず》れた。インクが日記帳《にっきちょう》からしみ出《だ》し、ポタッポタッと落《お》ち続《つづ》ける音《おと》だけが静《しず》けさを破《やぶ》っていた。バジリスクの猛毒《もうどく》が、日記帳《にっきちょう》の真《ま》ん中《なか》を貫《つらぬ》いて、ジュウジュウと焼《や》けただれた穴《あな》を残《のこ》していた。

体中《からだじゅう》を震《ふる》わせ、ハリーはやっと立《た》ち上《あ》がった。煙突飛行粉《フルーパウダー》で、何《なん》キロも旅《たび》をしたあとのようにくらくらしていた。ゆっくりとハリーは杖《つえ》を拾《ひろ》い、組分《くみわ》け帽子《ぼうし》を拾《ひろ》い、そして満身《まんしん》の力《ちから》で、バジリスクの上《うわ》あごを貫《つらぬ》いていたまばゆい剣《つるぎ》を引《ひ》き抜《ぬ》いた。

「秘密《ひみつ》の部屋《へや》」の隅《すみ》のほうからかすかなうめき声《ごえ》が聞《き》こえてきた。ジニーが動《うご》いていた。ハリーがかけ寄《よ》ると、ジニーは身《み》を起《お》こした。とろんとした目《め》で、ジニーはバジリスクの巨大《きょだい》な死《し》がいを見《み》、ハリーを見《み》、血《ち》に染《そ》まったハリーのローブに目《め》をやった。そしてハリーの手《て》にある日記《にっき》を見《み》た。とたんにジニーは身震《みぶる》いして大《おお》きく息《いき》をのんだ。それから涙《なみだ》がどっとあふれた。

「ハリー――あぁ、ハリー――あたし、朝食《ちょうしょく》のときあなたに打《う》ち明《あ》けようとしたの。でも、パーシーの前《まえ》では、い、言《い》えなかった。ハリー、あたしがやったの――でも、あたし――そ、そんなつもりじゃなかった。う、うそじゃないわ――リ、リドルがやらせたの。あたしに乗《の》り移《うつ》ったの――そして――いったいどうやってあれをやっつけたの――あんなすごいものを？　リドルは、ど、どこ？　リドルが日記帳《にっきちょう》から出《で》てきて、そのあとのことは、お、覚《おぼ》えていないわ――」

「もう大丈夫《だいじょうぶ》だよ」

ハリーは日記《にっき》を持《も》ち上《あ》げ、その真《ま》ん中《なか》の毒牙《どくが》で焼《や》かれた穴《あな》を、ジニーに見《み》せた。

「リドルはおしまいだ。見《み》てごらん！　リドル、それにバジリスクもだ。おいで、ジニー。早《はや》くここを出《で》よう――」

「あたし、退学《たいがく》になるわ！」

ハリーはさめざめと泣《な》くジニーを、ぎこちなく支《ささ》えて立《た》ち上《あ》がらせた。

「あたし、ビ、ビルがホグワーツに入《はい》ってからずっと、この学校《がっこう》に入《はい》るのを楽《たの》しみにしていたのに、も、もう退学《たいがく》になるんだわ――パパやママが、な、何《なん》て言《い》うかしら？」

フォークスが入口《いりぐち》の上《うえ》を浮《う》かぶように飛《と》んで、二人《ふたり》を待《ま》っていた。ハリーはジニーをうながして歩《ある》かせ、死《し》んで動《うご》かなくなったバジリスクのとぐろを乗《の》り越《こ》え、薄暗《うすくら》がりに足音《あしおと》を響《ひび》かせ、トンネルへと戻《もど》ってきた。背後《はいご》で石《いし》の扉《とびら》が、シューッと低《ひく》い音《おと》を立《た》てて閉《と》じるのが聞《き》こえた。

暗《くら》いトンネルを数分歩《すうふんある》くと、遠《とお》くのほうからゆっくりと岩《いわ》がずれ動《うご》く音《おと》が聞《き》こえてきた。

「ロン！」ハリーは足《あし》を速《はや》めながら叫《さけ》んだ。「ジニーは無事《ぶじ》だ！　ここにいるよ！」

ロンが、胸《むね》の詰《つ》まったような歓声《かんせい》を上《あ》げるのが聞《き》こえた。二人《ふたり》は次《つぎ》の角《かど》を曲《ま》がった。崩《くず》れ落《お》ちた岩《いわ》の間《あいだ》に、ロンが作《つく》った、かなり大《おお》きなすき間《ま》のむこうから、待《ま》ちきれないようなロンの顔《かお》がのぞいていた。

「ジニー!」ロンがすき間《ま》から腕《うで》を突《つ》き出《だ》して、最初《さいしょ》にジニーを引《ひ》っ張《ぱ》った。

「生《い》きてたのか! 夢《ゆめ》じゃないだろうな! いったい何《なに》があったんだ?」

ロンが抱《だ》きしめようとすると、ジニーはしゃくりあげ、ロンを寄《よ》せつけなかった。

「でも、ジニー、もう大丈夫《だいじょうぶ》だよ」ロンがニッコリ笑《わら》いかけた。

「もう終《お》わったんだよ、もう――あの鳥《とり》はどっから来《き》たんだい?」

フォークスがジニーのあとからすきまをスイーッとくぐって現《あらわ》れた。

「ダンブルドアの鳥《とり》だ」ハリーが狭《せま》いすきまをくぐり抜《ぬ》けながら答《こた》えた。

「それに、どうして剣《つるぎ》なんか持《も》ってるんだ?」

ロンはハリーの手《て》にしたまばゆい武器《ぶき》をまじまじと見《み》つめた。

「ここを出《で》てから説明《せつめい》するよ」ハリーはジニーのほうをちらっと横目《よこめ》で見《み》ながら言《い》った。

「でも――」

「あとにして」ハリーが急《いそ》いで言《い》った。

誰《だれ》が「秘密《ひみつ》の部屋《へや》」を開《あ》けたのかを、今《いま》、ロンに話《はな》すのは好《この》ましくないと思《おも》ったし、いずれにしても、ジニーの前《まえ》では言《い》わないほうがよいと考《かんが》えたのだ。

「ロックハートはどこ？」

「あっちのほうだ」

ロンはニヤッとして、トンネルからパイプへと向《む》かう道筋《みちすじ》をあごでしゃくった。

「調子《ちょうし》が悪《わる》くてね。来《き》て見《み》てごらん」

フォークスの広《ひろ》い真紅《しんく》の翼《つばさ》が闇《やみ》に放《はな》つ、柔《やわ》らかな金色《きんいろ》の光《ひかり》に導《みちび》かれ、三人《にん》はパイプの出口《でぐち》のところまで引《ひ》き返《かえ》した。ギルデロイ・ロックハートが一人《ひとり》でおとなしく鼻歌《はなうた》を歌《うた》いながらそこに座《すわ》っていた。

「記憶《きおく》をなくしてる。『忘却術《ぼうきゃくじゅつ》』が逆噴射《ぎゃくふんしゃ》して、僕《ぼく》たちでなく自分《じぶん》にかかっちゃったんだ。自分《じぶん》が誰《だれ》なのか、今《いま》どこにいるのか、僕《ぼく》たちが誰《だれ》なのか、チンプンカンプンさ。ここに来《き》て待《ま》ってるように言《い》ったんだ。この状態《じょうたい》で一人《ひとり》で放《ほう》っておくと、けがしたりして危《あぶ》ないからね」

ロックハートは人《ひと》のよさそうな顔《かお》で、闇《やみ》をすかすようにして三人《にん》を見上《みあ》げた。

「やあ、なんだか変《か》わったところだね。ここに住《す》んでいるの？」ロックハートが聞《き》いた。

「いや」ロンはハリーのほうにちょっと眉《まゆ》を上《あ》げて目配《めくば》せした。

ハリーはかがんで、上《うえ》に伸《の》びる長《なが》く暗《くら》いパイプを見上《みあ》げた。

「どうやって上《うえ》まで戻《もど》るか、考《かんが》えてた？」ハリーが聞《き》いた。

ロンは首《くび》を横《よこ》に振《ふ》った。すると、不死鳥《ふしちょう》のフォークスがすうっとハリーの後《うし》ろから飛《と》んできて、ハリーの前《まえ》に先回《さきまわ》りして羽《はね》をパタパタいわせた。丸《まる》い賢《かしこ》そうな目《め》が闇《やみ》に明《あか》るく輝《かがや》いている。長《なが》い金色《きんいろ》の尾羽《おばね》を振《ふ》っている。ハリーはポカンとしてフォークスを見《み》た。

「つかまれって言《い》ってるように見《み》えるけど……」ロンが当惑《とうわく》した顔《かお》をした。

「でも鳥《とり》が上《うえ》まで引《ひ》っ張《ぱ》り上《あ》げるには、君《きみ》は重《おも》すぎるな」

「フォークスは普通《ふつう》の鳥《とり》じゃない」ハリーはハッとしてみんなに言《い》った。

「みんなで手《て》をつながなきゃ。ジニー、ロンの手《て》につかまって。ロックハート先生《せんせい》は――」

「君《きみ》のことだよ」ロンが強《つよ》い口調《くちょう》でロックハートに言《い》った。

「先生《せんせい》は、ジニーの空《あ》いてるほうの手《て》につかまって」

ハリーは剣《つるぎ》と組分《くみわ》け帽子《ぼうし》をベルトに挟《はさ》んだ。ロンは、ハリーのローブの背中《せなか》のところにつかまり、ハリーは手《て》を伸《の》ばして、フォークスの不思議《ふしぎ》に熱《あつ》い尾羽《おばね》をしっかりつかんだ。

全身《ぜんしん》が異常《いじょう》に軽《かる》くなったような気《き》がした。次《つぎ》の瞬間《しゅんかん》、ヒューッと風《かぜ》を切《き》って、四人《にん》はパイプの中《なか》を上《うえ》に向《む》かって飛《と》んでいた。下《した》のほうにぶら下《さ》がっているロックハートが、「すごい！　すごい！　まるで魔法《まほう》のようだ！」と驚《おどろ》く声《こえ》がハリーに聞《き》こえてきた。ひんやりした空気《くうき》がハリーの髪《かみ》を打《う》った。ゆっくり楽《たの》しむ間《ま》もなく、飛行《ひこう》はすぐに終《お》わった――四人《にん》は嘆《なげ》きのマートルのトイレの湿《しめ》った床《ゆか》に着地《ちゃくち》した。ロックハートが帽子《ぼうし》をまっすぐにかぶりなおしている間《あいだ》に、パイプを覆《おお》い隠《かく》していた手洗《てあら》い台《だい》がするすると元《もと》の位置《いち》に戻《もど》った。

マートルがじろじろと四人《にん》を見《み》た。

「生《い》きてるの」マートルはポカンとしてハリーに言《い》った。

「そんなにがっかりした声《こえ》を出《だ》さなくてもいいじゃないか」

ハリーは、めがねについた血《ち》やべとべとをぬぐいながら、真顔《まがお》で言《い》った。

「あぁ……わたし、ちょうど考《かんが》えてたの。もしあんたが死《し》んだら、わたしのトイレに一緒《いっしょ》に住《す》んでもらったらうれしいって」

マートルはほおをポッと銀色《ぎんいろ》に染《そ》めた。

「ウヘー！」トイレから出《で》て、暗《くら》い人気《ひとけ》のない廊下《ろうか》に立《た》ったとき、ロンが言《い》った。

「ハリー、マートルは君《きみ》に熱《ねつ》を上《あ》げてるぜ！　ジニー、ライバルだ！」

しかし、ジニーは声《こえ》も立《た》てずに、まだボロボロ涙《なみだ》を流《なが》していた。

「さあ、どこへ行《い》く？」

ジニーを心配《しんぱい》そうに見《み》ながら、ロンが言《い》った。ハリーは指《ゆび》で示《しめ》した。フォークスが金色《きんいろ》の光《ひかり》を放《はな》って、廊下《ろうか》を先導《せんどう》していた。四人《にん》は急《いそ》ぎ足《あし》でフォークスに従《したが》った。まもなくマクゴナガル先生《せんせい》の部屋《へや》の前《まえ》に出《で》た。

ハリーはノックして、ドアを押《お》し開《ひら》いた。

第《だい》18章《しょう》　ドビーのごほうび

ハリー、ロン、ジニー、ロックハートが、泥《どろ》まみれのねとねとで（ハリーはその上血《ち》まみれで）戸口《とぐち》に立《た》つと、一瞬《いっしゅん》沈黙《ちんもく》が流《なが》れた。そして叫《さけ》び声《ごえ》が上《あ》がった。

「ジニー！」

ウィーズリー夫人《ふじん》だった。暖炉《だんろ》の前《まえ》に座《すわ》りこんで泣《な》き続《つづ》けていたウィーズリー夫人《ふじん》が、飛《と》び上《あ》がってジニーにかけ寄《よ》り、ウィーズリー氏《し》もすぐあとに続《つづ》いた。二人《ふたり》は娘《むすめ》に飛《と》びついて抱《だ》きしめた。

しかし、ハリーの目《め》は、ウィーズリー親子《おやこ》を通《とお》り越《こ》したむこうを見《み》ていた。ダンブルドア先生《せんせい》が暖炉《だんろ》のそばにマクゴナガル先生《せんせい》と並《なら》んで立《た》ち、ニッコリしている。マクゴナガル先生《せんせい》は胸《むね》を押《お》さえて、すうっと大《おお》きく深呼吸《しんこきゅう》し、落《お》ち着《つ》こうとしていた。フォークスはハリーの耳元《みみもと》をヒュッとかすめ、ダンブルドアの肩《かた》にとまった。それと同時《どうじ》に、ハリーもロンもウィーズリー夫人《ふじん》にきつく抱《だ》きしめられていた。

「あなたたちがあの子を助《たす》けてくれた！　あの子《こ》の命《いのち》を！　どうやって助《たす》けたの？」

「私《わたくし》たち全員《ぜんいん》がそれを知《し》りたいと思《おも》っていますよ」マクゴナガル先生《せんせい》がぽつりと言《い》った。

ウィーズリー夫人《ふじん》がハリーから腕《うで》を離《はな》した。ハリーはちょっとためらったが、マクゴナガル先《せん》生《せい》の机《つくえ》まで歩《ある》いていき、組分《くみわ》け帽子《ぼうし》とルビーのちりばめられた剣《つるぎ》、それにリドルの日記《にっき》の残《ざん》がいをその上《うえ》に置《お》いた。

ハリーは一部始終《いちぶしじゅう》を語《かた》りはじめた。十五分《ふん》も話《はな》したろうか、聞《き》き手《て》は魅《み》せられたようにシーンとして聞《き》き入《い》った。姿《すがた》なき声《こえ》を聞《き》いたこと、それが水道管《すいどうかん》の中《なか》を通《とお》るバジリスクだと、ハーマイオニーがついに気《き》づいたこと、ロンと二人《ふたり》でクモを追《お》って森《もり》に入《はい》ったこと、アラゴグが、バジリスクの最後《さいご》のぎせい者《しゃ》がどこで死《し》んだかを話《はな》してくれたこと、嘆《なげ》きのマートルがそのぎせい者《しゃ》ではないか、そして、トイレのどこかに、「秘密《ひみつ》の部屋《へや》」の入口《いりぐち》があるのではないかとハリーが考《かんが》えたこと……。

「そうでしたか」

マクゴナガル先生《せんせい》は、ハリーがちょっと息《いき》を継《つ》いだときに、先《さき》をうながすように言《い》った。

「それで入口《いりぐち》を見《み》つけたわけですね――その間《あいだ》、約《やく》百もの校則《こうそく》を粉々《こなごな》に破《やぶ》ったと言《い》っておきましょう――でもポッター、一体全体《いったいぜんたい》どうやって、全員生《ぜんいんい》きてその部屋《へや》を出《で》られたというのですか？」

さんざん話《はな》して声《こえ》がかすれてきたが、ハリーは話《はなし》を続《つづ》けた。フォークスがちょうどよい時《とき》に現《あらわ》れたこと、組分《くみわ》け帽子《ぼうし》が、剣《つるぎ》をハリーにくれたこと。しかし、ここでハリーは言葉《ことば》をとぎらせた。それまではリドルの日記《にっき》のこと――ジニーのこと――に触《ふ》れないようにしてきた。ジニーは、ウィーズリーおばさんの肩《かた》に頭《あたま》をもたせかけて立《た》っている。まだ涙《なみだ》がポロポロと静《しず》かにほおを伝《つた》って落《お》ちていた――ジニーが退学《たいがく》させられたらどうしよう？　混乱《こんらん》した頭《あたま》でハリーは考《かんが》えた。リドルの日記《にっき》はもう何《なに》もできない……。ジニーがやったことは、リドルがやらせていたのだと、どうやって証明《しょうめい》できるだろう？

本能的《ほんのうてき》に、ハリーはダンブルドアを見《み》た。ダンブルドアがかすかにほほえみ、暖炉《だんろ》の火《ひ》が、半《はん》月形《げつがた》のめがねにチラチラと映《うつ》った。

「わしが一番興味《いちばんきょうみ》があるのは」ダンブルドアがやさしく言《い》った。

「ヴォルデモート卿《きょう》が、どうやってジニーに魔法《まほう》をかけたかということじゃな。わしの個人的《こじんてき》情報《じょうほう》によれば、ヴォルデモートは、現在《げんざい》アルバニアの森《もり》に隠《かく》れているらしいが」

――よかった――温《あたた》かい、すばらしい、うねるような安堵感《あんどかん》が、ハリーの全身《ぜんしん》を包《つつ》んだ。

「な、なんですって？」ウィーズリー氏《し》がキョトンとした声《こえ》を上《あ》げた。

「『例《れい》のあの人《ひと》』が？　ジニーに、ま、魔法《まほう》をかけたと？　でも、ジニーはそんな……ジニーはこれまでそんな……それともほんとうに？」

「この日記《にっき》だったんです」

ハリーは急《いそ》いでそう言《い》うと、日記《にっき》を取《と》り上《あ》げ、ダンブルドアに見《み》せた。

「リドルは十六歳《さい》のときに、これを書《か》きました」

ダンブルドアはハリーの手《て》から日記《にっき》を取《と》り、長《なが》い折《お》れ曲《ま》がった鼻《はな》の上《うえ》から日記《にっき》を見下《みお》ろし、焼《や》け焦《こ》げ、ブヨブヨになったページを熱心《ねっしん》に眺《なが》め回《まわ》した。

「見事《みごと》じゃ」ダンブルドアが静《しず》かに言《い》った。

「たしかに、彼《かれ》はホグワーツ始《はじ》まって以来《いらい》の最高《さいこう》の秀才《しゅうさい》だったと言《い》えるじゃろう」

次《つぎ》にダンブルドアは、さっぱりわからないという顔《かお》をしているウィーズリー一家《いっか》のほうに向《む》きなおった。

「ヴォルデモート卿《きょう》が、かつてトム・リドルと呼《よ》ばれていたことを知《し》る者《もの》は、ほとんどいない。わし自身《じしん》が五十年前《ねんまえ》、ホグワーツでトムを教《おし》えた。卒業後《そつぎょうご》、トムは消《き》えてしまった……遠《とお》くへ。そしてあちこちへ旅《たび》をした……闇《やみ》の魔術《まじゅつ》にどっぷりと沈《しず》み込《こ》み、魔法界《まほうかい》で最《もっと》も好《この》ましからざる者《もの》たちと交《まじ》わり、危険《きけん》な変身《へんしん》を何度《なんど》もへて、ヴォルデモート卿《きょう》として再《ふたた》び姿《すがた》を現《あらわ》したときには、昔《むかし》の面影《おもかげ》はまったくなかった。あの聡明《そうめい》でハンサムな少年《しょうねん》、かつてここで首席《しゅせき》だった子《こ》を、ヴォルデモート卿《きょう》と結《むす》びつけて考《かんが》える者《もの》は、ほとんどいなかった。

「でも、ジニーが」ウィーズリー夫人《ふじん》が聞《き》いた。

「うちのジニーが、その――**その人《ひと》と**――何《なん》の関係《かんけい》が？」

「その人《ひと》の、に、日記《にっき》なの！」ジニーがしゃくりあげた。「あたし、いつもその日記《にっき》に、か、書《か》いていたの。そしたら、その人《ひと》が、あたしに今学期中《こんがっきちゅう》ずっと、返事《へんじ》をくれたの――」

「**ジニー！**」ウィーズリー氏《し》が仰天《ぎょうてん》して叫《さけ》んだ。

「パパはおまえに、**何《なん》にも**教《おし》えてなかったというのかい？　パパがいつも言《い》ってただろう？　**脳《のう》みそがどこにあるか見《み》えないのに**、一人《ひとり》で勝手《かって》に考《かんが》えることができるものは信用《しんよう》しちゃいけないって、教《おし》えただろう？　どうして日記《にっき》をパパかママに見《み》せなかったの？　そんなあやしげなものには、闇《やみ》の魔術《まじゅつ》が詰《つ》まっていることが**はっきり**しているのに！」

「あたし、し、知《し》らなかった」ジニーがまたしゃくりあげた。「ママが準備《じゅんび》してくれた本《ほん》の中《なか》にこれがあったの。あたし、誰《だれ》かがそこに置《お》いていって、すっかり忘《わす》れてしまったんだろうって、そ、そう思《おも》った……」

「ミス・ウィーズリーはすぐに医務室《いむしつ》に行《い》きなさい」

ダンブルドアが、きっぱりした口調《くちょう》でジニーの話《はなし》を中断《ちゅうだん》した。

「かくな試練《しれん》じゃったろう。処罰《しょばつ》はなし。もっと年上《としうえ》の、もっと賢《かしこ》い魔法使《まほうつか》いでさえ、ヴォルデモート卿《きょう》にたぶらかされてきたのじゃ」

ダンブルドアはツカツカと出口《でぐち》まで歩《ある》いていって、ドアを開《あ》けた。

「安静《あんせい》にして、それに、熱《あつ》い湯気《ゆげ》の出《で》るようなココアをマグカップ一杯《いっぱい》飲《の》むがよい。わしはいつもそれで元気《げんき》が出《で》る」

ダンブルドアはキラキラ輝《かがや》く目《め》で優《やさ》しくジニーを見下《みお》ろしていた。

「マダム・ポンフリーはまだ起《お》きておる。マンドレイクのジュースをみんなに飲《の》ませたところでな――きっと、バジリスクのぎせい者《しゃ》たちが、今《いま》にも目《め》を覚《さ》ますじゃろう」

「じゃ、ハーマイオニーは大丈夫《だいじょうぶ》なんだ！」ロンがうれしそうに言《い》った。

「回復不能《かいふくふのう》の傷害《しょうがい》は何《なに》もなかった」ダンブルドアが答《こた》えた。

ウィーズリー夫人《ふじん》がジニーを連《つ》れて出《で》ていった。ウィーズリー氏《し》も、まだ動揺《どうよう》がやまない様子《ようす》だったが、あとに続《つづ》いた。

「のう、ミネルバ」ダンブルドアが、マクゴナガル先生《せんせい》に向《む》かって考《かんが》え深《ぶか》げに話《はな》しかけた。

「これは一つ、盛大《せいだい》に祝宴《しゅくえん》をもよおす価値《かち》があると思《おも》うんじゃが。キッチンにそのことを知《し》らせに行《い》ってはくれまいか？」

「わかりました」マクゴナガル先生《せんせい》はきびきびと答《こた》え、ドアのほうに向《む》かった。

「ポッターとウィーズリーの処置《しょち》は先生《せんせい》にお任《まか》せしてよろしいですね？」

「もちろんじゃ」ダンブルドアが答《こた》えた。

マクゴナガル先生《せんせい》もいなくなり、ハリーとロンは不安《ふあん》げにダンブルドア先生《せんせい》を見《み》つめた。

――マクゴナガル先生《せんせい》が「**処置《しょち》は任《まか》せる**」って、どういう意味《いみ》なんだろう？　まさか――まさか――僕《ぼく》たち処罰《しょばつ》されるなんてことはないだろうな？

「わしの記憶《きおく》では、君《きみ》たちがこれ以上校則《いじょうこうそく》を破《やぶ》ったら、二人《ふたり》を退校処分《たいこうしょぶん》にせざるをえないと言《い》いましたな」ダンブルドアが言《い》った。

ロンは恐怖《きょうふ》で口《くち》がパクリと開《あ》いた。

「どうやら誰《だれ》にでも過《あやま》ちはあるものじゃな。わしも前言撤回《ぜんげんてっかい》じゃ」

ダンブルドアはほほえんでいる。

「二人《ふたり》とも『ホグワーツ特別功労賞《とくべつこうろうしょう》』が授与《じゅよ》される。それに――そうじゃな――ウム、一人《ひとり》につき二百点《てん》ずつグリフィンドールに与《あた》えよう」

ロンの顔《かお》が、まるでロックハートのバレンタインの花《はな》のように、明《あか》るいピンク色《いろ》に染《そ》まった。

口《くち》も閉《と》じた。

「しかし、一人《ひとり》だけ、この危険《きけん》な冒険《ぼうけん》の自分《じぶん》の役割《やくわり》について、恐《おそ》ろしく物静《ものしず》かな人《ひと》がいるようじゃ」ダンブルドアが続《つづ》けた。「ギルデロイ、ずいぶんと控《ひか》え目《め》じゃな。どうした？」

ハリーはびっくりした。ロックハートのことをすっかり忘《わす》れていた。振《ふ》り返《かえ》ると、ロックハートは、まだあいまいなほほえみを浮《う》かべて、部屋《へや》の隅《すみ》に立《た》っていた。ダンブルドアに呼《よ》びかけられると、ロックハートは肩越《かたご》しに自分《じぶん》の後《うし》ろを見《み》て、誰《だれ》が呼《よ》びかけられたのかを見《み》ようとした。

「ダンブルドア先生《せんせい》」ロンが急《いそ》いで言《い》った。「『秘密《ひみつ》の部屋《へや》』で事故《じこ》があって、ロックハート先生《せんせい》は――」

「私《わたし》が、先生《せんせい》？」ロックハートがちょっと驚《おどろ》いたように言《い》った。

「おやまあ、私《わたし》は役立《やくた》たずのダメ先生《せんせい》だったでしょうね？」

「ロックハート先生《せんせい》が『忘却術《ぼうきゃくじゅつ》』をかけようとしたら、杖《つえ》が逆噴射《ぎゃくふんしゃ》したんです」

ロンは静《しず》かにダンブルドアに説明《せつめい》した。

「なんと」ダンブルドアは首《くび》を振《ふ》り、長《なが》い銀色《ぎんいろ》の口《くち》ひげがおかしそうに小刻《こきざ》みに震《ふる》えた。

「自《みずか》らの剣《つるぎ》に貫《つらぬ》かれたか、ギルデロイ！」

「剣《つるぎ》？」ロックハートがぼんやりと言《い》った。「剣《つるぎ》なんか持《も》っていませんよ。でも、その子《こ》が持《も》っています」ギルデロイはハリーを指差《ゆびさ》した。「その子《こ》が剣《つるぎ》を貸《か》してくれますよ」

「ロックハート先生《せんせい》も医務室《いむしつ》に連《つ》れていってくれんかね？」ダンブルドアがロンに頼《たの》んだ。「わしはハリーとちょっと話《はな》したいことがある……」

ロックハートはのんびりと出《で》ていった。ロンはドアを閉《し》めながら、ダンブルドアとハリーを好奇心《こうきしん》の目《め》でちらっと見《み》た。

ダンブルドアは暖炉《だんろ》のそばの椅子《いす》に腰《こし》かけた。

「ハリー、お座《すわ》り」ダンブルドアに言《い》われて、ハリーは胸騒《むなさわ》ぎを覚《おぼ》えながら椅子《いす》に座《すわ》った。

「まずは、ハリー、お礼《れい》を言《い》おう」ダンブルドアの目《め》がまたキラキラと輝《かがや》いた。

「『秘密《ひみつ》の部屋《へや》』の中《なか》で、君《きみ》はわしに真《まこと》の信頼《しんらい》を示《しめ》してくれたにちがいない。それでなければ、フォークスは君《きみ》のところに呼《よ》び寄《よ》せられなかったはずじゃ」

ダンブルドアは、ひざの上《うえ》で羽《はね》を休《やす》めている不死鳥《ふしちょう》をなでた。ハリーはダンブルドアに見《み》つめられ、ぎこちなくニコッとした。

「それで、君《きみ》はトム・リドルに会《あ》ったわけだ」ダンブルドアは考《かんが》え深《ぶか》げに言《い》った。

「たぶん、君《きみ》に並々《なみなみ》ならぬ関心《かんしん》を示《しめ》したことじゃろうな……」

ハリーの心《こころ》にしくしく突《つ》き刺《さ》さっていた何《なに》かが、突然口《とつぜんくち》をついで飛《と》び出《だ》した。

「ダンブルドア先生《せんせい》……。僕《ぼく》が自分《じぶん》に似《に》ているってリドルが言《い》ったんです。不思議《ふしぎ》に似通《にかよ》っているって、そう言《い》ったんです……」

「ほお、そんなことを？」ダンブルドアはふさふさした銀色《ぎんいろ》の眉《まゆ》の下《した》から、思慮深《しりょぶか》い目《め》をハリーに向《む》けた。

「それで、ハリー、君《きみ》はどう思《おも》うかね？」

「僕《ぼく》、あいつに似《に》ているとは思《おも》いません！」ハリーの声《こえ》は自分《じぶん》でも思《おも》いがけないほど大《おお》きかった。

「だって、僕《ぼく》は――僕《ぼく》は**グリフィンドール**生《せい》です。僕《ぼく》は……」

しかし、ハリーはふと口《くち》をつぐんだ。ずっともやもやしていた疑《うたが》いがまた首《くび》をもたげた。

「先生《せんせい》」しばらくしてまたハリーは口《くち》を開《ひら》いた。

「組分《くみわ》け帽子《ぼうし》が言《い》ったんです。僕《ぼく》が、僕《ぼく》がスリザリンでうまくやって行《い》けただろうにって。みんなは、しばらくの間《あいだ》、僕《ぼく》をスリザリンの継承者《けいしょうしゃ》だと思《おも》っていました……僕《ぼく》が蛇語《へびご》が話《はな》せるから……」

「ハリー」ダンブルドアが静《しず》かに言《い》った。

「君《きみ》はたしかに蛇語《へびご》を話《はな》せる。なぜなら、ヴォルデモート卿《きょう》が――サラザール・スリザリンの最後《さいご》の子孫《しそん》じゃが――蛇語《へびご》を話《はな》せるからじゃ。わしの考《かんが》えがだいたい当《あ》たっているなら、ヴォルデモートが君《きみ》にその傷《きず》を負《お》わせたあの夜《よる》、自分《じぶん》の力《ちから》の一部《いちぶ》を君《きみ》に移《うつ》してしまった。もちろん、そうしようと思《おも》ってしたことではないが……」

「ヴォルデモートの一部《いちぶ》が僕《ぼく》に？」ハリーは雷《かみなり》に打《う》たれたような気《き》がした。

「どうもそのようじゃ」

「それじゃ、僕《ぼく》はスリザリンに入《はい》るべきなんだ」

ハリーは絶望的《ぜつぼうてき》な目《め》でダンブルドアの顔《かお》を見《み》つめた。

「組分《くみわ》け帽子《ぼうし》が僕《ぼく》の中《なか》にあるスリザリンの力《ちから》を見抜《みぬ》いて、それで――」

「君《きみ》をグリフィンドールに入《い》れたのじゃ」

ダンブルドアは静《しず》かに言《い》った。

「ハリー、よくお聞《き》き。サラザール・スリザリンが自《みずか》ら選《えら》び抜《ぬ》いた生徒《せいと》は、スリザリンが誇《ほこ》りに思《おも》っていたさまざまな資質《ししつ》を備《そな》えていた。君《きみ》もたまたまそういう資質《ししつ》を持《も》っておる。スリザリン自身《じしん》のまれにみる能力《のうりょく》である蛇語《へびご》……機知《きち》に富《と》む才知《さいち》……断固《だんこ》たる決意《けつい》……やや規則《きそく》を無視《むし》する傾向《けいこう》」

ダンブルドアはまた口《くち》ひげをいたずらっぽく震《ふる》わせた。

「それでも組分《くみわ》け帽子《ぼうし》は君《きみ》をグリフィンドールに入《い》れた。君《きみ》はその理由《りゆう》を知《し》っておる。考《かんが》えてごらん」

「『帽子《ぼうし》』が僕《ぼく》をグリフィンドールに入《い》れたのは」ハリーは打《う》ちのめされたような声《こえ》で言《い》った。

「僕《ぼく》がスリザリンに入《い》れないでって頼《たの》んだからにすぎないんだ……」

「**そのとおり**」ダンブルドアがまたニッコリした。

「それだからこそ、君《きみ》がトム・リドルと**ちがう**者《もの》だという証拠《しょうこ》になるのじゃ。ハリー、自分《じぶん》がほんとうに何者《なにもの》かを示《しめ》すのは、持《も》っている能力《のうりょく》ではなく、自分《じぶん》がどのような選択《せんたく》をするかということなんじゃよ」

ハリーはぼうぜんとして、身動《みうご》きもせず椅子《いす》に座《すわ》っていた。

「君《きみ》がグリフィンドールに属《ぞく》するという証拠《しょうこ》が欲《ほ》しいなら、ハリー、これをもっとよおく見《み》てみるとよい」

ダンブルドアはマクゴナガル先生《せんせい》の机《つくえ》の上《うえ》に手《て》を伸《の》ばして血《ち》に染《そ》まったあの銀《ぎん》の剣《つるぎ》を取《と》り上《あ》げ、ハリーに手渡《てわた》した。ハリーはぼんやりと剣《つるぎ》を裏返《うらがえ》した。ルビーが暖炉《だんろ》の灯《あか》りできらめいた。その時《とき》、つばのすぐ下《した》に名前《なまえ》が刻《きざ》まれているのが目《め》に入《はい》った。

ゴドリック・グリフィンドール

「真《しん》のグリフィンドール生《せい》だけが、帽子《ぼうし》から、思《おも》いもかけないこの剣《つるぎ》を取《と》り出《だ》してみせることができるのじゃよ、ハリー」ダンブルドアはそれだけを言《い》った。

一瞬《いっしゅん》、二人《ふたり》とも無言《むごん》だった。それから、ダンブルドアがマクゴナガル先生《せんせい》の引《ひ》き出《だ》しを開《あ》け、羽根《はね》ペンとインクつぼを取《と》り出《だ》した。

「ハリー、君《きみ》には食《た》べ物《もの》と睡眠《すいみん》が必要《ひつよう》じゃ。お祝《いわ》いの宴《うたげ》に行《い》くがよい。わしはアズカバンに手紙《てがみ》を書《か》く——森番《もりばん》を返《かえ》してもらわねばのう。それに、『日刊予言者新聞《にっかんよげんしゃしんぶん》』に出《だ》す広告《こうこく》を書《か》かねば」

ダンブルドアは考《かんが》え深《ぶか》げに言葉《ことば》を続《つづ》けた。

「『闇《やみ》の魔術《まじゅつ》に対《たい》する防衛術《ぼうえいじゅつ》』の新《あたら》しい先生《せんせい》が必要《ひつよう》じゃ。なんとまあ、またまたこの学科《がっか》の先生《せんせい》がいなくなってしもうた。のう？」

ハリーは立《た》ち上《あ》がってドアのところへ行《い》った。取《と》っ手《て》に手《て》をかけたとたん、ドアが勢《いきお》いよくむこう側《がわ》から開《ひら》いた。あまりに乱暴《らんぼう》に開《ひら》いたので、ドアが壁《かべ》に当《あ》たって跳《は》ね返《かえ》ってきた。

ルシウス・マルフォイが怒《いか》りをむき出《だ》しにして立《た》っていた。その腕《うで》の下《した》で、包帯《ほうたい》でぐるぐる巻《ま》きになって縮《ちぢ》こまっているのは、ドビーだ。

「こんばんは、ルシウス」ダンブルドアが機嫌《きげん》よく挨拶《あいさつ》した。

マルフォイ氏《し》は、サッと部屋《へや》の中《なか》に入《はい》ってきた。その勢《いきお》いでハリーを突《つ》き飛《と》ばしそうになった。恐怖《きょうふ》の表情《ひょうじょう》を浮《う》かべたみじめなドビーが、その後《うし》ろから、マントのすその下《した》にはいつくばるようにして小走《こばし》りについてきた。

「それで！」ルシウス・マルフォイがダンブルドアを冷《つめ》たい目《め》で見《み》すえた。「お帰《かえ》りになったわけだ。理事《りじ》たちが停職処分《ていしょくしょぶん》にしたのに、まだ自分《じぶん》がホグワーツ校《こう》に戻《もど》るのにふさわしいとお考《かんが》えのようで」

「はて、さて、ルシウスよ」ダンブルドアは静《しず》かにほほえんでいる。「今日《きょう》、君以外《きみいがい》の十一人《にん》の理事《りじ》がわしに連絡《れんらく》をくれた。正直《しょうじき》なところ、まるでふくろうのどしゃ降《ぶ》りにあったかのようじゃった。アーサー・ウィーズリーの娘《むすめ》が殺《ころ》されたと聞《き》いて、理事《りじ》たちがわしに、すぐ戻《もど》ってほしいと頼《たの》んできた。結局《けっきょく》、この仕事《しごと》に一番向《いちばんむ》いているのはこのわしだと思《おも》ったらしいのう。奇《き》妙《みょう》な話《はなし》をみんなが聞《き》かせてくれての。もともとわしを停職処分《ていしょくしょぶん》にしたくはなかったが、それに同意《どうい》しなければ、家族《かぞく》を呪《のろ》ってやるとあなたに脅《おど》された、と考《かんが》えておる理事《りじ》が何人《なんにん》かいるのじゃ」

マルフォイ氏《し》の青白《あおじろ》い顔《かお》がいっそう蒼白《そうはく》になった。しかし、その細《ほそ》い目《め》はまだ激《はげ》しい怒《いか》りに燃《も》えていた。

「すると――あなたはもう襲撃《しゅうげき》をやめさせたとでも？」マルフォイ氏《し》が嘲《あざけ》るように言《い》った。「犯《はん》人《にん》を捕《つか》まえたのかね？」

「捕《つか》まえたとも」ダンブルドアはほほえんだ。「誰《だれ》なのかね？」

「それで？」マルフォイ氏《し》が鋭《するど》く言《い》った。

「前回《ぜんかい》と同《おな》じ人物《じんぶつ》じゃよ、ルシウス。しかし、今回《こんかい》のヴォルデモート卿《きょう》は、ほかの者《もの》を使《つか》って行《こう》動《どう》した。この日記《にっき》を利用《りよう》してのう」

ダンブルドアは真《ま》ん中《なか》に大《おお》きな穴《あな》の開《あ》いた、小《ちい》さな黒《くろ》い本《ほん》を取《と》り上《あ》げた。その目《め》はマルフォイ氏《し》を見《み》すえていた。しかし、ハリーはドビーを見《み》つめていた。

しもべ妖精《ようせい》はまったく奇妙《きみょう》なことをしていた。大《おお》きな目《め》で、いわくありげにハリーのほうをじっと見《み》て、日記《にっき》を指差《ゆびさ》しては次《つぎ》にマルフォイ氏《し》を指差《ゆびさ》し、それから拳《こぶし》で自分《じぶん》の頭《あたま》をガンガンなぐりつけるのだ。

「なるほど……」マルフォイ氏《し》はしばらく間《ま》を置《お》いてから言《い》った。

「狡猾《こうかつ》な計画《けいかく》じゃ」ダンブルドアはマルフォイ氏《し》の目《め》をまっすぐ見《み》つめ続《つづ》けながら、落《お》ち着《つ》いた声《こえ》で続《つづ》けた。

「なぜなら、もし、このハリーが――」マルフォイ氏《し》はハリーにちらりと鋭《するど》い視線《しせん》を投《な》げた。

「友人《ゆうじん》のロンとともに、この日記《にっき》を見《み》つけておらなかったら、おぉ――ジニー・ウィーズリーがすべての責《せ》めを負《お》うことになったかもしれん。ジニー・ウィーズリーが自分《じぶん》の意思《いし》で行動《こうどう》したのではないと、いったい誰《だれ》が証明《しょうめい》できようか……」

マルフォイ氏《し》は無言《むごん》だった。突然能面《とつぜんのうめん》のような顔《かお》になった。

「そうなれば」ダンブルドアの言葉《ことば》が続《つづ》いた。

「いったい何《なに》が起《お》こったか、考《かんが》えてみるがよい……。ウィーズリー一家《いっか》は純血《じゅんけつ》の家族《かぞく》の中《なか》でも最《もっと》も著名《ちょめい》な一族《いちぞく》の一つじゃ。アーサー・ウィーズリーと、その手《て》によってできた『マグル保護法《ほごほう》』にどんな影響《えいきょう》があるか、考《かんが》えてみるがよい。自分《じぶん》の娘《むすめ》がマグル出身《しゅっしん》の者《もの》を襲《おそ》い、殺《ころ》していることが明《あか》るみに出《で》たらどうなったか。幸《さいわ》いなことに日記《にっき》は発見《はっけん》され、リドルの記憶《きおく》は日記《にっき》から消《け》し去《さ》られた。さもなくば、いったいどういう結果《けっか》になっていたか想像《そうぞう》もつかん……」

マルフォイ氏《し》は無理《むり》やり口《くち》を開《ひら》いた。

「それは幸運《こううん》な」ぎこちない言《い》い方《かた》だった。

その背後《はいご》で、ドビーはまだ指差《ゆびさ》し続《つづ》けていた。まず日記帳《にっきちょう》、それからルシウス・マルフォイを指《さ》し、それから自分《じぶん》の頭《あたま》にパンチを食《く》らわせていた。

ハリーは突然理解《とつぜんりかい》した。ドビーに向《む》かってうなずくと、ドビーは隅《すみ》のほうに引《ひ》っ込《こ》み、自分《じぶん》を罰《ばっ》するのに今度《こんど》は耳《みみ》をひねりはじめた。

「マルフォイさん。ジニーがどうやって日記《にっき》を手《て》に入《い》れたか、知《し》りたいと思《おも》われませんか？」

ハリーが言《い》った。

ルシウス・マルフォイがハリーのほうを向《む》いて食《く》ってかかった。

「バカな小娘《こむすめ》がどうやって日記《にっき》を手《て》に入《い》れたか、私《わたし》がなんで知《し》らなきゃならんのだ？」

「あなたが日記《にっき》をジニーに与《あた》えたからです」ハリーが答《こた》えた。

「フローリシュ・アンド・ブロッツ書店《しょてん》で。ジニーの古《ふる》い『変身術《へんしんじゅつ》』の教科書《きょうかしょ》を拾《ひろ》い上《あ》げて、その中《なか》に日記《にっき》をすべり込《こ》ませた。そうでしょう？」

マルフォイ氏《し》の蒼白《そうはく》になった両手《りょうて》がギュッと握《にぎ》られ、また開《ひら》かれるのを、ハリーは見《み》た。

「何《なに》を証拠《しょうこ》に」食《く》いしばった歯《は》の間《あいだ》からマルフォイ氏《し》が言《い》った。

「あぁ、誰《だれ》も証明《しょうめい》はできんじゃろう」ダンブルドアはハリーにほほえみながら言《い》った。

「リドルが日記《にっき》から消《き》え去《さ》ってしまった今《いま》となっては。しかし、ルシウス、忠告《ちゅうこく》しておこう。ヴォルデモート卿《きょう》の昔《むかし》の学用品《がくようひん》をバラまくのはもうやめにすることじゃ。もし、またその類《たぐい》の物《もの》が、罪《つみ》もない人《ひと》の手《て》に渡《わた》るようなことがあれば、誰《だれ》よりもまずアーサー・ウィーズリーが、その入手先《にゅうしゅさき》をあなただと突《つ》き止《と》めることじゃろう……」

ルシウス・マルフォイは一瞬立《いっしゅんた》ちすくんだ。杖《つえ》に手《て》を伸《の》ばしたくてたまらないというふうに、右手《みぎて》がピクピク動《うご》くのが、ハリーにははっきりと見《み》えた。しかし、かわりにマルフォイ氏《し》はしもべ妖精《ようせい》のほうを向《む》いた。

「ドビー、帰《かえ》るぞ！」

マルフォイ氏《し》はドアをぐいっとこじ開《あ》け、ドビーがあわててマルフォイのそばまでやってくると、ドアのむこう側《がわ》までドビーをけとばした。廊下《ろうか》を歩《ある》いている間中《あいだじゅう》、ドビーが痛々《いたいた》しい叫《さけ》び声《ごえ》を上《あ》げているのが聞《き》こえてきた。ハリーは一瞬立《いっしゅんた》ち尽《つ》くしたまま、必死《ひっし》で考《かんが》えをめぐらせた。

そして、思《おも》いついた。

「ダンブルドア先生《せんせい》」ハリーが急《いそ》いで言《い》った。

「その日記《にっき》をマルフォイさんにお返《かえ》ししてもよろしいでしょうか？」

「よいとも、ハリー」ダンブルドアが静《しず》かに言《い》った。

「ただし、急《いそ》ぐがよい。宴会《えんかい》じゃ。忘《わす》れるでないぞ」

ハリーは日記《にっき》をわしづかみにし、部屋《へや》から飛《と》び出《だ》した。ドビーの苦痛《くつう》の悲鳴《ひめい》が廊下《ろうか》の角《かど》を曲《ま》がって遠《とお》のきつつあった。

――はたしてこの計画《けいかく》はうまく行《い》くだろうか――急《いそ》いでハリーは靴《くつ》を脱《ぬ》ぎ、どろどろに汚《よご》れたソックスの片方《かたほう》を脱《ぬ》ぎ、日記《にっき》をその中《なか》に詰《つ》めた。それから暗《くら》い廊下《ろうか》を走《はし》った。ハリーは階段《かいだん》の一《いち》番上《ばんうえ》で二人《ふたり》に追《お》いついた。

「マルフォイさん」ハリーは息《いき》をはずませ、急《きゅう》に止《と》まったので横《よこ》すべりしながら呼《よ》びかけた。「僕《ぼく》、あなたに差《さ》し上《あ》げるものがあります」

そしてハリーはプンプン臭《にお》うソックスをマルフォイ氏《し》の手《て》に押《お》しつけた。

「なんだ——？」

マルフォイ氏《し》はソックスを引《ひ》きちぎるようにはぎ取《と》り、中《なか》の日記《にっき》を取《と》り出《だ》し、ソックスを投《な》げ捨《す》て、それから怒《いか》りをむき出《だ》して日記《にっき》の残《ざん》がいからハリーに目《め》を移《うつ》した。

「君《きみ》もそのうち親《おや》と同《おな》じに不幸《ふこう》な目《め》にあうぞ。ハリー・ポッター」口調《くちょう》はやわらかだった。「連中《れんちゅう》もお節介《せっかい》の愚《おろ》か者《もの》だった」

マルフォイ氏《し》は立《た》ち去《さ》ろうとした。

「ドビー、来《こ》い。来《こ》いと言《い》ってるのが聞《き》こえんか！」

ドビーは動《うご》かなかった。ハリーのどろどろの汚《きたな》らしいソックスを握《にぎ》りしめ、それが貴重《きちょう》な宝物《たからもの》でもあるかのようにじっと見《み》つめていた。

「ご主人様《しゅじんさま》がドビーめにソックスを片方《かたほう》くださった」しもべ妖精《ようせい》は驚《おどろ》きに打《う》ちのめされていた。

「ご主人様《しゅじんさま》が、これをドビーにくださった」

「何《なん》だと？」マルフォイ氏《し》が吐《は》き捨《す》てるように言《い》った。「今《いま》、何《なん》と言《い》った？」

「ドビーがソックスの片方《かたほう》をいただいた」信《しん》じられないという口調《くちょう》だった。「ご主人様《しゅじんさま》が投《な》げてよこした。ドビーが受《う》け取《と》った。だからドビーは——ドビーは自由《じゆう》だ！」

ルシウス・マルフォイはしもべ妖精《ようせい》を見《み》つめ、その場《ば》に凍《こお》りついたように立《た》ちすくんだ。それからハリーに飛《と》びかかった。

「小僧《こぞう》め、よくも私《わたし》の召使《めしつか》いを！」

しかし、ドビーが叫《さけ》んだ。

「ハリー・ポッターに手《て》を出《だ》すな！」

バーンと大《おお》きな音《おと》がして、マルフォイ氏《し》は後《うし》ろ向《む》きに吹《ふ》っ飛《と》び、階段《かいだん》を一度《いちど》に三段《だん》ずつ、もんどり打《う》って転《ころ》げ落《お》ち、くしゃくしゃになって下《した》の踊《おど》り場《ば》に落《お》ちた。怒《いか》りの形相《ぎょうそう》で立《た》ち上《あ》がり、杖《つえ》を引《ひ》っ張《ぱ》り出《だ》したが、ドビーが長《なが》い人差《ひとさ》し指《ゆび》を、脅《おど》すようにマルフォイに向《む》けた。

「すぐ立《た》ち去《さ》れ」ドビーがマルフォイ氏《し》に指《ゆび》を突《つ》きつけるようにして、激《はげ》しい口調《くちょう》で言《い》った。「ハリー・ポッターに指一本《ゆびいっぽん》でも触《ふ》れてみろ。早《はや》く立《た》ち去《さ》れ」

ルシウス・マルフォイは従《したが》うほかなかった。いまいましそうに二人《ふたり》に最後《さいご》の一瞥《いちべつ》を投《な》げ、マントをひるがえして身《み》に巻《ま》きつけ、マルフォイ氏《し》は急《いそ》いで立《た》ち去《さ》った。

「ハリー・ポッターがドビーを自由《じゆう》にしてくださった！」近《ちか》くの窓《まど》から月《つき》の光《ひかり》が射《さ》し込《こ》み、ドビーの球《たま》のような両目《りょうめ》に映《うつ》った。その目《め》でしっかりとハリーを見《み》つめ、しもべ妖精《ようせい》はかん高《だか》い声《こえ》で言《い》った。

「ハリー・ポッターが、ドビーを解放《かいほう》してくださった！」

「ドビー、せめてこれぐらいしか、してあげられないけど」ハリーはニヤッと笑った。

「ただ、もう僕《ぼく》の命《いのち》を救《すく》おうなんて、二度《にど》としないって、約束《やくそく》してくれよ」

しもべ妖精《ようせい》の醜《みにく》い茶色《ちゃいろ》の顔《かお》が、急《きゅう》にぱっくりと割《わ》れたように見《み》え、歯《は》の目立《めだ》つ大《おお》きな口《くち》がほころんだ。

「ドビー、一《ひと》つだけ聞《き》きたいことがあるんだ」

ドビーが震《ふる》える両手《りょうて》で片方《かたほう》の靴下《くつした》をはくのを見《み》ながら、ハリーが言《い》った。

「君《きみ》は、『名前《なまえ》を呼《よ》んではいけないあの人《ひと》』は今度《こんど》のことにいっさい関係《かんけい》ないって言《い》ったね。覚《おぼ》えてる？　それなら――」

「あれはヒントだったのでございます」

そんなことは明白《めいはく》だと言《い》わんばかりに、ドビーは目《め》を見開《みひら》いて言《い》った。

「ドビーはあなたにヒントを差《さ》し上《あ》げました。闇《やみ》の帝王《ていおう》は、名前《なまえ》を変《か》える前《まえ》でしたら、その名前《なまえ》を自由《じゆう》に呼《よ》んでかまわなかったわけですからね。おわかりでしょう？」

「そんなことだったの……」ハリーは力《ちから》なく答《こた》えた。

「じゃ、僕《ぼく》、行《い》かなくちゃ。宴会《えんかい》があるし、友達《ともだち》のハーマイオニーも、もう目覚《めざ》めてるはずだし……」

ドビーはハリーの胴《どう》のあたりに腕《うで》を回《まわ》し、抱《だ》きしめた。

「ハリー・ポッターは、ドビーが考《かんが》えていたよりずーっと偉大《いだい》でした」

ドビーはすすり泣《な》きながら言《い》った。

「さようなら、ハリー・ポッター！」

そして、最後《さいご》にもう一度《いちど》パチッという大《おお》きな音《おと》を残《のこ》し、ドビーは消《き》えた。

これまで何度《なんど》かホグワーツの宴会《えんかい》に参加《さんか》したハリーにとっても、こんなのは初《はじ》めてだった。みんなパジャマ姿《すがた》で、お祝《いわ》いは夜《よ》どおし続《つづ》いた。ハリーにはうれしいことだらけで、どれが一番《いちばん》うれしいのか、自分《じぶん》でもわからなかった。ハーマイオニーが「あなたが解決《かいけつ》したのね！　やったわね！」と叫《さけ》びながらハリーにかけ寄《よ》ってきたこと。ジャスティンがハッフルパフのテーブルから急《いそ》いでハリーのところにやってきて、疑《うたが》ってすまなかったと、ハリーの手《て》を握《にぎ》り、何度《なんど》も何度《なんど》も謝《あやま》り続《つづ》けたこと。ハグリッドが明《あ》け方《がた》の三時半《じはん》に現《あらわ》れて、ハリーとロンの肩《かた》を強《つよ》くポンとたたいたので、二人《ふたり》ともトライフル・カスタードの皿《さら》に顔《かお》を突《つ》っ込《こ》んでしまったこと。ハリーとロンがそれぞれ二百点《てん》ずつグリフィンドールの点《てん》を増《ふ》やしたので、寮対抗優勝杯《りょうたいこうゆうしょうはい》を二年連続《ねんれんぞく》で獲得《かくとく》できたこと。マクゴナガル先生《せんせい》が立《た》ち上《あ》がり、学校《がっこう》からのお祝《いわ》いとして期末試験《きまつしけん》がキャンセルされたと全生徒《ぜんせいと》に告《つ》げたこと——「ええっ、そんな！」とハーマイオニーが叫《さけ》んだ——。ダンブルドアが「残念《ざんねん》ながらロックハート先生《せんせい》は来学期《らいがっき》、学校《がっこう》に戻《もど》ることはできない。学校《がっこう》を去《さ》り、記憶《きおく》を取《と》り戻《もど》す必要《ひつよう》があるから」と発表《はっぴょう》したこと——かなり多《おお》くの先生《せんせい》がこの発表《はっぴょう》で生徒《せいと》と一緒《いっしょ》に歓声《かんせい》を上《あ》げた——。

「残念《ざんねん》だ」ロンがジャムドーナツに手《て》を伸《の》ばしながらつぶやいた。「せっかくあいつになじんできたところだったのに」

夏学期《なつがっき》の残《のこ》りの日々《ひび》は、焼《や》けるような太陽《たいよう》で、もうろうとしているうちに過《す》ぎた。ホグワーツ校《こう》は正常《せいじょう》に戻《もど》ったが、いくつか小《ちい》さな変化《へんか》があった。「闇《やみ》の魔術《まじゅつ》に対《たい》する防衛術《ぼうえいじゅつ》」のクラスはキャンセルになった——ハーマイオニーは不満《ふまん》でブツブツ言《い》ったが、ロンは「だけど、僕《ぼく》たち、これに関《かん》してはずいぶん実技《じつぎ》をやったじゃないか」と、なぐさめた――。ルシウス・マルフォイは理事《りじ》を辞《や》めさせられた。ドラコは学校《がっこう》をわが物顔《ものがお》にのし歩《ある》くのをやめ、逆《ぎゃく》に恨《うら》みがましくすねているようだった。一方《いっぽう》、ジニー・ウィーズリーは再《ふたた》び元気《げんき》いっぱいになった。

あまりにも早《はや》く時《とき》が過《す》ぎ、もうホグワーツ特急《とっきゅう》に乗《の》って家《いえ》に帰《かえ》るときが来《き》た。ハリー、ロン、ハーマイオニー、フレッド、ジョージ、ジニーは一つのコンパートメントを独占《どくせん》し、魔法《まほう》を使《つか》うことを許《ゆる》された夏休《なつやす》み前《まえ》の最後《さいご》の数時間《すうじかん》を、みんなで充分《じゅうぶん》に楽《たの》しんだ。「爆発《ばくはつ》スナップゲーム」をしたり、フレッドとジョージが持《も》っていた最後《さいご》の「花火《はなび》」に火《ひ》をつけたり、お互《たが》いに魔法《まほう》で武《ぶ》器《き》を取《と》り上《あ》げる練習《れんしゅう》をしたりした。ハリーは武装解除術《ぶそうかいじょじゅつ》がうまくなっていた。

キングズ・クロス駅《えき》に着《つ》く直前《ちょくぜん》、ハリーはあることを思《おも》い出《だ》した。

「ジニー――パーシーが何《なに》かしてるのを君《きみ》、見《み》たよね。パーシーが誰《だれ》にも言《い》わないように口止《くちど》めしたって、どんなこと？」

「ああ、あのこと」ジニーがクスクス笑《わら》った。「あのね――パーシーにガールフレンドがいるの」

「何《なん》だって？」

フレッドがジョージの頭《あたま》に本《ほん》を一山《ひとやま》落《お》とした。

「レイブンクローの監督生《かんとくせい》、ペネロピー・クリアウォーターよ」ジニーが言《い》った。

「パーシーは夏休《なつやす》みの間《あいだ》、ずっとこの人《ひと》にお手紙《てがみ》書《か》いてたわけ。学校《がっこう》のあちこちで、二人《ふたり》でこっそり会《あ》ってたわ。ある日《ひ》二人《ふたり》がからっぽの教室《きょうしつ》でキスしてるところに、たまたまあたしが入《はい》って行《い》ったの。ペネロピーが——ほら——襲《おそ》われたとき、パーシーはとっても落《お》ち込《こ》んでた。みんな、パーシーをからかったりしないわよね？」

ジニーが心配《しんぱい》そうに聞《き》いた。

「夢《ゆめ》にも思《おも》わないさ」そう言《い》いながらフレッドは、まるで誕生日《たんじょうび》が一足早《ひとあしはや》くやってきたという顔《かお》をしていた。

「絶対《ぜったい》しないよ」ジョージがニヤニヤ笑《わら》いながら言《い》った。

ホグワーツ特急《とっきゅう》は速度《そくど》を落《お》とし、とうとう停車《ていしゃ》した。

ハリーは羽根《はね》ペンと羊皮紙《ようひし》の切《き》れ端《はし》を取《と》り出《だ》し、ロンとハーマイオニーのほうを向《む》いて言《い》った。

「これ、電話番号《でんわばんごう》って言《い》うんだ」

番号《ばんごう》を二回走《かいはし》り書《が》きし、その羊皮紙《ようひし》を二つに裂《さ》いて二人《ふたり》に渡《わた》しながら、ハリーがロンに説明《せつめい》した。

「去年《きょねん》の夏休《なつやす》みに、君《きみ》のパパに電話《でんわ》の使《つか》い方《かた》を教《おし》えたから、パパが知《し》ってるよ。ダーズリーのところに電話《でんわ》くれよ。オーケー？　あと二か月《げつ》もダドリーしか話《はな》す相手《あいて》がいないなんて、僕《ぼく》、耐《た》えられない……」

「でも、あなたのおじさんもおばさんも、あなたのこと誇《ほこ》りに思《おも》うんじゃない？」

汽車《きしゃ》を降《お》り、魔法《まほう》のかかった柵《さく》まで人波《ひとなみ》に交《ま》じって歩《ある》きながら、ハーマイオニーが言《い》った。

「今学期《こんがっき》、あなたがどんなことをしたか聞《き》いたら、そう思《おも》うんじゃない？」

「誇《ほこ》りに？」ハリーが言《い》った。

「正気《しょうき》で言《い》ってるの？　僕《ぼく》がせっかく死《し》ぬ機会《きかい》が何度《なんど》もあったのに、僕《ぼく》が死《し》にそこなったっていうのに？　あの連中《れんちゅう》はカンカンだよ……」

そして三人《にん》は一緒《いっしょ》に柵《さく》を通《とお》り抜《ぬ》け、マグルの世界《せかい》へと戻《もど》っていった。

J.K. ローリング 作

不朽の人気を誇る「ハリー・ポッター」シリーズの著者。1990年、旅の途中の遅延した列車の中で「ハリー・ポッター」のアイデアを思いつくと、全7冊のシリーズを構想して執筆を開始。1997年に第1巻『ハリー・ポッターと賢者の石』が出版、その後、完結までにはさらに10年を費やし、2007年に第7巻となる『ハリー・ポッターと死の秘宝』が出版された。シリーズは現在85の言語に翻訳され、発行部数は6億部を突破、オーディオブックの累計再生時間は10億時間以上、制作された8本の映画も大ヒットとなった。また、シリーズに付随して、チャリティのための短編『クィディッチ今昔』と『幻の動物とその生息地』(ともに慈善団体〈コミック・リリーフ〉と〈ルーモス〉を支援)、『吟遊詩人ビードルの物語』(〈ルーモス〉を支援)も執筆。『幻の動物とその生息地』は魔法動物学者ニュート・スキャマンダーを主人公とした映画「ファンタスティック・ビースト」シリーズが生まれるきっかけとなった。大人になったハリーの物語は舞台劇『ハリー・ポッターと呪いの子』へと続き、ジョン・ティファニー、ジャック・ソーンとともに執筆した脚本も、書籍化された。その他の児童書に『イッカボッグ』(2020年)『クリスマス・ピッグ』(2021年)があるほか、ロバート・ガルブレイスのペンネームで発表し、ベストセラーとなった大人向け犯罪小説「コーモラン・ストライク」シリーズも含め、その執筆活動に対し多くの賞や勲章を授与されている。J.K. ローリングは、慈善信託〈ボラント〉を通じて多くの人道的活動を支援するほか、性的暴行を受けた女性の支援センター〈ベイラズ・プレイス〉、子供向け慈善団体〈ルーモス〉の創設者でもある。

J.K.ローリングに関するさらに詳しい情報はjkrowlingstories.comで。

松岡《まつおか》佑《ゆう》子《こ》 訳

翻訳家。国際基督教大学卒、モントレー国際大学院大学国際政治学修士。日本ペンクラブ館員。スイス在住。訳書に「ハリー・ポッター」シリーズ全7巻のほか、「少年冒険家トム」シリーズ、映画オリジナル脚本版「ファンタスティック・ビースト」シリーズ、『ブーツをはいたキティのはなし』、『とても良い人生のために』『イッカボッグ』『クリスマス・ピッグ』(以上静山社)がある。

静山社ペガサス文庫

ハリー・ポッター 4

ハリー・ポッターと秘《ひ》密《みつ》の部《へ》屋《や》〈新装版《しんそうばん》〉2-2

2024年6月4日　第 1 刷発行

作者	J.K.ローリング
訳者	松岡佑子
発行者	松岡佑子
発行所	株式会社静山社 〒102-0073 東京都千代田区九段北1-15-15 電話・営業 03-5210-7221 https://www.sayzansha.com
装画	ダン・シュレシンジャー
装丁	城所 潤(ジュン・キドコロ・デザイン)
印刷・製本	中央精版印刷株式会社

ISBN 978-4-86389-863-9　Printed in Japan
Published by Say-zan-sha Publications Ltd.

「静山社《せいざんしゃ》ペガサス文庫《ぶんこ》」創刊《そうかん》のことば

小《ちい》さくてもきらりと光《ひか》る、星《ほし》のような物語《ものがたり》を届《とど》けたい——一九七九年《ねん》の創業《そうぎょう》以来《いらい》、静山社《せいざんしゃ》が抱《いだ》き続《つづ》けてきた願《ねが》いをこめて、少年少女《しょうねんしょうじょ》のための文庫《ぶんこ》「静山社《せいざんしゃ》ペガサス文庫《ぶんこ》」を創刊《そうかん》します。

読書《どくしょ》は、みなさんの心《こころ》に眠《ねむ》っている想像《そうぞう》の羽《はね》を広《ひろ》げ、未知《みち》の世界《せかい》へいざないます。読書体験《どくしょたいけん》をとおしてつちかわれた想像力《そうぞうりょく》は、楽《たの》しいとき、苦《くる》しいとき、悲《かな》しいとき、どんなときにも、みなさんに勇気《ゆうき》を与《あた》えてくれるでしょう。

ギリシャ神話《しんわ》に登場《とうじょう》する天馬《てんま》・ペガサスのように、大《おお》きなつばさとたくましい足《あし》、しなやかな心《こころ》で、みなさんが物語《ものがたり》の世界《せかい》を、自由《じゆう》にかけまわってくださることを願《ねが》っています。

二〇一四年《ねん》

静《せい》山《ざん》社《しゃ》